林文寶　編著

張晏瑞　晏瑞

主編

林文寶兒童文學著作集

第三輯　著作編

第六冊
臺灣國小語文教材與
兒童文學關係之研究

臺灣國小語文教材與兒童文學關係之研究

林文寶　等著

張晏瑞　主編

《臺灣國小語文教材與兒童文學關係之研究》原版書影

文學研究叢書·兒童文學叢刊 0809009

臺灣國小語文教材與兒童文學關係之研究

作　　　者　林文寶等
責任編輯　吳家嘉
特約校稿　彭素華

發 行 人　陳滿銘
總 經 理　梁錦興
總 編 輯　陳滿銘
副總編輯　張晏瑞
編 輯 所　萬卷樓圖書股份有限公司
排　　版　林曉敏
印　　刷　百通科技股份有限公司
封面設計　百通科技股份有限公司

發　　行　萬卷樓圖書股份有限公司
　　　　　臺北市羅斯福路二段 41 號 6 樓之 3
　　　　　電話 (02)23216565
　　　　　傳真 (02)23218698
　　　　　電郵 SERVICE@WANJUAN.COM.TW
大陸經銷　廈門外圖臺灣書店有限公司
　　　　　電郵 JKB188@188.COM
香港經銷　香港聯合書刊物流有限公司
　　　　　電話 (852)21502100
　　　　　傳真 (852)23560735

ISBN 978-986-478-062-4
2019 年 3 月初版二刷
2017 年 2 月初版
定價：新臺幣 500 元

如何購買本書：
1. 劃撥購書，請透過以下郵政劃撥帳號：
　　帳號：15624015
　　戶名：萬卷樓圖書股份有限公司
2. 轉帳購書，請透過以下帳戶
　　合作金庫銀行　古亭分行
　　戶名：萬卷樓圖書股份有限公司
　　帳號：0877717092596
3. 網路購書，請透過萬卷樓網站
　　網址 WWW.WANJUAN.COM.TW
大量購書，請直接聯繫我們，將有專人為
您服務。客服：(02)23216565 分機 610

如有缺頁、破損或裝訂錯誤，請寄回更換
版權所有·翻印必究
Copyright©2019 by WanJuanLou Books CO., Ltd.
All Right Reserved　　　　Printed in Taiwan

國家圖書館出版品預行編目資料

臺灣國小語文教材與兒童文學關係之研究 /
林文寶著. -- 初版. -- 臺北市 : 萬卷樓,
2017.02
　　面；　公分. -- (文學研究叢書)
ISBN 978-986-478-062-4(平裝)
1.兒童文學 2.語文教學 3.學術研究
815.9　　　　　　　　　　　106002028

《臺灣國小語文教材與兒童文學關係之研究》原版版權頁

目次

第一章
前　言

一

　　個人自一九七一年八月任職當時的臺東師專,至二〇〇九年一月三十一日退休,共計有三十七年又六個月。退休後,蒙當時蔡典謨校長關愛,新設國立臺東大學榮譽教授敦聘辦法,於是我成為校方第一位榮譽教授。

　　在校服務期間,就學校體制而言,歷經師專、師院與綜合大學等不同階段。亦曾兼任各種不同職務。其中,最難於忘情的,仍是學術。就學術行政而言,曾創辦語文教育學系、兒童文學研究所、籌設教育研究所、以及首任人文學院院長。而我的學術歸屬是兒童文學。

　　走進兒童文學之路,原非本意,亦非所願,或許是因緣與巧合所致,想不到幾經努力,卻發現其中別有洞天,於是乎一頭栽進而無悔。並於二〇一一年初將歷年發表單篇論文中,尚未出版且自珍者,依論述性質分成四類(兒童文學與書目、兒童文學與閱讀、兒童文學與語文教育與兒童文學論集),每類集結一冊,目錄則依發表時間為序。這四本書於二〇一一年十一月交由萬卷樓圖書股份有限公司出版。

　　二〇一三年九月又蒙花木蘭願意刊印早年有關古典文學論文集(上、下),今日又有機緣與兩岸三地年輕學者,撰寫國小語文教材與兒童文學相關之論述,除感謝與惜福之外,似乎早年就學之路,又歷歷如在眼前。於是借此補足所謂「因緣與巧合所致」的個人學術因緣。

　　我是雲林縣土庫鎮馬光鄉下的農家子弟，不是富農，當然也沒有顯耀的家世。至於上學是被鼓勵的，小學時期頗受師長的照顧，初中雖然考上虎尾中學，卻有如劉姥姥進大觀園，似乎在茫然與無所適從之中度過中學時期。唯一明白的是：要讀書、要上大學。唯一喜歡的是閱讀。雖然成績不出色，卻也考上了輔仁大學中文系。而當時中文系是個人唯一的堅持與選項。

　　我在輔仁大學中文系所的時間，是一九六四年九月到一九七一年六月（大學四年，當兵一年，碩士兩年）。同年八月應聘到臺東師專。六〇年代考上大學，是一件不容易的榮耀事。而上大學則是我人生的轉折點。

　　在大學期間，使我眼界大開。雖然不是風雲學生，卻也不是孤行怪異。基本上，雖然歡喜接觸外界與新知，卻也潔身自愛，亦有自己的堅持，尤其是對讀書的執著。

　　當時輔仁大學的系所主任是王靜芝，他是書、畫家，學術專長詩經。當時系所的專任教授不多，而兼任教授皆是一時之選，如鄭騫、臺靜農、高明、孔德成、許世瑛、嚴靈峰、張秀亞、葉嘉瑩、葉慶炳、杜維運、蔣復璁（歷史系）、南懷瑾（哲學系）。在這些名師的教導下，苦讀了甲骨文、殷曆譜、史記、說文解字、易經、尚書、左傳、禮記、昭明文選、老莊、四書、韓柳文、唐詩、宋詞、戲曲、唐宋明清小說、禪宗等。

　　當時的中文系是以古典的經、史、子、集為主。張秀亞在研究所開新文藝，對我是有致命的吸引力。因此在正課之外，所接觸的就是所謂的新文學、新文藝以及現代藝術與新思潮，如五月畫會、存在主義等。也幾乎讀盡當時的新潮文庫、文星叢刊。而倪匡、金庸更是當時的必讀書冊。

　　除外，又與蕭水順（蕭蕭）等人參與編輯學生會的《輔大新聞》、

《新境界》。而當時曾經同寢室的好友，有呂家恂、陳維德、蕭水順、何寄澎、徐漢昌、林明德等人，皆是典型年少輕狂的損、益友。

當時的中文系，似乎是門戶森嚴，碩士未能擠上名校，似乎也上不了博士班。雖然，我自我感覺良好，但輔仁並非一流中文系，專任名教授不多，而所謂兼課名教授，只有上課時間才會碰面。因此，師生間缺乏師徒的情誼。想入門當弟子，似乎有如緣木求魚。在當時，入門似乎是博士生的基本門檻。又當時只有臺大、師大與政大有博士班。因此，在門戶與入門弟子的潛規則之下，他校碩士生想上博士班，可說戞戞乎其難哉！

總之，就學術師承而言，我似乎無師承可言。（有的只是私淑而已。）所以，在碩士畢業，進修無機會之下，毅然決然的應聘到臺東師專。

到臺東，又是人生的另一轉向，也是正式邁向學術之途。

在臺東師專第二年（1972年8月）接任教務處出版組，隔年創辦《臺東師專學報》，在稿源與升等壓力之下，正是我古典文學研究的盛產時期。

一九七三年九月，臺東師專語文組有新文藝習作與兒童文學與習作兩門課，由於其他教授不接觸新文學，於是因緣與巧合搭上另一條全新的兒童文學之路。

七〇年代的臺東，地處東隅，文風不盛，學術資源不足，於是只能用郵局劃撥購書。其次遊說校方購書，印象中七、八〇年代裡，校方購有《四庫全書珍本》、《百部叢書》。而個人七〇年代前期，因民俗與妻子匡交往，其間除書信來往之外，前後上陽明山多次，除自己購買多數他複印主編的民俗叢書外，校方亦幾乎購進全套。

由於研究需要，個人也購買大量的古典文學文本，如全唐詩、全宋詞，以及專家詩文集。工具書如《說文解字詁林》、《甲骨文集

釋》、《十三經注疏本》、《廿五史》、新興版《筆記小說大觀》（似乎有二十編左右）、《民俗叢書》。

其實，這個時期的學術走向，是古典文學與兒童文學並行。這是在現實考量與因緣巧合的抉擇。在現實考量之下，如以兒童文學作為升等論文的研究方向，似乎機會不大，因為兒童文學在臺灣是一九六〇年從師專語文組冒出來的一門學科，尚未取得學術界的認同。因此，只能以古典文學論著升等。於是有了花木蘭《林文寶古典文學研究文存（上、下）》的論著。

在這些古典文學論述裡，可見除受研究所教授影響之外，並有當時外來思潮的影子，尤其是新批評，以及其他社會科學。這也是求學之路初期的雜食現象。至於其他與古典文學有關的論文，如啟蒙教育、笑話、謎語等研究，其間可見俗文學、教育學、心理學的影子，但基本上已是從兒童文學入手，而其走向已然朝兒童文學之路前行。

奔向臺東，或許是當年的豪情與壯志？或許是年少輕狂？但至少執著與不服輸的心是不變的，處在陌生的師範體系中，驀然發現兒童文學，以及教育的無限魅力，與原來單向中文系師承體系大為不同。在師範體系中，我看到了所謂社會科學，於是鞭策自己努力於進德修業，在人文與社會科學之間取得互補與平衡，進而建立人文主體。因此，七〇年代是我反省與細嚼的時期，在古典文學與現當代文學（尤其是兒童文學）、社會科學（教育學、心理學）中涵泳。八〇年代則毅然走向兒童文學，而古典文學則成為我主要的源頭活水。

在七〇、八〇年代裡，幾乎接觸各種小眾文學性刊物、同仁刊物，並於一九八三年四月，與好友吳當創辦《海洋兒童文學》刊物。（1987年4月出13期後停刊）

在細嚼古典文學中，並思考中文系的名師，皆屬卓然成家，卻不易得其門而入，基本上似乎無理路可循，因為他們都博學多聞，甚至

記誦如流。簡單的說缺乏系統結構，也就是缺乏研究法。而社會科學為我開啟了科學性研究的另一道窗。一般說來，文學論述，以敘事為主；社會科學的論述，則以實證為主。而七〇年代中期引進所謂教育研究方法的新取向，亦即是所謂質的研究法，這種質的研究法，就是從量化轉質化的敘事方法，其實就是人文學科研究方法的系統化。

西方引進的論文書寫格式，流行的有心理學的 APA 格式與語言學的 MLA 格式，所謂格式，即是制約、是標準化，亦即是另一種的文化霸權。在科學研究方法的轉移過程中，似乎無視文化的異同，以及思維方式的差異。只見西方學者的系統性與實證性。於是逐漸成為沒有歷史與記憶的學者。君不見，中文出版書籍中皆有出版年、月（或日），可是在參考書目裡，卻僅見出版年，其理由是 APA、MLA 都沒有出版月。外文為什麼不寫出出版月，其實是他們的出版品只有出版年，為什麼只有出版年，這是文化不同使然。既是學術，理當求真、求準確，既然有出版年、月，為什麼不書寫。

其實，所謂的學術，或稱為科研（科學研究），它是人類追求知識或解決問題的一種活動。科研採用了一種特殊的方法或程序，這種方法西方稱之科學研究方法。亦即是有系統的實證研究方法。

一般說來，這種科學方法是由四個主要步驟所組成：建立假設、收集資料、分析資料與推演結論。而這四個步驟，實際上是由兩個重要的成份所組成，此即歸納法（inductive method）與演繹法（deductive method）。歸納法是先觀察、蒐集及記錄若干個別事例，探求其共同特徵或特徵間的關係，從而將所得結果推廣到其他未經觀察的類似事例，而獲得一項通則性的陳述。例如，我們如果觀察與記錄了五百個人的生活史，便會發現每個人都有死亡的一天，也就是說死亡是這五百個人的共同特徵；不過，我們通常不會滿意於這樣一項結論，而會推廣其適用範圍，進而獲得如下的通則性敘述：人皆有死。至於演繹

法的進行方向則正好相反，是自一項通則性的陳述開始，根據邏輯推論的法則，獲得一項個別性的陳述。例如：人皆有死；張君是人；所以張君必死。

　　科學方法中雖然兼含歸納與演繹兩種成分，但卻以前一成分最能代表其特色，而歸納活動所涉及的程序幾乎是全是實徵性的，我們可以說科學方法主要是一種實徵性的方法。因此，所謂的學術研究（或論文書寫），一言以蔽之，即是歸納與演繹而已，其間，又以歸納為先。但知識領域有別，從研究「對象」為判準，因對象不同，其研究的取向與方法亦有別：

　　一、自然科學：以人類以外的自然現象為研究對象的學科。

　　二、社會科學：以研究人類的社群組織，人際關係為重心，著
　　　　重點在群體及其運作上。

　　三、人文學科：探討人類的思維與精神產物為主，著重點在個
　　　　體及其表達上。

　　知識領域不同，研究方式就會有不同，因此伊瑟（Wolfgang Iser）在《怎樣做理論》一書，提出硬理論和軟理論之別，試將整理其列表如下：

	硬理論	軟理論
思維工具	進行預測	意在勾勒
基本概念	法則	隱喻
驗證程序	可	不可
消長	不可驗證	興趣變更

（見南京大學，2008年10月，頁5-8）

　　而所謂的軟理論，似乎是針對人文學科而言。

　　回顧早期有關古典文學的論述，可見自己是在摸索中前行，其行文書寫與格式也在摸索與省思中成長。為什麼西方對我們的影響無所不至，甚至學術亦被殖民化而不知覺，就其根源，或曰始於中國的現代化。所謂現代化，是歷史學者、社會科學者給予的名詞之一。現代化是指人類又經歷著一個巨大的革命性的形變。這個現代化運動的特色之一是它是根源於科學與技術；其特色之二是它是全球的歷史活動。更明確地說，這個現代化運動是人類社會所經歷的巨大形變的最近期現象，它是十七世紀牛頓以後導致的科技革命的產物。

　　而中國之巨變，是因十九世紀中葉西方帝國主義船堅炮利的轟擊而開始的。亦即是始於一八三八年，以湖廣總督林則徐為欽差大臣，前往廣東查禁鴉片。一九四〇年引發鴉片戰爭，至一九四二年七月簽訂南京條約。中國也因此門戶洞開，傳統解組，被迫走上現代化之途。

　　且我們對現代化的認知亦環繞在「認同」與「變革」中，至今仍未能自拔。

　　個人從七〇年代的自我反省與細剒，到八〇年代毅然走向兒童文學，尤其是一九八七年八月接掌語文教育系，更是確立了兒童文學的方向，其間年年舉辦大型學術研討會，至一九九六年籌設兒童文學研究所，更首開系所行銷的先例，並將其過程出版《一所研究所的成立》（1997年10月）一書。

　　個人在學術行政時期，因地處偏遠，因此皆以刊行學術刊物為先。且個人的論述，亦皆以刊登在自己的刊物為優先。

　　九〇年代初期，我的兒童文學研究方向於焉形成。因此，我的兒童文學研究，其立足處亦即始於中國的現代化。如何看待臺灣的兒童文學，個人則以後殖民論述之，並立足於「臺灣意識」和「文化中國」，其目的在於重現主體性與自主性。

　　以上因早期有關古典文學論文的結集出版，而引發多端的警言與贅詞，其目的在於記錄個人的心路歷程。

二

　　至於跟兒童文學相遇，純屬因緣與巧合，一九七一年八月一日應聘臺東師專，臺東師範專科學校，前身是臺東師範學校，一九六七年八月改制為臺東師範專科學校，它是師範學校中最後一所改制為專科。東師專首先招收體師科，兩年後有國師科，而國師科四年級有語文組，語文組中有「兒童文學」的選修，一九七三年九月我開始講授「兒童文學」。在講授之前的半年，我開始踏上兒童文學的追尋之路。當時外文資訊不多，而自己外語能力亦不足，只能搜尋中文相關資料。又師專語文組大都有開「兒童文學」的課，也各有自己編撰的教科書，其中最通行的圖書是：

兒童文學研究　劉錫蘭編著　臺中市　臺中師專　1963年10月修訂
　再版
兒童文學　林守為著　臺南市　自印本　1964年3月
兒童文學研究　吳鼎著　臺北市　臺灣教育輔導月刊社　1965年3月

另外，可見的相關兒童文學編著：

兒童讀物研究　張雪門等著　臺北市　小學生雜誌畫刊社　1965年
　4月
兒童讀物研究第2輯　吳鼎等著　臺北市　小學生雜誌畫刊社
　1966年5月

國語及兒童文學研究　瞿述祖主編　臺中市　臺灣省臺中師範專科
　　學校　1966年12月
兒童讀物的寫作　林守為著　臺南市　自印本　1969年4月
談兒童文學　鄭蕤著　臺中市　光啟出版社　1969年7月

　　其餘則散見於報章、雜誌、學術期刊。林良的《淺語的藝術》也
尚未結集出版。當時，臺灣省教育廳兒童讀物編輯小組（1964年6月
成立）已然成型，且亦逐漸加大影響力；而臺灣省教育廳國小教師研
習，於一九七一年五月三日至二十九日開辦第一梯次的「兒童讀物寫
作研究班」。就兒童文學發展的演進而言，有蓄意待發的態勢。我雖
身處東隅，卻仍有恭逢其盛，身有榮焉的感覺。

　　臺東師專是最後改制的師範學校，或許也是最慢有「兒童文學」
課程的開設。我也因此踏上永遠在路上的兒童文學。並於一九七五年
四月《東師學報》第三期刊登第一篇學術性論述──〈兒童文學製作
之理論〉（頁1-32）。東師專從一九七三年起，語文組「兒童文學」、
「新文藝習作」的課程，皆由我負責教授，這段時期除沈潛於兒童文
學的研究，並指導學生創作，當時二十世紀七〇年代中期「楊弦民
歌」、邱燮友「唐詩朗誦」方起，在晚期亦帶領學生演唱民歌與詩詞
吟誦。

　　師專時期，是我進德修業的流金歲月，除兒童文學、古典文學
外，並致力於師專本身的語文領域，尤其是參與了師專生國語文統一
會考、師專生基本能力測驗等體制內的改變。

　　一九八七年八月一日起，九所師專一次改制為師範學院。在新制
師範學校的一般課程，列有兩個學分的「兒童文學」，且是師院生的
必修科目。（其間體育系、音樂系、美勞系、特教系等除外。）

　　改制之日，個人承當時李保玉院長之命，忝兼語教系主任，旋即
刊行《東師語文學刊》，隔年又編印《語文叢書》，並於一九九一年八

月起增設「兒童讀物研究中心」，使本系確立研究與發展的方向。

　　當時，兒童文學授課教師除我之外，另有何三本、洪文珍，後期又有楊茂秀、洪文瓊，可謂集盛一時。

　　個人在東師專，「兒童文學」一科開授不斷，其間除正期師專語文組外，並於師專暑假進修部開設有選修課，專科部於一九九一年七月正式結束，總計師專時代的「兒童文學」課程開授有十八年之久。

　　師專結束，曾幾度興起蒐集師專時期學生創作之念頭。直到一九九一年，第一屆師院畢業生劉怡瑩留系當助教，始將收存的校刊、報章、雜誌交付劉君篩選，於是有了《鹿鳴溪的故事》選集的出版（1992年5月）並列為東師語文叢書第四種。

　　改制當年，臺灣省教育廳指示臺中師院，舉行臺灣區省立師範學院七六學年度「兒童文學學術研討會」，時間是一九八八年五月二十七日，於是開啟了師院語教系兒童文學學術研討之路。隔年起，皆由臺東師院承辦。

　　又於一九九三年，在個人的努力與教育部中教司許泰益科長的支持下，設立「師院生兒童文學創作獎」。

　　東師語教系也因為「兒童文學」而確立起它在師院語教系的領頭羊地位。當時的語教系是師院體系裡活動最多且耀眼的學系。

　　個人在負責語教系務之時，透過產、官、學合作，年年舉辦相關的兒童文學研討外，其間，於一九八八年應幼獅文化公司總編輯何寄澎之邀，主編《兒童文學選集》，五冊，這是第一套有代表性的選集，作品年代一九四五至一九八七年止。又一九九〇年起受臺東社教館委承辦「東區兒童文學獎」。

　　從兒童文學研討會，到「兒童讀物研究中心」的成立、「師院生兒童文學創作獎」的設立，與產、官、學的互動，同時在語教系成立活動所需的「基金」，種種的措施，是在確立語教系未來的發展特色。

　　一九九三年七月卸下語教系行政職，八月旋即兼任本校的初等教

育研究所籌備委員會主任，負責籌畫初等教育研究所相關事宜，籌備
時間從一九九三年八月至一九九四年七月新生報到止。其間計開九次
會議，課程分成兩大類──學科教學群與教育理論群。學科教學群有
四群：兒童文學、數理科教育、社會科教育、其他學科教育。初級教
育研究所成立後，我回歸語教系任專職教授。

三

　　一九九五年，撰寫「國立臺東師範學院85學年度申請增設兒童文
學研究所計畫書」，一九九六年八月十六日教育部字號（85）師
（二）字第八五五一五八九四號，本校兒童文學研究所經奉報行政院
核准增設並設立進行籌備。八月二十六日方榮爵校長聘本人兼任兒童
文學研究所籌備處召集人。於是簽請籌備委員六人，組成籌備小組，
前後開十次籌備會議。其間除例行事物外，並對專業人員進行「有關
兒童文學研究所籌設之問卷」、「東師院兒童讀物研究中心籌募圖書啟
事」。又利用報刊媒體，廣增各方面意見，並有臺北市、高雄市兩場
說明與座談會，首開高校行銷的案例，最後並將籌設過程出版成書，
書名《一所研究所的成立》，列為兒文所兒童文學叢書（一）（1997年
10月出版）

　　籌備期間（1997年1月19日～29日），與語教系共同籌組至大陸從
事兒童文學交流參訪活動，主要學校有西南師範大學、浙江師範大
學。於是乎每年寒假到大陸交流活動，成為所裡的必然例行事件，每
年都由我帶隊，除風景、名勝外，我們踏遍有兒童文學研究所的學
校，我們與少兒出版社、童書作家交流座談。當然，我們也把臺灣的
兒童文學資訊、兒童閱讀、國小語文教學等帶進大陸。

　　研究所五月招生，九月開學。臺東師院的「兒童文學研究所」是

獨立的所，它不附屬於語教系或教育系，它是第一所獨立的兒童文學研究所。

當年設所的發展方向與重點是：

1. 使其成為臺灣地區兒童文學研究所的重鎮，進而成為華文世界的研究中心。
2. 「立足本土，心懷大陸，放眼天下。」惟有根植本土，才能有國際觀，正是的「本土策略，全球表現。」

研究所正式設立後，我接任所長，隨即創辦《兒童文學學刊》，以及出版叢書，繼續每年舉行研討，並邀請大陸兒童文學學者來兒文所作短期講學，如王泉根、方衛平、梅子涵、朱自強、馬力、曹文軒、吳岩等人。因學者來講學，發現繪本，也因此催生了大陸繪本的閱讀。

一九九六年，對我而言是關鍵的一年，這年我兼任兒童文學所籌備處召集人；又因處理「毛毛蟲學苑」事，於一九九六年八月接任「毛毛蟲兒童哲學基金會」董事長，其間長期十年之久，歷經林意雪、郭建華、侯秋伶等三位執行長；同年，八月參與臺灣省國民學校教師研習會國語實驗教材課程研究發展小組，該實驗課程已實驗兩年，我是第三年加入。除外，又受聘小學國語科的審查委員。

個人創所的理念，是想重現宋儒風範與書院講學，因此特別重視人與書，在研究所場域中，處處有書，處處有可以讓人休息的角落，每間研究室既是教師的研究室，也是上課的地方。同時，每星期三早上三、四節是所的共同時間，不排課，是師生開會或聽講座的時段。

為了配合創所理念，二〇〇〇年五月又協助成立臺東縣故事協會，會址就在所裡，於二〇〇二年九月成立財團法人兒童文化基金會，作為兒文所外圍支援單位。

　　期間除個人教學、研究、社會服務外，有臺灣兒童文學史作
業──兒童文學從業者訪問稿（含作家、出版社、學者、圖畫書作家
等），計有三百二十人次左右；以及個人建置兒童文學創作、翻譯、
論述等書目，前二者止於二○○九年，論述書目持續不斷。更有以所
的名義進行推廣與基礎性研究，重要者如下：

1. 由文建會主辦，兒文所承辦的「臺灣兒童文學一百」評選活
   動。活動時間自1999年7月至12月。選出自1945～1998年共
   102本臺灣兒童文學優良作品，另有配套的研討會。並結集
   成《臺灣（1945～1998）兒童文學100》一書，於2000年3月
   出版。

2. 文建會主辦，兒文所承辦的「兒歌一百徵選」活動，從2000
   年～2004年合計五年，每年結集出版。

3. 由文建會委託兒文所承辦「臺灣地區兒童閱讀興趣調查研究
   計畫」，執行時間是1999年7月至12月。結案有《臺灣地區閱
   讀興趣調查研究》一書（2000年2月）。

4. 為慶祝改制大學與兒文所博士班招生而設，獎項名稱：臺東
   大學兒童文學獎，自2003年起，計辦五屆。

5. 臺灣文學館委託案：「臺灣兒童文學作家作品目錄編輯計畫」，
   執行時間自2005年1月～2007年12月。計收作家254位。

6. 臺灣文學館委託案：「臺灣兒童文學評論分類資料目錄（含
   書目、摘要、碩博士論文、期刊、報紙等）編輯計畫」，執
   行時間自2009年3月至2010年12月。收錄資料從1945年～
   2008年。

7. 原住民族委員會補助案，「臺灣原住民兒童圖畫書精選計畫
   案」，蒐羅了1966～2010年的原住民圖畫書，請專家學者諮
   詢與協助，選出50本，並結集出版。（2011年8月）

8. 臺灣史前文化博物館委託案,「南科考古繪本」,兒童展示廳
　　繪本故事製作計畫,執行時間2011年至2012年。計出版「南
　　科考古繪本系列」《南科考古大發現》、《少年加弄與狗》、
　　《人面陶偶的祕密》等共三冊,以及「學習手冊」一本。
　　(2013年9月出版)

中國的巨變與現代化,是因十九世紀中葉西方帝國主義的船堅炮
利,而其引爆點則始於中英的鴉片戰爭(1840),接續一八九四年中
日甲午戰爭之慘敗,遂構成覺醒之重大關鍵,形成種種思想變化。於
是乎傳統的中國,遭遇到亙古所未有的挑戰,產生了巨大深刻的形
變。對中國來說,這是個屈辱的世紀,也是尋求富強的世紀;這是個
失落的世紀,也是個再生的世紀;這是中國傳統解放的世紀,也是中
國現代化的世紀。

傳統教育的解組,緣於兒童、教育、觀念的改變,以及通俗文學
的振興。再加上五四運動的推波。所謂蒙書已然成為歷史,清末民初
稱為「國文」,教學文言,至一九二三年以後改稱「國語」教學語體
白話文。

「兒童文學」的出現,即是傳統啟蒙教育的解組,它是整個新文
化運動的一環,「兒童文學」名稱或始於周作人,時間是一九一二年
六月六、七日「民興日報」發表〈童話研究〉,這篇文章後來又重刊
於一九一三年八月刊行的《教育部編纂處月刊》。該刊九月號發表
〈童話略論〉。這兩篇文章可是中國現代文學史上最早關於「童話」
的專編。這兩篇中有「兒童文學」一詞。由於可知「兒童文學」一詞
周氏在民初二、三年(1912、1913)年間即已採用,並見之於刊物,
而「兒童文學」一詞一九二○年始較廣為流行。周作人廣為人知的
「兒童的文學」一文,原是一九二○年十月二十六日應蔡元培之邀在

孔德學校所作的一場演講的講稿，後來發表於一九二〇年十二月刊出的《新青年》第八卷第四號，篇名〈兒童的文學〉。

　　二〇、三〇年代是兒童文學的時代，第一部兒童文學著作《兒童文學概論》的作者：魏壽鏞、周侯予兩人在全書正文的第二段有段洋溢著激動之情的話：

> 旁的不用說，年來最時髦，最新鮮，興高采烈，提倡鼓吹，研究試驗的，不是這個「兒童文學」問題嗎？教師教，教兒童文學，兒童讀，讀兒童文學，研究兒童文學，演講兒童文學，編輯兒童文學，這種蓬蓬勃勃勇往直前的精神，令人可驚可喜。
> （商務印書館，1923年8月，頁1）

　　由此想像當時，兒童文學火熱的盛況，江蘇一師於一九二一年最早開設兒童文學課程。又一九二〇年全國教育聯合會擬訂「各科課程綱要」，曾經提議「小學國語科讀書教材的內容，應以兒童文學為中心」。一九二三年六月，由吳研因起草，全國教育聯合會新學制課程標準起草委員會覆訂的「新學制課程標準綱要小學國語課程綱要」，這份課程標準確立了兒童文學教育在小學國語課程中的中心地位，吳研因被稱為「對國語及兒童文學之提倡，可謂最先之一人。」也因此一九二九年「小學課程暫行標準（小學國語）」「第一目標」更明文確立「欣賞相當的兒童文學，以擴充想像，啟發思想，涵養感情，並增長閱讀兒童圖書的興趣。」

　　而後，國共分治。臺灣於一九六〇年改制師專始有「兒童文學」課程的開設。師專後期與師院時期，是兒童文學鼎盛的年，其中空中大學開設相關「兒童文學」課程亦功不可沒，至於課程的式微，則是在學程開放之後。一般說來，在臺灣兒童文學是小學教師必修的學

分，也就是說它能落實到基層與教學。反之，小學的語文教材與教法
則平實至甚無可取。在臺灣並沒有培育師範語文師資的高校，所謂三
所師範高校，卻專致與其他高校較量學術。在師範高校中，我們看不
到真正用心語文教學研究的教授，或許艾偉是其中的頂尖者。我們只
見「小學語文教學研究」、「小學語文教學探索」或「小學語文科教材
與教法」之類的書名，是平實的、務實的，似乎沒有稱之為「學」
者；而大陸不是「小學語文教育學」，就是「語文學科論」。又臺灣不
見語文史之類的著作，而大陸語文史料與歷史卻不少。

　　臺灣兒童文學的落實，或許二〇、三〇年代的隱形的傳承，但是
在兒童文學與教材之間的論述，似乎乏人涉及，其間僅見上世紀九〇
年代的林政華。林政華在《兒童少年文學》一書中〈第肆編應用落實
篇〉，用了超過五十頁的篇幅來論述兒童文學與國語文教學息息相
關，甚至認為國語課文應該全部選錄兒童文學作品。

　　至於大陸的兒童文學，似乎一直寄生在高校的貴族，缺乏地氣。
在教材開放之後，則成為落入紅塵的仙子，人人爭寵的對象，其間重
要論述有：

兒童文學的教育價值論綱　馬力著　瀋陽市　2000年1月

小學語文文學教育　朱自強著　長春市　東北師範大學出版社
　　2001年2月

兒童文學與中小學語文教學　王富仁、鄭國民主編　廣州市　2006
　　年10月

兒童文學視野下小學語文教學研究　孫建國著　北京市　光明日報
　　出版部　2010年5月

論兒童文學的教育性　侯穎著　北京市　中國社會科學出版社
　　2012年6月

另外，以兒童文學專家的觀點，有三本值得關注的書：

中國兒童文學5人談　梅子涵、方衛平、朱自強、彭懿、曹文軒
　　天津市　新蕾出版社　2001年9月
中國兒童閱讀6人談　梅子涵、朱自強、彭懿、阿甲、王林、徐冬
　　梅　天津市　新蕾出版社　2008年12月
小學語文教材7人談　朱自強、王榮生、徐冬梅、李慶明、郭初
　　陽、周意民、張學青　長春市　長春出版社　2010年1月

　　大陸也因此編選許多非正式教材的兒童文學教材本。
　　又值得注意有張心科，從文獻與歷史的觀點來說明清末、民初的
兒童文學教育：

清末民國兒童文學教育發展史論　北京市　北京師範大學出版社
　　2011年5月
民國兒童文學教育文論輯箋　北京市　海豚出版社　2012年12月

　　其實，教材的開放，乃是緣於二十世紀末世界性的教育改革浪
潮，當時兩岸三地，似乎是臺灣領頭，大陸、香港跟進。在課程開放
改革，大陸、香港則著力於兒童文學與閱讀，而臺灣則以閱讀為主。
　　而大陸二○一五年更出現了兩本有關兒童文學教法的論著：

小學語文兒童文學教學法　朱自強著　南昌市　二十一世紀出版社
　　2015年9月
兒童文學與小學語文教學　王蕾主編　北京市　北京人民教育出版
　　社　2015年9月

四

個人因緣際會，涉足兒童文學、國小教材與閱讀推廣。

兒童文學是我一生的志業，而兒童文學本是緣於教育兒童的產生，是以與兒童、閱讀息息相關，至於國小語文、本是我任教於師範學校的本業，況且我也當過兩任六年的語教系主任，其間曾專注修辭學、作文及語文科教學相關資料的收集，其間集冊成書者有：

朗誦研究　臺北市　文史哲出版社　1989年3月
歷代啟蒙教材初探　臺北市　萬卷樓圖書公司　1997年4月
語文科教學參考資料彙編　臺東市　臺東師院附設實驗小學　1999年

至於兒童文學或與國小教材相關者，除專著外，重要單篇論述依性質分成四類，交由萬卷樓圖書股份有限公司出版（2011年11月）。

在關鍵的一九九六年那一年，我接掌毛毛蟲兒童哲學基金會董事長，且長達十年之久，而這十年是臺灣推廣兒童閱讀的黃金時期，正是所謂的躬逢其盛，期間並參與「好書大家讀」、「中小學生優良課外讀物」的選書工作。同時於一九九九年二月一日到六日，為文建會舉辦「師院應屆畢業生讀書領導人培訓」活動，並將授課講義結集成《讀書會、閱讀與知識》一書。（1999年2月，列為兒文所叢書（二）。）

去年（2015）三月二十五日年輕學者謝煒珞來電郵說：

> 現在有一個非常有意義的工作，就是出版一套兒童文學教育叢書，把臺灣、香港、中國三地的兒童文學教育理念及實際清晰有系統地展現出來。您是這方面的專家，臺灣自然非您莫屬了。不知道您是否有興趣呢？如有興趣，我們再詳談，靜候佳音。

二十六日又來電郵：

> 我們的計畫是把兒童文學教育理念及模式，以及實踐成效，整
> 理成書，以地域分（臺灣、香港、內地）三本出版。附上香港
> 一書的目錄作為參考。

　　當然，長期以來致力於兒童文學與語文教育，不論理論或實務都
有涉及，同時也有許多相關論述發表，但細細思來，臺灣兒童文學與
語文的教育，與香港、大陸真的是大不同，香港、大陸兒童文學教育
初期，個人也略有涉及與頗知一二。然而似乎也有些話不吐不快。於
是在五月底初步同意。隨後煒珞即寄來她的大作，這是她北京師大的
博士論文，隨即草擬全書的章節架構，並約請博士生江福祐、林素
文、以及師專時期語文組學生陳麗雲、吳雪麗。請他們就章節架構去
收集與閱讀相關文獻，而後定期討論並確定章節架構。六月十四日，
煒珞又來信告知北京的出版書號已經拿到了，並預定二〇一六年七月
至十二月出版。

　　於是，我們從二〇一五年暑假七月開始進行書寫。其中有部分章
節，是多年來論述且已撰文發表者，且其論述觀點至今仍不變，是以
將其移至本書，其原文出處如下：

文章	出處	頁數
兒童文學與教育的關係	《兒童文學論集》	頁39-69
小學語文教材與兒童文學之關係	《兒童文學與語文教育》	頁91-110
兒童文學課程的演進	同上	頁111-120
師範院校「兒童文學」師資與課程概況	同上	頁39-89
傳統啟蒙教育鳥瞰	同上	頁29-37

　　兩岸三地對兒童文學與教材之間的關係，熱冷不一。大陸兒童文學者熱度有餘；香港似乎則實踐與理論合一；臺灣則冷處理，且以閱讀為重。但似乎皆缺乏史觀。因此臺灣地區的書寫，立足文獻與歷史的觀點，並涉及論述閱讀與教學及案例。雖然兩岸三地都在強調閱讀，而且教材、閱讀最早亦皆取經於臺灣，但在著立點仍有不同。臺灣地區小學閱讀的主流論著有：

教出閱讀力　柯華葳著　臺北市　天下雜誌公司　2006年11月
培養super小讀者　柯華葳著　臺北市　天下雜誌公司　2009年3月
閱讀理解策略教學手冊　企劃總召柯華葳　臺北市　教育部　2010年4月
閱讀理解──問思教學手冊　專案顧問柯華葳　臺北市　教育部　2012年9月
高效閱讀──閱讀理解問思教學　許育健著　臺北市　幼獅文化事業公司　2015年6月

　　博士生江福祐、林素文除幫助蒐集文獻外，並負責部分書寫，福祐目前是小學閱讀教師，理當書寫〈臺灣兒童閱讀的歷程〉（課程標準中的閱讀一節除外）與〈小學國語教科書的現象觀察〉，素文書寫〈中國現代的兒童文學緣起〉一節。至於教學與課例，則請陳麗雲、吳雪麗兩位老師幫忙，他們是我師專時期語文組的學生，目前是授課的名師，對他們來說是得心應手，多年後再結因緣，自是福份不薄。同時，亦當感謝提供教學課例的幾位老師。

　　因緣與巧合，因書寫臺灣兒童文學與國小語文教材之際，論及個人學術因緣，以及和兒童文學、語文教材、閱讀等等相關事宜，並以此作為〈前言〉，仍請方家見諒。

　　又各章體例不盡一致，亦可見個人書寫之風貌。（2016年4月）

第二章
兒童文學的意義

第一節　兒童文學的意義

　　兒童文學是一個流動的概念，其產生是肇始於教育兒童的需要，而其動力則來自於工業革命與中產階段興起。

　　當然，兒童的被發現，以及兒童觀的演進，更是與兒童教育、兒童文學息息相關。以下略述重要關鍵詞。

一　意義

　　有關兒童文學的定義，可說界說紛紜，引用林良在《純真的境界》一書中，引錄兩段英國人編印百科全書：

> 《世界百科全書》，在「給孩子的文學」的條目下卻說：「為了引起兒童閱讀興趣而撰寫的文學作品，可以說是一種新的文學門類。」（頁28）
> 《世界之書》百科全書（*The World Book Encyclopedia*）特別收入一個「兒童文學」辭條，開頭的第一句話就說：「跟固有的文學比起來，兒童文學是一種晚起的新文類。」（頁40）

　　個人認為：「兒童文學」一詞，就文法結構而言，是屬於組合關係的詞組，也稱「附加關係」或「主從關係」。其間「文學」是詞組

中的主體詞，稱為「端詞」；「兒童」是附加上去的，稱之為「加詞」。它最簡單而又明確的解釋是：兒童的文學。

　　但由於文法結構的限制，它只是由兩個名詞組合而成的專有名詞，其文意並不周延，且由於對「兒童」、「文學」有各種不同的解釋，於是有了各種不同的組合的定義。但至少從文法結構而言，它的主體是文學；又就修辭的角度來說，兒童文學之與成人文學不同，即是在於主要閱讀對象的不同。

　　其實，各種界定劃分都只是為了便於解說，難有十分清楚的分界。然而，就研究與教學的立場而言，兒童文學一方面要有兒童的特色，同時也要有可讀性的文學化。因此，我們認為兒童文學在本質上乃是在「遊戲的情趣」之追求，在實效上則是在於才能的啟發，而其終極目的則是在於人文的素養。是以，這種屬於兒童的文學作品，乃是經過一種的設計；這種設計，不論在心理上、生理上與社會上等方面而言，皆是適合於兒童的需要。更直接的說：兒童文學是為兒童量身打造的精神食糧。

　　目前，通行的說法，「兒童文學」、「兒童讀物」、「童書」，則是屬於互通的同義詞。但就學門而言，則包括創作、鑑賞、整理、研究、討論、出版、傳播與教學。

二　兒童中心

　　有關兒童被發現，以「兒童中心」的教育主張，可參見林玉體《一方活水──學前教育思想的發展》一書。

　　所謂兒童被發現，即是兒童的特殊性受到承認。

　　兒童文學之所以能自立門戶，是因為它有特定的服務對象。一般說來，是以○歲至十八歲為讀者對象的文學。這是它的特點與特殊性

之關鍵所在。兒童文學最大的特殊性在於：它的生產者（創作、出版、批評）是具有主控權的成年人；而消費者（購書、閱讀、接受）則是被照顧的兒童。因此，從某種意義上來說，一部兒童文學發展史，就是成人「兒童觀」的演變史。兒童文學的發現來自兒童的發現，兒童的發現直接與人的發現緊密相連，而人類對自身的發現，則是一段漫長的探索歷程。

　　儘管自古以來就有兒童的教育問題，可是把兒童當作完整個體看待的觀念，卻直到二十世紀初期才逐漸形成。在此之前，兒童被視為「小大人」，他們沒有自己的天地，只是成人社會的附屬品。二十世紀以後，由於發展心理學蓬勃發展，以及教育理念的演進，各界對兒童的獨特性才加以肯定，認為從發展的觀點看，兒童不是小大人，而是有他們自己的權利、需要、興趣和能力的個人，聯合國於一九五九年通過「兒童權利宣言」，可說正是這種潮流的具體反應。

　　在一段很長的時間中，童年並沒有什麼特性。根據歷史學家的研究，歐洲各國十六世紀以前，根本就沒有「童年」這個觀念，在那個年代，小孩子只是具體而微的成人，正因為「兒童」這觀念是逐漸產生的，所以對於兒童文學有意識的創作，在十六世紀以前也就成為不可能的事了。

　　從「童年」這觀念的認清到兒童文學的受到重視，其間約有二百年的時間。大概在十八世紀末以後，小孩子才不再是大人的縮影。在教育家眼裡，小孩子是獨立存在的，兒童需要一種特殊文學的觀念也因而產生，於是兒童文學的創作，才開始以兒童的興趣及教育並重。

　　兒童的特殊性受到承認，當首推十七世紀捷克教育家夸米紐斯（Johann Amos Comenius, 1592-1670），他最主要的貢獻就是把孩子看成一個個體。而英人洛克（John Locke, 1632-1704）也認為教育必須配合孩子的天份和個人的興趣。其後盧梭（Jean Jacques Rousseau,

1712-1778）在《愛彌兒》中首揭兒童教育的基本主張。在《愛彌兒》一書中才能找到以孩子特別的本性為出發點的教育原則。在很明確的目的下，不論求取知識方面、禮貌教育或品德教育方面，大家開始為兒童寫作。盧梭掀起了兒童研究的狂潮，兒童也拜盧梭、洛克之賜，開始從傳統權威中掙脫出來。此後，「自然兒童」的呼聲響徹雲霄；而後裴斯塔落齊（Johann Heinrich Pestalozzi, 1746-1827）更步其後塵，將「教育愛」用在兒童身上；又福祿貝爾（Friedrich Wilhelm August Froebel, 1782-1852）更身體力行，致力於學前教育；二十世紀以來，蒙特梭利（Dottoressa Maria Montessori, 1870-1952）以醫學和生理學眼光來探究兒童心靈的奧祕，提倡「獨立教育」，並創辦「兒童之家」；而杜威（John Dewey, 1859-1952）則是進步主義運動的推動者；又皮亞傑（Jean Piaget, 1896-1980）更以認知心理學的層次來開墾兒童心智上的沃土。他們都將教育的重點建立在兒童身上，是「兒童中心」學說的反映。

　　所謂「兒童中心」的教育主張，指的不是一套有系統、有統整性的理論，甚至在於許多重大的議題上，也有不同的觀點。但是在尊重兒童的獨立自由性則是一致的。在這種新觀念的主導下，「注重啟發」、「摒棄教育」及「兒童本位」便成為二十世紀以來兒童教育思想的主流。傳統教育以「小大人」為目的的兒童讀物已不符合新的兒童教育觀念，因為它們是從大人的角度來編寫的，在內容上通常只考慮到文字的淺顯，並未顧及兒童的興趣與需要。真正的兒童讀物應該是以兒童為考慮中心，它的目的是在幫助兒童的發展。因此，如何創作一些可以抓住兒童的好奇心、幽默感和挫折感的文學作品，正是現代兒童文學作家所要努力的。申言之，兒童文學要站在兒童的立場，從兒童的心理、生理與社會的觀點，再用兒童能理解的語言來創作。兒童文學在形式上和內容上，都是受到限制的，當一個作家在為兒童寫

作時，必須意識到：兒童特有的感覺、兒童特有的理論思考、兒童特有的心理反應，以及兒童特有的價值觀等。換言之，現在的兒童文學要以兒童發展（心理、生理與社會）為考慮基礎。這是我們在談論現代兒童文學時所必須的基本認識。

所謂「兒童中心」的教育主張，就是尊重的獨立自主性。

三　兒童與兒童權利公約

至於兒童的定義，依照我國《兒童福利法》的規定，兒童是指未滿十二歲的人；而依照《少年福利法》的規定，少年是指十二歲以上未滿十八歲的人。而二○○三年五月二十八日公布實施的《兒童及少年福利法》第二條：

> 本法所稱兒童及少年，指未滿十八歲之人；所稱兒童，指未滿十二歲之人；所謂少年，指十二歲以上未滿十八歲之人。

參照聯合國《兒童權利公約》的定義，兒童是指十八歲以下的人。

因此，兒童的年齡可以視情況作較大範圍的延伸及解釋，而本文則採用聯合國《兒童權利公約》的定義。

談到兒童，勢必談到聯合國《兒童權利公約》，而談到兒童權利，則會說到波蘭的雅努什‧柯札克（Janusz Korczak，1878年或1879.7-1942.8）柯札克生於俄羅斯帝國，波蘭會議王國華沙，死於特雷布林卡集中營，是兒童文學作家、人道主義者、小兒科醫生及兒童教育家。

柯札克在早期就關注與培養兒童相關的事務，並受到「新教育」理論和實踐的影響，他強調與兒童對話的重要性。

他出版過與培養兒童教學有關的書籍，並與兒童一起工作的過程

獲得了一手經驗，他強調解放兒童，尊重兒童的權利。柯札克培養孩子的看法對二次世界大戰後兒童立法方面產生了深遠的影響。波蘭為一九五九年發表的《兒童權利宣言》做了許多準備工作，並起草了《兒童權利公約》文件框架。為了向柯札克致敬，聯合國將一九七九年訂為「國際兒童年」，一九八九年聯合國大會發表的《兒童權利公約》內容，便深受柯札克的影響，世人稱他為「兒童權利之父」。

　　以下列出兒童權利發展小檔案：

　　　　1923年國際聯盟起草「兒童權利宣言」。

　　　　1924.9.26國際聯盟通過「日內瓦兒童權利宣言」。

　　　　1948.12.10聯合國通過「世界人權宣言」。

　　　　1959.11.20聯合國通過「兒童權利宣言」

　　　　（U. N. Declaration of the Rights of the Child）

　　　　1978年波蘭政府撰擬「兒童權利公約」草本。

　　　　1979年起聯合國工作小組審查前項草案，該年並訂為「國際兒童年」。

　　　　1989.11.20 聯合國通過「兒童權利公約」

　　　　（U. N. Convention on the Rights of the Child）該公約於1990.9.2正式生效，成為一項國際法。

四　兩大門類與五個層次

　　華文世界首開兒童文學層次者，當屬王泉根，王氏於一九八六年《浙江師範大學學報》（兒童文學研究專輯）中刊登〈論少年兒童年齡特徵的差異性與多層次的兒童文學分類〉一文，文中談到把兒童分為三個層次的文學（幼年文學、童年文學、少年文學）。而後作者又

在「三個層次」的基礎上，發展為「三個層次」與「兩大門類」，提
出了「兒童文學的新界說」。這一觀點分別刊載於《百科知識》1989
年第4期、《新華文摘》1989年第4期、新加坡《文學》半年刊1990年
總號第26期，及作者出版的《中國現代作家兒童文學精選　上》
（1989.7）《中國兒童文學現象研究》（1992.10）兩書。王氏從年齡界
定三個層次；從兒童接受主體的審美趣味的自我選擇，規範了「兒童
本位」與「非兒童本位」的兩大本位，進而建立了他所謂的兒童文學
新界說，他的新兒童文學界說用圖表簡示如下：

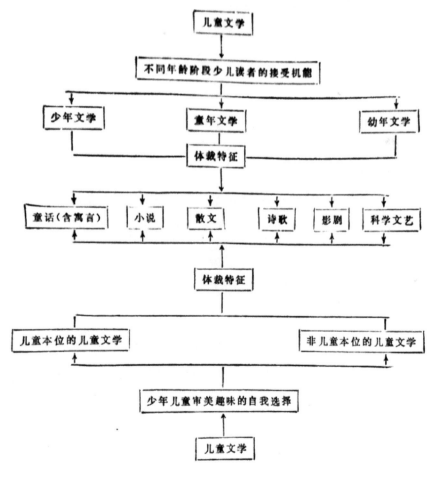

—— 見《中國兒童文學現象研究》，頁11

　　兒童文學的三個層次與兩大門類，是王泉根的創見。這個論述始於二十世紀八〇年代後期，形成於九〇年代初期。但由於時代局限，以及概念的流變。以今日而言，宜稱之為兩大門類與五個層次。

　　青少年文學，美國稱之為 Young Adult Literature，在中國、臺灣則屬存而不論的板塊。究其原因，與政經發展有關，尤其是教育制度更是關鍵所在。就義務教育而言，歐美國家有十二年，在中國、臺灣則是九年。所謂義務教育，即有強制與保護的意旨，而所謂的「青少年文學」，亦順理成章。

　　至於嬰兒文學的分化，遠因或與對低幼兒的研究及重視教育有關。所謂讀寫萌發，即是指對低幼讀寫。讀寫萌發的概念緣起於紐西蘭的克蕾（M. Clay），克蕾於一九六六年紐西蘭的奧克蘭大學（University of Auckland）所作的博士論文「萌發的閱讀行為」（Emergent Reading Behavio），第一次使用了「讀寫萌發」（emergent literacy）於是有了讀寫萌發的研究。從九〇年代起，臺灣地區亦有讀寫萌發概念進行有關幼兒讀物發展的研究。

　　至於他的近因，是緣於英國的 Bookstart 的運動。

　　一九九二年，由英國公益組織「圖書信託基金」（Booktrust）發起的 Bookstart 運動，是全世界第一項專門為嬰幼兒量身打造的大規模贈書活動；顧名思義，Bookstart 一字結合書籍（Book）及開始（Start）兩項意涵，透過免費贈書給育有嬰幼兒的家庭為手段，提倡鼓吹嬰幼兒即早接觸書籍，擁有快樂溫馨的早期閱讀經驗。

　　一九九二年的英國，擔任國中校長的 Wendy Cooling 被邀請參加一所小學的開學典禮。大部分的孩子都拿著老師之前發的繪本閱讀，但卻有一個五歲的孩子看起來相當困惑地聞著書，啃著書。看到這個情況的 Wendy Cooling 感到相當吃驚；她意識到即便是在英國這樣先進的國家中，在入學前完全未接觸過書的孩子仍舊是存在的。同年，

Wendy Cooling 成為英國 Book Trust 基金會童書部門負責人，開始著手進行 Bookstart。由英國 Book Trust 基金會、伯明罕大學教育系、伯明罕醫療機構及圖書館合作，在伯明罕地區進行試辦計畫。最初的計畫為免費贈書給三百個七到九個月的嬰兒。Bookstart 以「Share books with your baby」為口號，由健康訪問員（health visitor）在七到九個月健診時，將閱讀禮袋送至家長手中，同時並說明親子共讀的重要性及介紹附近的圖書館。

　　一九九二到一九九七年，Bookstart 在英國順利地拓展，但卻苦於經費不足。一九九八到二○○○年，英國的連鎖超市 Sainsbury's 贊助六百萬英鎊，有百分之九十二的嬰兒因此受惠。二○○一年 Bookstart 又再度面臨經費危機，教育機關、民間基金會等相繼捐贈，二十五間童書出版社也以低價提供書籍，因而 Bookstart 尚能繼續進行。二○○四年七月英國政府宣布編列 Bookstart 預算，並擴大實施。對象為英國四歲以下兒童。二○○五年開始，中央政府機關之 Sure Start Unit 對閱讀禮袋的費用及 Bookstart 的營運經費提供了支援。

　　臺灣地區最早實施 Bookstart 運動是在二○○三年於臺中縣沙鹿鎮深波圖書館。二○○五年十一月，信誼基金會成為 Bookstart 國際聯盟一員，二○○六年臺中縣與臺北市一同採用信誼基金會之「Bookstart 閱讀起步走」，其他縣市也陸續跟信誼基金會合作推行。高雄市則於二○○七年與愛智出版社合作推行「早讀運動」。而教育部亦於二○○九年在臺灣地區二十五縣市推行「0～3歲幼童閱讀起步」活動，希望藉由這項活動，讓孩子可以從小接觸閱讀，讓家長願意為孩子閱讀，為培養下一代良好的閱讀習慣奠定良好基礎。

　　又臺灣於二○一三年推動幼托整合，幼兒園收滿兩歲以上，六歲以下。

　　於是所謂嬰幼兒（或稱嬰兒）文學，似乎順理成章的在臺灣成形。

其實，有關青少年文學、嬰兒文學，洪文瓊於一九九二年六月〈兒童文學的「存有」問題與兒童的「界域」問題〉一文中（見《中華民國學會會訊》8卷3期，頁4-5）已有論述。

因此，所謂的五個層次是：嬰兒文學、幼兒文學、童年文學、少年文學與青少年文學。

其層次與年齡、教育體制列表如下：

層次	年齡	學制
嬰兒文學	0～2	托嬰
幼兒文學	3～5	幼兒園
童年文學	6～12	小學
少年文學	13～15	國中
青少年文學	16～18	高中

五層次年齡從〇歲到十八歲，亦符合聯合國《兒童權利公約》的規範。

最後將兩大門類與五層次列表如下：

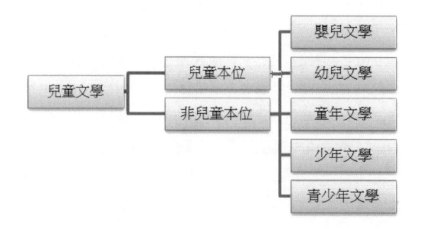

五　兒童文學的內容與分類

　　個人認為兒童文學、兒童讀物、童書是屬於互通的同義詞。或許我們可以說「兒童讀物」、「童書」是屬於普遍事實存在的用詞，是一般名詞，也是文學社會學的普羅用詞；至於「兒童文學」一詞，是屬於學術性術語，是專有名詞，是一種學門或學科的用詞。就內容（或內涵）而言，三者是相同的。因此，我們可以說凡適合兒童文學閱讀的、欣賞的、參考的書籍、報章、雜誌，甚至動漫、電影、電視、電子書皆是。

　　一般說來，兒童讀物因其傳達媒介不同，可分為文字與圖畫；又因寫作目的的不同，可分為非文學性的和文學性的，因此我們認為兒童讀物可以表分類如下：

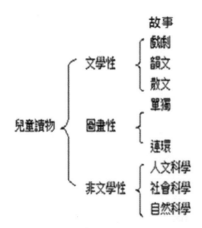

　　非文學性的讀物亦稱為知識性的讀物，重在傳達各種知識；而文學性的讀物，則重在傳達美感或遊戲的情趣。至於圖畫性的讀物，則是一種視覺的藝術，而是最具特殊色彩的一種形式。以兒童的立場來說，圖畫性的讀物可說是給幼兒的一種思想媒介，可以引導幼兒領會語言的聲音及意義。嚴格說來，凡是兒童讀物皆不離圖畫，只是圖畫多少的不同而已。從學習心理的立場來說：知識性的讀物屬於直接學

習；文學性的讀物是屬於間接學習；而圖畫性的讀物，則是屬於啟蒙
性的學習。

　　而中文界傳統的看法是兒童讀物涵蓋兒童文學，在「兒童文學」
的課程似乎不涉及非文學類（或稱知識性、實用性），其分類如下：

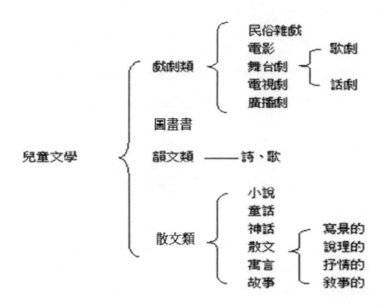

　　表中所列散文包括：敘事、抒情、說理、寫景四種，這是涵蓋式
的分法。至於日記、書信、遊記、傳記、笑話、謎語皆可包括在此四
種裡面，而不做其他種類的排列。至於故事、寓言、神話、童話、小
說原則上不論其材料來源如何，就其本身來說，皆含有故事性，其差
異只是故事性的偏向有所不同而已，而我們把這些類型歸之於散文
類，乃是採用傳統的分類法。

　　其實，由於科技的改變，以及寫作手法的翻新，外加讀者的需
求，所呈現出來文本，已非傳統文類所能涵蓋，互為文類已是普遍存
在的事實，又加文學性、非文學性屬性的歸屬，個人提出採用形式的
分類。一者可消弭兒童文學、兒童讀物的混淆；再者有簡明之效。所
謂五種形式分類如下：

散文形式，

戲劇形式，

圖像形式，

散文形式，

故事形式。

〔詳見〈兩岸兒童文體分類比較研究〉，《兒童文學學刊》14期（2005年5月），頁1-46。〕

第二節　兒童文學的源起

「兒童」一直是存在的事實，無關乎所謂的發現。

而童年也只是人生過程中的一個過渡時期。它的界線也隨著時代的變遷而改變。無論兒童研究，或童年研究，也只是社會學的轉向而已。

自存在以來，兒童即是被關注的對象。兒童需要成人的保護，而保護與控制只是一線之隔。其間的關鍵即是成人對兒童的看法，這種對兒童的看法即是所謂的兒童觀。

什麼時候出現兒童文學（或兒童讀物）：

在美術館的古老畫作裡，我們常常看到小女孩的肖像：她們穿著筆直的木鞋，沉重的絲絨裙子，腰身被囚禁在馬甲裡，脖子上緊緊地綁著絲帶，頭上戴著沉重的羽毛做成的帽子，還有各種鏈子、戒指、紡錘，她們為此要受多少苦！我們想把她們從中解脫出來，給她們柔軟輕薄、適合她們年幼身體穿著的裙子；我們甚至想把她們從這類似男人的穿著裡，從那些金屬盔甲、沉重不堪的皮質裝備和高筒靴裡解放出來。她們雖然站在那裡擺出英雄式的姿勢，可她們的神情裡卻透

漏著可笑和不幸。如果那麼多世紀以來，人們從來都沒有想到過要給兒童合適的衣服穿，那麼他們又怎麼會想到給予他們合適的書籍？

蒙詠琍《西洋兒童文學史》中說：

> 根據歷史學家的研究，歐洲各國在十六世紀以前，根本就沒有「童年」這個觀念，在那個時代，小孩子只是具體而微的成人罷了，六歲以前的幼童，尚需要成人的照顧，六歲以後的孩子，便加入成人社會的行列，吃、喝、穿、工作……都與大人相同了。（頁3）

又約翰・洛威・湯森《英語兒童文學史綱》中說：

> 我們可以說兒童文學的前史分為兩支：專為兒童或少年所寫的題材，但不是故事；以及故事，但並不專為兒童所寫的。（頁11）

不論是否合適兒童，我們不相信沒有讀物。個人認為兒童文學的產生是緣於教育兒童的需要。只是當時的讀物，未符合「兒童本位」的觀點，其實也是兒童觀的問題。因此，我們可以說，隨著社會的發展，兒童教育觀念的改變，兒童文學的編寫態度，往往也隨著改變，只有社會精神文明發展到一定程度，兒童教育需要兒童文學來作為教育兒童的工具時，現代的兒童文學才應運而生，並從文學中分化出來，成為一們獨立的學科。

表各國兒童文學的源頭有三：

一　口傳文學

口傳文學是庶民的消遣與娛樂，具有浪漫主義的美學。

口傳文學原本不是寫給兒童的，但有史以來，口傳文學就是用來服務未受教育的庶民，充當權威管理主義修正後的教誨良方。

口傳文學依胡萬川分類：

> 散文故事類：有神話、傳說、民間故事、笑話等。
>
> 韻文歌謠類：有儀式歌、生活歌、情歌、勞動歌、歷史傳說歌、兒歌等。
>
> 諺語、歇後語。
>
> 謎語。（詳見《民間文學的采錄語整理》，頁3-8）

一六九七年貝洛爾（Charles Perrault, 1628-1703）採錄八則民間故事，編成一本適合兒童閱讀的故事書，名為《鵝媽媽傳奇》。這些故事，千年以來，口耳相傳，從一個地方，到另一個地方。貝洛爾是第一個將它們用簡單優美的文字，書寫成童書。其實，各國各族群都有自己的口傳文學。卡爾維諾曾領軍耗時兩年採集編寫，收綠二百則義大利童話。

二　古代典籍

古代典籍，如中國經、史、子、集，西方如聖經、史詩。

三　歷代啟蒙教材

中國歷代皆有蒙書教材，除識字、認知外，並有品行、道德教育的意義。西方如：英國的「角帖書」、「球拍書」、西班牙的「康多涅斯」（Catones），德國的「識字表」。

其實，早期兒童文學在各國的發展，皆是相當緩慢並沉悶的，在歐洲是宗教主政，一般人對神的敬畏，遠在對生活的熱愛之上，表現在兒童讀物的，也就冗繁無生趣了。

傅林統在《兒童文學的思想與技巧》一書中，認為兒童文學觀的演進是：

1. 為教育而寫的時代；
2. 為表現自我和娛樂而寫的時代；
3. 現代的兒童文學觀。（詳見頁39-48）

所謂現代的兒童文學觀是指：

要確實的指在兒童的立場創作，不把成人的思想和信條硬塞給兒童。

兒童文學的內容和使用的語言，必須是兒童所能瞭解，所能欣賞的。

內容和表現的技巧，要能持續的使讀者感到濃厚的興趣。

要配合兒童身心發展的階段。

作家不但要有文學修養，同時也要童心未泯，而能表現使兒童共鳴的思想和心情。（頁47）

又葉詠琍《西洋兒童文學史》，將西方兒童文學發展分期如下：

黑暗時代（十七世紀）；
萌芽時期（十八世紀）；
茁壯時期（十九世紀）；
全盛時期（二十世紀）。（頁目次）

她認為「童年」這觀念是後來逐漸發生的，兒童文學有意識的創作，在16世紀以前，也就成為不可能的事了。從「童年」這觀念的認識，到兒童文學的受重視，在西方，這其間又走了兩百年光景，在這兩百年中，有多少人為兒童或童年呼應與請命，但成人縱然是有意為兒童創作讀物，其內容也極少是為娛樂兒童而寫，它們都含有極嚴肅的教訓目的，《英語兒童文學史綱》有云：

自十七世紀以降，全國各地都有攤販銷售一本要價兩個銅板，印刷粗糙的小書。
不過直到十七世紀末為止，專為兒童印製的書籍差不多是教科書或禮儀書和道德書。禮儀書原本強調有教養的行為，但隨著清教徒的影響力日增，變愈來愈強調宗教和道德。（頁13）

直到十八世紀以後，兒童文學的創作，才開始以兒童的興趣及教育並重。英國人紐伯瑞（John Newbery, 1713-1767）是第一個在他為兒童出版的書頁上，寫著「娛樂」字眼的人。從此，成人承認孩子應享童年，並在文學中表現他們那個階段的特質和趣味，進而探討那個階段的生活和思想型態。在兒童文學史上，紐伯瑞被譽為「兒童文學之父」；一九二二年起，美國圖書館學會（ALA）兒童服務部門，予

以褒揚，而獎項的名稱定為「紐伯瑞獎」。這項美國榮譽頒給這位十八世紀英國人也並不奇怪，因為紐伯瑞也可以說是美國現代童書的始祖。A.S.W. 羅森巴克（Rosenbach）在他著名的早期美國童書總集目錄序言中便指出：

> 在美國兒童文學史中的第一個真正重要的名字是英國名出版家的約翰・紐伯瑞……他的童書在本國遭到仿效及盜版，也替有別於為成人而寫、適合兒童看的童書寫作發展，注入了第一股動力。（見《英國兒童文學史綱》，頁27）

在西方世界裡，真正為孩子寫的第一本書，該是一六五八年捷克教育家夸美紐斯（Johann Amos Comenius,1592-1670）執筆的「Orbus Pietus」，意思是「看得見的世界」（Visible World）。以圖畫的方式，為孩子介紹日常生活的萬物萬事，因為他相信看書，不光是要從書中學到實物，閱讀的本身，應該也有娛樂童心的價值才對。

然而，真正促使兒童文學成形與茁壯的，不得不歸之於中產階級的出現。中產階級一詞，在西方見之於希臘哲人亞里斯多德《政治學》：

> 惟有以中產階級為基礎才能組成最好的政體。中產階級（小康之家）比任何其他階級都較為穩定。他們既不像窮人那樣希圖他們的財物，他們的資產也不像富人那麼多得足以引起窮人的覬覦。既不對別人抱有任何陰謀，也不會自相殘害，他們過著無所憂懼的平安生活。我們相信福季里特的祈禱文實在出於至誠：

「無過不及，庸言致祥，生息斯邦，樂此中行。」
於是，很明顯，最好的政治團體必須由中產階級執掌政權；凡
邦內中產階級強大，足以抗衡其他兩個部分而有餘，或至少要
比任何其他單獨一個部分為強大──那麼中產階級在邦內佔有
舉足輕重的地位，其他兩個相對的部份（階級）就誰都不能主
治政權──這就可能組成優良的政體。（頁209-210）

　　中產階級是亞里斯多德的政治理想。當然亞里斯多德關於中產階
級與政治體制和社會穩定關係的論述，對後世思想家和學術界產生了
悠遠而深刻的影響。西方近代社會轉型和世界現代化進程中，社會結
構的變遷引起人們的普遍關注，社會中間層人數的增多與比例的擴
大，既是近現代社會發展的產物，又直接關係到政治與社會穩定，或
者說，它已經成為現代社會成熟與否的一項突出的指標。

　　而中產階級的真正崛起，則是源自於工業革命，工業革命始於英
國，而且是從棉紡織工業的領域開始，十七世紀後半葉從印度進口的
棉製品不僅適合英國的風土氣候與生活環境，價格也便宜，因此蔚為
風潮。進入十八世紀以後，歐洲各國都擴大了棉製品需求，英國國內
也開始生產棉製品。為了能夠大量生產棉線與棉布，出現各種發明，
像飛梭、珍妮紡紗機、水力紡紗機、動力紡紗機，再加上受到政府實
施重商主義的影響，英國終於成為凌駕印度之上的棉製品生產地。

　　一七六九年，瓦特（James Watt, 1736-1819）改良蒸汽機做為新動
力，更提升了生產效率。到了十九世紀，史蒂文生（George Stevenson,
1781-1848）則是成功發明了蒸汽火車，在英國初試啼聲的工業革
命，其影響範圍不只限於歐洲，更擴及海外，英國被稱為「世界的工
廠」，引領自由貿易主義形成的任務。

　　當然工業革命又緣於科學革命。所謂科學革命，是指由科學的新

發現和嶄新的科學基本概念與理論的確立，而導致的科學知識體系的根本變革。它是人類認識領域的革命，是科學理論體系的根本改造和科學思維方式的變革，從而把科學對客觀世界的認識提高到一個新水準，並提出種種新的認識客觀世界的原則。

大多數科學史家所指的科學革命大約於一五四三年開始，那一年尼古拉斯·哥白尼出版了著作《天體運行論》（ *De revolutionibus orbium coelestium* ），安德列·維賽留斯出版了《人體構造》（ *De humani corporis fabrica* ）。儘管科學革命的具體時間仍有爭議，比如有人認為科學史的萌芽開始於十四世紀，也有人認為化學和生物學的革命開始於十八、十九世紀。但公認的是，在十六至十七世紀之間，物理學、天文學、生物學、醫學以及化學的思想都經歷了根本性的變化，由中世紀的觀點轉變為現代科學的基礎，不論是在各個獨立的學科內，更是在對整個宇宙的認知中。

發生於十六至十七世紀，以哥白尼的「日心說」為代表，初步形成了與中世紀神學與經驗哲學完全不同的新興科學體系，標誌著近代科學的誕生。後經開普勒、伽利略，特別是牛頓為代表的一大批科學家的推動，建立了近代自然科學體系。而中產階級遇見「沙龍」，則是身分的增值。

「沙龍」一詞最早源於義大利語單詞「Salotto」，原意指的是裝點有美術品的屋子。十七世紀該詞進入法國，最初為盧佛爾宮畫廊的名稱，「沙龍」即為法語 Salon 一詞的譯音，在法語中一般意為較大的客廳，另外特指上層人物住宅中的豪華會客廳，之後逐漸指一種在欣賞美術結晶的同時，談論藝術、玩紙牌和聊天的場合，所以沙龍這個詞便變為不是陳列藝術品的房間，而更多的是指這樣的貴婦人在客廳接待名流或學者的聚會了。

第一個舉辦文學沙龍的是德·朗布依埃侯爵夫人（1588-1655，

又譯為「朗布伊耶」）。由於集中了當時法國的許多名流、學者，成為當時巴黎，乃至整個法國最有名的沙龍。她出身貴族，因厭倦煩瑣粗鄙的宮廷交際，但又不願意遠離社交，於是在家中舉辦聚會。她的沙龍從一六一〇年起開始接待賓客，很快就聲名鵲起。在她的沙龍裡，成員彬彬有禮，使用矯揉造作卻又不失典雅優美的語言，話題無所不包，學術、政治、時尚，甚至是流言蜚語。此後，這類沙龍通常由出身貴族的女性主持，她們才貌雙全，機智優雅，被稱為「女才子」。

　　而其間，騎士故事、神奇童話則是她們的休閒與娛樂。

　　文學的應用一直是領導階段的有力工具之一。中產階級興起之後，運用壓力，透過印刷使書籍得以普遍化。同樣的，他們也施壓力創立非教會的城市學校。中產階級希望他們的下一代能夠保留他們社會中所得到的某些權利。年輕的中產階級必須實際的去學習得到領導人的資格，這種學習只有在學校的書本文化中獲得。在這之前，只有教會人才有權學習。這也說明了教育文學的存在。學習包括兩個完全的範圍：在人常生活方面，中產階級的兒子必須得到他的身分所需要的工具，也就是說，他必須曉得一些基本知識（閱讀、書寫及數學）；在道德生活方面，他必須知道一個正直的人的行為準則。教育文學因此有雙重面貌：直接實用的教育文學（教科書）和道德（寓言、童話等）或宗教（聖人傳記、典範故事）文學。（見《歐洲青少年文學暨兒童文學》，頁3）

　　於是乎在中產階級的需求之下，兒童文學邁向茁壯分化與獨立成為一門學科之途。

　　尋根究源，兒童文學的基本屬性不離庶民文化，且具有浪漫主義的傾向。

　　總之，兒童文學是緣於教育兒童的需要而產生的，所謂兒童文學的發展與演進，亦即兒童觀的發展與演進，用控制或壓迫來詮釋，有失沈重與遠離兒童。

又在西方兒童文學成為一門科學，則是中產階級出現以後的事。
至於，中國的現代兒童文學則是源於現代化。

第三節　中國現代兒童文學的出現

我們是否有兒童文學？

有過那些兒童文學？

為什麼有人認為我們沒有兒童文學？

如果有，又是始於何時？

有關我國新時代的兒童文學到底發軔於何時？這是個有趣且爭議
甚的問題。錢小柏〈中國的兒童文學向那裡走〉一文說：

> 在我們中國，大家公認有兒童文學這件東西是起於三十年前對
> 西洋兒童讀物的翻譯，如「無貓國」、「大拇指」等等。（見
> 《「中國兒童文學大系」理論一》，頁258）

錢文原刊於一九三六年四月《今日之兒童》（中國兒童文化協會
編，生活書店出版。）所謂三十年前即廿世紀初葉。而被指認為中國
兒童文學起源的有關出版物中，自身也是如此認為。如商務印書館所
編印《童話第一集》中的《玻璃鞋》之「發端」中說「無貓國要算中
國第一本童話。」所謂「童話」即是由孫毓修主編。

從一九〇九到一九一六年「五四」前夕，孫毓修先後在沈德鴻
（茅盾）和鄭振鐸等的助理下，主編出版了《童話》初集、二集、三
集。其中孫毓修編了《無貓國》、《三姊妹》、《大拇指》、《皮匠奇
遇》、《點金術》、《如意燈》、《睡公主》、《玻璃鞋》、《小鉛兵》、《三王

子》、《驢皮》、《有眼與無眼》、《審狐狸》、《大人國》、《小人國》、《傻男爵遊記》等七十七種。作品大都由外國童話編譯。《勇王子》、《木馬兵》、《十年歸》、《點金術》、《三問答 A》等出自希臘神話;《無貓國》、《三問答 B》、《獅子報恩》等出自《泰西五十軼事》;《能言鳥》、《如意燈》二冊出自《一千零一夜》(即《天方夜譚》);《大拇指》、《三王子》、《姐弟捉妖》、《皮匠奇遇》出自格林童話;《紅帽兒》、《玻璃鞋》、《睡公主》出自貝洛爾童話;《絕島漂流》出自笛福的《魯賓孫飄流記》;《審狐狸》出自史詩;《大人國》、《小人國》出自斯威夫脫作品;《小鉛兵》、《海公主》出自安徒生童話,約計四十多種。還有一部分取材自我國的《史記》、《漢書》、《唐人小說》、《漢樂府》、《今古奇觀》等書。由沈德鴻(茅盾)編了十七種。(內有《尋快樂》、《書呆子》兩篇是他創作的。)鄭振鐸也編了四種。這套《童話》先後共出版了一百零二種。《童話》初集每本書規定字數五千字左右,共十六頁,專供七八歲兒童閱讀。第二、第三集字數稍有增多。第二集每本三十二頁,第三集每本四十六頁,專供十、十一歲兒童閱讀。

　　他們認為中國兒童文學萌孽于外國童話的移植。而《無貓國》(1909年10月,商務印書館)是中國兒童文學誕生的標誌,因此有人稱孫氏為「現代中國童話的祖師」。

　　另外,有人認為真正的兒童文學是伴隨著「五四」新文化運動才開始發展起來的,認為葉聖陶的《稻草人》才是中國的第一本兒童文學作品,並引述魯迅在「『表』譯者的話」一文所說「葉紹鈞先生的稻草人是給中國的童話開了一條自己創作的路的」(見《中國兒童文學大系》理論,頁221)作為論據。他們認為五四運動,為我國的兒童文學揭開了新的一頁。我們知道,「兒童文學」這名稱,是自「五四」起,始較廣為流行。我們也知道中國兒童文學的真正覺醒與發

展，確實是始於「五四」時代。尤其是「文學研究會」諸君子的努力
與貢獻。從現代文學的發展歷史考察，文學研究會所持的文學主張
（為人生而藝術）、創作方法（現實主義）以及貢獻卓越的創作實
績，曾給二〇年代的中國文壇以極其深刻的影響，從「五四」文學革
命到三〇年代的左聯文學之間，起了一個承前啟後的作用。從現代兒
童文學的發展考察，文學研究會響應了「五四」時代要求，開始了兒
童文學的拓荒工作，在二〇年代掀起了一場有聲有色的「兒童文學運
動」，以創作為中心並在理論、翻譯、編輯等幾個方面都作了重大的
貢獻，把中國兒童文學大大地推向了前進，為三〇年代兒童文學的發
展開拓了道路。正如「五四」時期新文學社團的湧現是中國新文學成
熟的一個重要標誌一樣，二〇年代由文學研究會這樣一個人數最多、
影響很大的新文學社團掀起的「兒童文學運動」，正是中國的兒童文
學興旺發達、突飛猛進的時期。歷史已經為文學研究會在中國兒童文
學史上樹立起了閃亮的豐碑。

　　其實，所謂的兒童讀物或兒童文學，可說是肇於教育兒童的需
要。因此，只要有兒童，就會有兒童文學的存在。只是隨著兒童教育
觀的改變，兒童文學的編寫態度，往往也隨之改變。

　　中國傳統社會的解組，以及近代中國的興起，皆源於中西文化的
接觸。傳統時代與近代中國的分界，就是鴉片戰爭（1840-1843）。

　　近代中國知識份子對西方衝擊的反應，大概來說，在鴉片戰爭以
前，即一八三九年（道光十九年）以前，對西方的事務抱著懷疑、歧
視與拒絕的態度。在鴉片戰爭後，始驚奇於西人的船堅炮利，於是確
認中國應該了解西方。鴉片戰爭時期認為要了解西方的軍事優越性，
並加強海防。鴉片戰爭後，更是極力仿效西方，推行洋務運動。至光
緒二十年（1894）中日甲午戰爭之慘敗，始構成廣泛覺醒之重大關
鍵，形成種種思想變化。此一歷史事實，實為衝激思想演變之原始動

力。近代文學之巨變，其創意啟念，亦當自此起始，思想總綱，原為
力求救已圖存，在此動力推挽之下，於是展開種種思潮與激盪，演為
種種之改革論說。張玉法於〈近代中國知識份子對西方衝擊的反應
（1830-1920）〉一文裏，曾將其間分為五個時期，以見知識份子對西
方衝擊的反應。其分期是：

　　鴉片戰爭時期
　　洋務運動時期
　　清末改革與革命時期
　　民國初年
　　五四時期（以上詳見東大版《歷史講演集》，頁117-130）

　　歷史是不能割裂的，五四並非突如其來。五四運動，有人稱之為
新文化運動，也有人稱之為啟蒙運動，或現代化運動。當時知識青年
對政治、社會和文化有了無比的熱情與理想。然而中華民國剛建立，
當政的人仍然有專制時代的老習慣，不喜歡一般人民參與政治；社會
仍然遵循一套舊禮儀，長官對部屬有絕對的權威，為人部屬的、為人
子女的、為人妻子的，幾乎沒有一點獨立的人格；文化仍然是以儒家
禮教為中心，違反儒家禮教，幾乎就等於違反真理；個人的獨立思
考、獨立行為受了很大的限制。這些限制與禁忌，在專制時代，大家
無話可說；當時專制的滿清政府既然已被推翻，中華民國已經建立，
民國是以人民為主的國，大家對不符合民意的，以及沒有法律依據的
限制與禁忌，就不願毫無理由的遵循了。民主的可貴，就是每個人都
有權關切他的國家和社會，並且有權參與國家和社會事務。五四時期
的知識青年，已經有了這種覺悟。有了覺悟以後，就從事革新國家和
社會的運動。運動是多方面的，一九一九年五月四日，知識青年因北

京政府不能在巴黎和會中有效地向各國交涉，從日本手中收回山東，舉行遊行示威，這不過是五四運動的一部分。因為五月四日這一天的遊行示威運動較為具體，一般就以「五四運動」一詞代表五四前後數年間中國的政治覺醒、思想啟蒙和社會改造運動。

　　這一意義廣闊的運動，約始於一九一五年，止於一九二三年，而以一九一九年五月四日為中間的高峰時期。

　　在中國的現代化過程中，當時知識份子掙扎於「認同」與「變革」之間。由於各時期學習西方重點不同，其學習歷程有：西藝時期（1860-1894）為物質的層面；二是西政時期（1895-1914），為制度層的改變；三是西學時期（1915-1927），為心理層的改變。（詳見《歷史講演集》，頁131-137〈中國現代化的起步〉一文）。

　　五四運動的起因，不管是狹義的學生運動，還是廣義的新文化運動，都是因為知識界覺察到中國處境之可憐，受外國壓迫日甚一日，而北京政府，不從改良中國的現況著手，反而以爭權奪利為務，一般國民，特別是知識份子看不慣，才起而作廣泛的抗議運動。

　　五四運動的內涵是非常廣闊的，它至少包括五個運動在內，即文學革命、學術自由運動、思想解放運動、社會改造運動，和政治參與運動（參見《歷史講演集》，頁351-362〈五四運動及其影響〉一文）。其實文學革命主張推行國語，用白話，而社會改造運動，旨在喚醒一般無知識的平民和婦女，讓他們扮演積極的社會角色。當時知識份子重視平民，他們提倡平民文學，發展平民教育，也辦了一些以平民為對象的刊物。在重視平民的同時，知識份子也重視婦女的解放。於是文字與文學之工具作用，遂成為思考目標之一。

　　王爾敏有〈中國近代知識普及運動與通俗文學之興起〉一文（見《新文化運動》一書，頁1-92）。專就知識普及化的範疇，論述通俗文學之興起過程，並將期間分成三個時期：

萌芽時期（1895-1898）

開創時期（1901-1911）

轉變時期（1912-1936）（同上）

　　自光緒二十一年至二十四年（1895-1898）構成思想啟念之初步，以及通俗文學興起之萌芽時期。此期之先驅思想，以《國聞報》嚴復、夏曾佑二人所表達者最為完全。

　　而開創時期，則是構成通俗文學發榮滋長最茂盛時期，其間梁啟超無疑為近代通俗文學開創初期之啟導先知。

　　至於轉變時期，則進而形成一個「新文學」、創生之生機。一代「新文學」運動亦由此而開展。

　　一般說來，中國自甲午戰敗，危機意識與危亡反省，成為一切思想展現之重要動因。當時表達思想，無論內容方式，均有很大改變。其間為挽救國家危亡，反省到喚起民眾。而民眾多無知識，無法以典雅文字呼喚，於是運用通俗文學以為宣傳，力求普及大眾，自然形成普及知識之運動，並因此而帶動通俗文學之興起。而所謂的「兒童文學」一詞，也隨著五四運動在我國出現。它的出現，緣於教育觀念的改變，以及通俗文學的振興。而教育觀念的改變，通俗文學的振興，又是緣自於光緒二十年（1894）甲午戰爭之慘敗，構成廣泛覺醒之重大關鍵，形成種種思想變化。此一歷史事實，實為衝激思想演變之原始動力。近代文學之巨變，其創意啟念，亦當自此為起始。思想動力總綱，原為力求救己圖存，在此動力推挽之下，於是展開種種思潮之激盪，演為種種之改革論說，文學之工具功用，遂亦成為思考目標之一。

　　中國近代思想之創生發展，西洋教士啟牖之功不可忽略。甲午戰爭第二年（1895）五月《萬國公報》第七十七卷，英國傳教士傅蘭雅

（Tohn Fryer）具名登徵啟事，徵求通俗小說，當時即標明「時新小說」，以表其功用宗旨。而當時共事者，有沈毓桂、王韜、蔡爾康等人，此為通俗文學振興之濫觴。

　　光緒二十三、四兩年（1897-1898），為通俗文學之理論建樹與實踐最具創始意義時期。在南方：於人，則有裘廷梁、汪康年、葉瀾、汪鍾霖、曾廣銓、章伯初、章仲和等。於刊物，則有蒙學報、演義報。而裘廷梁因為在上海無所施展，乃回無錫約集同道顧述之、吳蔭階、汪贊卿、丁福保等人，於光緒二十四年創立「白話學會」，同時刊行「無錫白話報」，不久又改為「中國官音白話報」。裘氏為鼓吹推行白話文，乃發表有「論白話為維新之本」之論。在北方，則有嚴復與夏曾佑在天津「國聞報」發布其合撰的「國聞報附印說部緣起」，洋洋萬餘言，是闡明小說價值的第一篇文學。王爾敏先生在〈中國近代知識普及運動與通俗文學之興起〉一文裡，曾綜合當時各家言論分析要點如下：

　　　其一：競存思想
　　　其二：童蒙教育與平民教育思想
　　　其三：教材工具之通俗化思想（同上，頁11-12）

　　而後，通俗文學即成為喚醒廣大民眾之手段與工具。

　　中國近代通俗文學之興起，最有名的先驅人物當然是梁啟超；因此，有人認為近代兒童文學理論的建設，自梁啟超開始。而事實上，自光緒二十一年（1895）至民國二十六年（1937）間，這段通俗文學之興起過程，非但有傳播新思想的功能，亦有助於國語的推行，同時與兒童文學的演進也有相關。這個時期所表達之思想理念，可以歸納如下：

　　民族存亡之危機意識。

　　開通民智與知識普及化之思想

　　語文表達之通俗化。

　　改良社會之宗旨。（同上，頁19-27）

　　在晚清的啟蒙者，雖有通俗教育的概念，卻缺乏可行的工具。商
務印書館的「童話」，以中國故事與外國故事為資材。計出三集，共
出版一○二種。該「童話」由孫毓修主編，案兒童的年齡分類。第一
集是為七、八歲兒童編的，每篇字數在五千字左右；第二集是為十、
十一歲的兒童寫的，字數約在一萬左右。第三集為鄭振鐸所編（有四
種）。其中有七十七種是孫毓修編寫，在當時推行極廣，但文詞仍不
夠簡潔流利。

　　一九一六年，國語研究會成立，有識之士主張「言文一致」，要
求改國文為國語。一九一七年九月十日在浙江省召開第三屆全國教育
聯合會，湖南省教育會代表即向大會提議改國民學校之國文為國語
科；並呈請教育部。一九一八年初，國語研究會的國語運動和新文藝
運動兩大運，鼓吹「言文一致」，報紙雜誌的文章漸漸多用白話；而
後小學教科書始漸改用白話。其實，北京「孔德學校」早已率先採用
注音字母，並已自編國語課本；而江南幾所學校也得風氣之先，都已
自編活頁教材。民國八年（1919），國語統一籌備會召開第一次大
會，劉復、周作人、胡適、朱希祖、馬裕藻等人又推出「國語統一進
行方法」案。教育部依據全國教育聯合會及國語統一籌備會等機關之
決議，因於一九二○年一月十二日訓令全國個國民學校，自本年秋
起，一、二年級的國文改為語體文，並同時自咨行各省，飭所屬各校
遵辦。而後重視兒童文學的聲浪也隨之日益高漲。

　　至於「兒童文學」一詞始用於何時，亦是眾說紛紜。馬景賢先生

於《兒童文學論著索引》前言裡云：

> 「兒童文學」一詞正式在我國使用，是從民國九年。（見1975
> 年1月書評目版，頁1）

這種說法雖缺乏文獻記載，卻是其來有自。施仁夫為張聖諭《兒童文學研究》的序文有云

> 吾國出版界中，兒童讀物以文學名，始於周作人。八年以來，
> 兒童文學之作品，雖已日漸增多……。（見1928年商務印書館）

該序寫於民國十七年五月三日，所謂「八年以來」亦即指一九二○年以來，文章是「兒童的文學」一文，該文是周氏於一九二○年十月二十六日在北平孔德學校的演講題目。又鄭樹森於聯合報一九八五年六月七日的「文學日誌」云：

> 一九一二年周作人在六月六日及六月七日「民興日報」發表
> 「童話研究」。此文後來又重刊於一九一三年八月刊行的「教
> 育部編纂處月刊」。該刊九月號發表「童話略論」。這兩篇論文
> 可能是中國現代文學史上最早關於童話的專論，前篇且以比較
> 角度闡述中外童話之淵源與異同。

周氏是最先談論兒童文學寫作的人。他有《兒童文學小論》一書，民國二十一年由上海兒童書局刊行。該書序文有云：

> 這裏邊所收得共計十一篇。前四篇都是民國二、三年所作，是

用文言寫的。童話略論與研究寫成後沒有地方發表，商務印書
館那時出有幾冊世界童話，我略加以批評，心想那邊是未必要
的，於是寄給中華書局的中華教育界，信裡說明是奉送的，只
希望他送報一年，大約定價是一塊大洋罷。過了若干天，原稿
送回來了，說是不合用。恰巧北京教育部編纂處辦一種月刊，
便白送給他刊登了事，也就怨不續做了。後來縣教育會要出刊
物，由我編輯，寫了兩篇講童話兒歌的論文，預備補白，不到
一年又復改組，我的沈悶的文章不太適合，於是趁此收攤，沈
默了有六七年。民國九年北京孔德學校找我講演，纔又來饒舌
了一番。就是這第五篇兒童的文學。以下六篇都是十一、二、
三年中所寫，從這時候起注意兒童文學的人多起來了。專門研
究的人也漸出現，比我這宗「三腳貓」的把戲要強得多，所以
以後就不寫下去了。（見1982年7月里仁影印本，頁2）

由序文得知「兒童略論」、「童話研究」是民國二、三年間所寫。
文中已有兒童文學的用詞。「童話略論」云：

童話者，原人之文學，亦即兒童文學。（見1982年7月里仁版，
頁13）

又「童話研究」云：

綜上所述，足知童話者，幼稚時代之文學。（同上，頁36）

而周氏兒童文學的概念，或源於日本。周氏於〈歌詠兒童的文
學〉一文裡云：

高島平三郎編、竹久夢二畫的〈歌詠兒童的文學〉，在一九一
○年出版，插在書架上已經有十年以上，近日取出翻閱，覺得
仍有新鮮的趣味。全書分作六編，從日本短歌俳句川柳俗謠諺
隨筆中，轉錄關於兒童的文章⋯⋯（見1982年里仁版《自己的
園地》，頁122）

原書於一九一○年出版，而此文章寫於一九二三年一月至七月
間，可見周氏閱讀時間。一九一三至一九一四年間所寫的有關兒童文
學論述文章，或受此書之啟示。

綜觀以上所述，可知「兒童文學」一詞周氏早在一九一三至一九
一四年間即已採用，並已見之於刊物，是以所謂九年之說不無疑問。
或謂「兒童文學」一詞自一九二○年起始較廣為流行。

我國兒童文學是否真正起源於《無貓國》？其實錢小柏自己也很
茫然，他說：

在我們大陸，大家公認有兒童文學這件東西是起源於三十年前
對於西洋兒童讀物的翻譯如《無貓國》、《大拇指》等等。不過，
據周作人先生說，在明朝一六二五年就有《伊索寓言》的譯本
了，題名況義，在清朝一八四○年又有在廣東出版的《伊索寓
言》翻譯本名為意拾蒙引；可見在《無貓國》和《大拇指》之
前，外國的兒童文學也早已流入我國來了。而且，兒童們呀學
語呀時就愛唱的歌謠，稍長些拉著媽媽常常要講的民間故事，
都不能不說是我們一向所固有的兒童文學，而且也是我們最好
的兒童文學。所以，現在要說我國的兒童文學始於何時，這實
在是一件不容易的事情。不過，「兒童文學」這個名詞是近幾年
來才有的。（見《「中國兒童文學大系」理論》第一冊，頁258）

當然，我們也不能說「稻草人」是我國的第一本兒童文學作品。雖
然，我國兒童文學的真正覺醒與發展，是始於五四時代，但由於傳統
思想的禁錮與傳統舊文學的漠視，長期以來命運多舛，發展緩慢。但
其間仍有許多人在努力著，胡從經於《晚清兒童文學鈎沈》一書的
「小引」有云：

> 在對中國近代的若干文獻資料進行了涉獵與勘察之後，我發現
> 了一個令人驚異的世界——晚清時期的兒童文學如同繁星璀璨
> 的星空，呈現了一片絢麗多彩的景象。不僅其上限年代遠遠超
> 越了《無貓國》問世的時間，而且更值得欣喜的是，中國近代
> 許多著名的啟蒙思想家都曾留心於兒童文學事業，為中國兒童
> 文學史寫下了光輝奪目的一章。
> 中國近代知名的思想家、文學家、藝術家、翻譯家以及詩人，
> 諸如梁啟超、黃遵憲、吳趼人、周桂笙、曾志忞、林紓、李叔
> 同、沈心工等，都為兒童文學事業的拓展起了篳路藍縷的草創
> 之功；為推翻封建帝制而奔走呼號的資產階級革命家們，也創
> 辦了兒童報刊，編印了兒童讀物，並使兒童文學反映了民族民
> 生革命思潮的波光浪影，從而開闢了近代兒童文學的新生面；
> 中國新文學的奠基人魯迅以及著名作家茅盾、葉聖陶、劉半農
> 等，在他們文學生涯邁步伊始之時，都曾致力於兒童文學的墾
> 殖，有的甚至是從兒童文學創作起步的……凡此種種，促成了
> 晚清一代兒童文學創作與翻譯十分繁盛的局面，為「五四」之
> 後勃興的現代兒童文學作了充分的醞釀與準備。(頁2-3)

　　至於兒童文學與小學教材綜合，則有賴於國語的推行，及教育部
的政令。一九一九年，國語統一籌備會所提「國語統一進行方法」
案，有云：

統一國語既然要從小學校入手，就應當把小學校所用的各種課本看作傳播國語的大本營；其中國文一項，尤為重要，如今打算把「國文讀本」改作「國語讀本，國民學校全用國語不准文言；高等小學酌加文學，仿以國語為主體。「國語」科以外，別種科目的課本，也該一致改用國語編輯（見1980年9月中華民國史事紀要編纂委員會編印《中華民國史事紀要（初稿）》1920年1月12日，頁47）

至一九二〇年，全國教育聯合會擬定「各科課程綱要」，曾經提議「小學國語科讀書教材的內容，應以兒童文學為中心。」而後小學教材已漸漸採故事、兒歌、童話等。[1]

一九二九年八月，教育部公布「小學課程暫行標準」，其中「國語」科即已重申「讀書」的內容應側重兒童文學，其「目標」第三條有云：

欣賞相當的兒童文學，以擴充想像、啟發思想、涵養感情，並增長閱讀兒童圖書的興趣。（見1929年11月《教育雜誌》第21卷第11期，頁129）

而後，國語科始以兒童文學為中心。

1　由於文獻的不足，所謂全國教育聯合會擬定「各科課程綱要」原文未見。本文是依據許義宗「我國兒童文學的演進與展望」。（見1976年12月自印本，頁6）。又司琦編著《小學課程演進》亦謂「民國九年，教育部乃毅然下令，改國文為國語，並令小學教科書一律改用語體文編輯，並注意兒童文學，此為教學材料上之重大變更。」（見1971年4月正中版，頁42）又據張聖諭《兒童文學研究》一書附錄〈兒童文學教科實況調查〉所載，1921年江蘇一師即設有兒童文學的課程。（見1928年商務版，頁189）。

　　我們相信兒童讀物的產生，是肇始於教育的需要。因此，我們的兒童讀物的歷史，並不僅是止於八十年或一百年。我們不用遺憾古代沒有童話文體，如果我們肯去批閱古書，自會有不可思議的收穫。可是，在我們可見的兒童文學概論書裡，卻不論古代的兒童讀物，甚且認為中國沒有兒童文學。其中，僅吳鼎編著的《兒童文學研究》中有〈中國兒童文學擷要〉一章，雖只有二十八頁，卻彌足珍貴。

　　我們知道，從古籍中搜集兒童故事，編輯成書者，明代四明王瑩編輯的《群書類編故事》，該書凡二十四卷（見新興書局《筆記小說大觀》三編冊三，頁1949-2063）。王氏將該書編為十六類，每類各包含故事若干篇，其材料的來源，包括各類的古籍。這是一部搜集豐富的好書。又唐人段成式的《酉陽雜俎》裡，其續集《支諾皋上》有〈吳洞〉一文（見新興本《小說筆記大觀》九編冊一，頁121-125）。又見漢京版《酉陽雜俎》，頁200-201），其女主角為葉限。葉限故事的情節，跟流行世界各地的「灰姑娘」故事，大同小異。考段成式是西元九世紀的人（～863年），在西方，第一個將這故事編印出來的人是法國的貝洛爾（Cherles Pennault, 1628-1703），時間是一六九七年。關於葉限的故事，民初以來已有多位先輩談論過。認為它是現存「灰姑娘」故事中最早見於記載的一則童話。試引兩位先輩有關論述如左：楊憲益先生於〈中國的掃灰娘故事〉一文裡云：

　　　這篇故事顯然就是西方的掃灰娘（Cinderella）的故事。段成式是西元九世紀的人，可是這段故事至遲在九世紀或甚至在八世紀已傳入中國了。篇末說述故事者為邕州人，邕州即今廣西南寧，可見這段故事是由南海傳入中國的。據英人柯各斯（Marian Rolfe Cox）考證，這故事在歐洲和近東共有三百四十五種大同小異的傳說。可惜這本書現在無法找到，在歐洲最

流行的兩種傳說見於十七世紀法人培魯（Penroult）的故事集和十九世紀初年德人格靈姆兄弟（Grimm）的故事集裡。據格靈姆的傳說，這位「掃灰娘」名為 Aschenbrode。Aschenl 一字的意思是「灰」，就是英文的 Ashes。盎格魯薩克遜文的 Aescen，梵文的 Asan。最有趣的就是在中文裡，這位姑娘依然名為葉限，顯然是 Aschenl 和 Asan 的譯。通行的英文本是從法語轉譯的，其中掃灰娘所穿的鞋是琉璃的，這是因為法文版本裡是毛製的鞋（Vair），英譯人誤認是（Verre）之故。中文版雖說是金履，然而又說「其輕如毛，履石無聲。」，大概原來還是毛製的。（見明文書局《零墨新箋》，頁78-79）

又蘇樺先生於「由葉限故事談起」一文裡，曾有下列五點的看法：

一、「葉限故事」，雖然以見於九世紀唐人段成式（柯古）《酉陽雜俎》的敘述最早。但即使僅就段氏原文看，我們也可以斷定它的故事原型，係自域外傳入，具國際性，非屬本土故事。

二、我們想，各型文化及民間傳承的各型故事，其發生源流，或一元、或多元，雖不容易作出定論，這個葉限故事，卻很可能即出自古埃及，於中古期，始由阿拉伯商人傳來中國，而在九世紀由唐人段成式筆錄，收入於他雜碎式的小說《酉陽雜俎》裡，成了世界著名童話中最早見於記載的一則童話。也因此曾被若干國人認為是中國古童話。

三、這個中國化了的世界著名童話，過去所以較少為國人所注意，那是由於以往我們的兒童教育比較側重經史的傳授，根本上否定童話的價值，也無視小說中存在的這些可貴的資源。

四、從新的教育角度觀察，我願意在這裡建議，倘若國人有意
　　研究中國的兒童文學或中國童話，不妨回過頭來，從我國
　　廣義的小說書裡，去發掘這類寶藏。

五、近來，我們也常見有心人士慨嘆，雖然國內也有不少國人
　　自創的新童話出版，卻較少引起家長的注意以及兒童的喜
　　愛。我想，兒童讀物界有這種現象的存在，原因不止一
　　端，很值得關心和檢討。不過，我也建議，有心從事兒童
　　文學寫作及童話創作的，也不妨先借用古小說裡可用為童
　　話再創作的素材，模仿法國貝洛爾、德國格林兄弟，以及
　　丹麥安徒生諸人的辦法，給中國古老的童話素材，用童話
　　的技巧予以改寫，使它以新童話的面目出現。看看能不能
　　自此而引起兒童或家長對中國新童話的注意！

　　　　　　　　　　　　　　　　（見1986年5月10日國語日報）

　　總之，我國有優美的文化，自不至於沒有兒童文學。不過由於對
兒童教育觀念的不同，在傳統的時代裡，都是以成人為中心。對於兒
童，只要求他們學習成人的模式，以為將來生活的準備。這種現象，
外國亦復如此。就以西方而言，直到十八世紀以後，兒童文學的創
作，才開始以兒童的興趣與教育並重，英人紐伯瑞（John Newbery,
1713-1767）是第一個在他為兒童出版的書頁中，寫上「娛樂」字眼
的人。」從此，成人承認孩子應享的童年，並在文學上，表現他們那
個階段的特質與趣味，進而探討那個階段的生活和思想型態。而我
國，在新文化運動之前，各種書籍都是用文言文撰寫，它是屬於雅的
教育，也就是所謂士大夫的教育。這種知識份子的士大夫階層，他們
所用的傳播媒體（語言、文字）有異於大眾。可是他們卻是主導者。
他們認為書籍是載道的，立意須正大，遣詞應典雅，必如此才能供人

誦讀而傳之久遠。對於兒童所用之教材，由於「蒙以養正」的觀念，
都是以修身、識字為主。百姓送子弟入學，目的亦僅是在認識少許文
字，能記帳目；閱讀文告而已。兒童教育的目標既是如此，所以教材
以選擇生活所必需的文字，如姓名、物件、用品、氣候等，均為日常
生活所不可少者，於是就有所謂「三、百、千」等兒童讀物出現，而
所謂的兒童故事，亦僅能附存其間而已。考各國兒童文學的源頭有三：

　　第一個源頭是口傳文學。
　　第二個源頭是古代典籍。
　　第三個源頭是歷代啟蒙教材。

　　就我國兒童文學的發展軌跡而言，二、三兩個源頭，由於教育觀
念的不同，以及「雅教育的獨尊，再加上舊社會解組時期的揚棄，致
使在發展的承襲上隱而不顯。就以「伊索寓言」傳入中國為例（寓
言，亦有稱偶言、儲說、隱者、譬喻、況義、戒、說、言、志等），
明末，伊索傳入中國，譯本稱名為「況義」，由比利時傳教士金尼閣
口譯，張庚紀錄，選譯二十二則，一八二五年曾刊行於西安，但由於
「雅」教育的獨尊，仍是用文言翻譯。
　　至於口傳文學的源頭，事實上，傳統的中國，由於教育不普及，
過去百分之八、九十以上的中國人，都生活在民間的文化傳統之中。
他們的教育來自民俗曲藝、戲劇唱本等；他們也許不去唸三國誌，但
他們對三國演義就耳熟能詳。民國初期，由於民俗文學教育的推廣，
就有北大學者在著手收集與整理。目前又有再受重視的趨向。而一九
四九年以來，口傳文學幾乎中斷，因此，在臺灣的兒童文學，似不重
視口傳的俗文學。
　　由此可知，在我國兒童文學的發展軌跡，實在是有豐富的源頭我
們不宜妄自菲薄。

第四節　兒童文學與教育的關係

一　前言

　　兒童文學主要是以〇歲至十五歲的兒童少年為讀者對象的文學。
而兒童在生理、心理與社會等各方面，皆與成人不同，所以在閱讀、
欣賞、感受與寫作方面，也與成人作品大異其趣。兒童文學之所以能
自立門戶，即是因為它有特定的服務對象。因此兒童文學的特殊性亦
是由其特定的讀者對象所決定的。一般說來，兒童文學在內涵的特性
有：兒童性、教育性、遊戲性與文學性。本文則專論其教育性。

　　我們知道兒童讀物的產生，正是肇始於兒童的需要。只是隨著兒
童教育觀念的改變，兒童讀物的編寫態度，往往也隨著改變。因此，
教育性文學在所有的國家中，都是兒童文學的第一個階段。貝洛爾
（Charler Perrault, 1628-1703）在每一則童話後，仍不忘對孩子說教
一番。在十八世紀的歐洲兒童文學仍有共同的觀點，就是視想像力為
危險物，主張直接教訓兒童，使之成為成人心中理想的孩子，根本談
不上娛樂性和趣味性。

　　其實，教育性應是一切文學的共同特點，兒童文學特別加以強調
注意，是有其必要性，並非是視兒童文學為教育的工具，更不是有意
給兒童文學造成侷限性，束縛它的發展。

　　兒童文學要不要教育性，以及如何理解和體現這種教育性，是關
係到我們兒童文學能否建康發展的一個關鍵問題。這個問題在大陸曾
有過長時期的爭論[2]。我們且看兒童文學的發展歷史，傅林統於〈兒
童文學觀的演進〉一文裡，認為其演進有三：

2　見《兒童文學探討》中陳子君〈論兒童文學和教育的關係〉一文，頁109-118。

一、為教育而寫的時代。

二、為表現自我和娛樂而寫的時代。

三、現代的兒童文學。（以上詳見《兒童文學的思想與技巧》，
　　頁39-49）

　　又王泉根有中國兒童文學的流派的蠡測，他認為從五四至今，我國兒童文學客觀存在的流派，似乎有：兒童文學社會學派、兒童文學遊戲學派、兒童文學教育學派、兒童文學未來學派、兒童文學比較學派等[3]。王泉根並於《兒童文學的審美指令》一書裡，認為兒童文學有四種美學傾向，這些傾向反映了人們看待兒童的四種態度。這四種傾向是：教育主義、稻草人主義、盧梭主義與童心主義（詳見頁97-161）。申言之，從某種意義上說，一部兒童文學發展史，就是成人「兒童觀」的演變史，所謂文學觀的演進、學派或審美傾向，無非皆因教育兒童觀念的改變使然。因此，我們不必諱言教育。

　　所謂兒童文學的教育性，稍有文學常識的人，都知道文學的教育是通過形象，通過感情，通過審美活動來完成的。它絕不是露骨的說教，也不是某些政策的圖解。重要的是如何理解和體現這種教育性。

　　本文所謂的教育性，是指廣義且較寬容的概念語言。從某種觀點言，似乎與嚴肅、意念、道德等用詞相似；同時教育性應與社會或文學的功能性問題有關。事實上，這些都關係到文學世界裡最古老的一個論題：文學與道德。道德是比較嚴肅與被動的用語，用現代生動且涵意多元的用詞，即是所謂的「教育性」。我們知道文學與道德或教育性，就是在題材、作者、作品、讀者之間，所構成的複雜關係。總之，文學與道德或教育性，是極為複雜的多層次、多樣式、多性質的

3　見《眼中有孩子，心中有未來》，頁111-118。

關係，任何化約的單純想法，都有自我謀殺的可能。是以本文擬從教育的意義、兒童與教育、文學與教育等角度略加論證，而後以見兒童文學之教育性的必然性與重要性。

二　教育的意義[4]

教育是什麼？賈馥茗於五南版《教育經典譯叢》序言有云：

> 教育活動在人類生活中已經存在了很久。在正式的學校教育創始以前，教育的事實早就存在了。想想看，一個幼兒到能夠自己活動的時候，卻還沒有自己生活的能力，和生活有關的許多活動，乃是一樣一樣的、逐漸學會的。而「學」的成立，必然有「教」。看似一些微不足道的，認為自己可以做得來的事，在開始的時候，都要有人教，然後才學會的。這一類的教和學，雖然和後來、以至現在學校裡的活動不盡相同，其教育的意義則是一樣的。即使目前學校教育已經十分普遍，可是每一個人除了受學校教育以外，還受過許多學校教育之外的「教育」。因此應該知道學校教育只是「教育」的一部分，只占教育的一個段落。在只用「教育」兩個字時，範圍就廣泛得多了。

如果我們想進一步的了解教育是什麼？或許最好的方式之一就是從「教育」這兩個字的語源去探討。

教、育兩個字，「說文解字」的解釋：

4　本節「教育的意義」其行文內容，是以林玉體《教育概論》第一章〈教育的基本概念〉為據。

教，上所施，下所效也。从攴爻子，凡教之屬皆從教。（見漢
京版《說文解字注》頁128）
育，養子使作善也。從𠫓肉聲。虞書曰：教育子。（同上，頁
751）

虞書所謂「教育子」，今尚書皆作「冑子」，這是個爭議的詞，段
注云：

堯典文。今尚書作冑子，考鄭注王制作冑，注周官大司樂作
育。王肅注尚書作冑，蓋今文作育，古文作冑也。釋言曰：
育，稚也。故史記作教稚子。邠風毛傳亦曰：鬻子，稚子也。
稚者當養以正，二義實相因。（同上，頁751）

案堯典並非虞夏時書，疑是戰國時人述古之作。
在古籍裡，首先將「教」及「育」二字合用且無疑者，或稱孟子
盡心篇，該篇云：

……得天下英才而教育之，三樂也。

其實，中國古籍裡的「教」及「育」的意義是二而一，二者並沒
有區別。且二者的意義也涵蘊了「教」及「育」的目的。大體言之，
中國的傳統教育觀念，是指長者對下一代有形或無形的教導。這種
教導是以品德之規範為第一，甚至完全以行為之陶冶作為全部教育的
意義。因此教育與教導、教訓、教誨或教養等字眼，每每是異名而
同實。
至於西文「教育」一詞，英文、法文皆是 Education，德文是

Erziechung。這些字都是由拉丁文字 Educare 演變而來。杜威於《民
主主義與教育》裡說：

> 教育一字依英文的語源來說，僅意謂著一種引導或撫育的歷
> 程。（五南出版公司，林寶山譯本，頁11）

　　我們知道中西文對於教育的原始意義都是時代的產物。當產生它
的時代變了，教育的意義也會隨之改變。但一般說來，教育是一種只
有人類才有的活動；同時教育活動不只注重「實然」，並且更強調
「應然」。「實然」的活動偏於「事實」，「應然」的活動則傾向於「價
值」。因為教育活動不只在於求真〈事實〉，也在求善及美〈價值〉。
所以教育這門學科不只是事實學科，並且是價值學科。它不僅要「認
清」情況，還要改善「情況」。它不只探討「是不是」，它還得研究
「該不該」。因此，林玉體給教育下的本質定義是：

> 教育就是人類全面用以改善現狀的特有活動。（見東華版《教
> 育概論》，頁14）

　　教育兼有「實然」及「應然」兩種意義，則教育的重要性也可以
從這兩個角度去了解：
　　從教育的「事實」面，即「實然」意義言，教育在於發展個人潛
能，適應社會環境，並傳遞及保存人類累積的經驗〈即文化〉。
　　從教育「價值面」，即「應然」意義而言，則教育是在發展人類
有用的潛能，改善社會環境，並創造新文化。
　　「實然」及「應然」兩層次的教育重要性，是彼此互相呼應的。
教育的對象是人。人是指個人及由個人所組成的團體〈即社會或國

家〉。教育不僅注意個人能力的發展，還得顧及社會國家的生存；並且教育與文化關係甚為密切，因此文化的保存、傳遞與創造，都有賴教育來達成。

又教育有廣義與狹義之說。自有人類以來就有教育，那種教育又叫做生活教育，也就是所謂的廣義教育。生活教育以全部的生活活動作為教育活動。生活經驗就是教育的材料，長輩的言行、風俗習慣、社會典章制度、自然界的變化等都類似教師，下一代就是學生，山川田野及家庭就是學校，從生到死就是教育的期限，生活上遭遇的困難或問題就是考試，經驗的繼續豐富就是教育的成果。

廣義的教育存在於教育史上的時間最長。原始人民的教育是廣義的教育，即如當今高度文明的生活活動中，也含有極大的廣義教育作用在裡面。

廣義的教育又稱無形的教育，它是漫長的，漸進的。它的特點是經由耳濡目染而使學生能夠潛移默化。因之，廣義教育效果為根深蒂固，它一旦發生作用，則必很牢固而不太可能拔除。

而狹義的教育就是學校教育。學校教育有固定的教育地點，固定的教材與進度，明確的教學時間，並有指定的教師與學生來進行教學活動。學校教育之產生是人類經驗累積的結果，尤其是文字發明之後所產生的一種人類的文化活動。人類自使用了文字來記載日益複雜的過去經驗後，執行這種工作，乃須委託專人負責。職司文字書寫工作的人稱之為書寫家（scribe）。書寫家一出現，則學校之成立也就指日可待了。

學校教育是直接的、有意的、有形的、組織的、系統的、制度化的。它的教育效果較廣義教育為彰顯，也比較能立竿見影。

三　兒童與教育

「兒童」是個簡單且複雜的詞彙。

純從詞彙含意來說,「兒童」是「大人」的相對詞。這種概括的二分認定方式:有從生理體型、社會習俗以及法律的規定。[5]

今就有關法律規定而言,我國的民法對結婚的規定,限定女子必須滿十五歲,而勞動基準法也規定僱主不得僱用未滿十五歲的人從事工作;此外,勞動基準法更規定未滿十六歲而滿十五歲以上從事工作者為「童工」,僱主不得利用童工做繁重與危險性的工作。又我國兒童福利法的兒童是指未滿十二歲的人;少年事件相關法律,其少年是指十二歲以上未滿十八歲者。另外,我國男女要年滿二十歲才有公民權。

又且看國際上的兒童界定。一九五九年十一月聯合國通過的「兒童權利宣言」,並未對兒童的年齡加以界定,一九八九年十一月通過的「兒童權利公約」,則明文規定係指十八歲以下的自然人(第一條)。

另一種對兒童、成人比較明確更細劃分的,是來自發展心理學的學者。發展心理學者共同的看法是認知的改變,會連帶促使個體在社會、情緒和人格上,產生新的轉機。而從各種發展的實證研究,發現人的一生其實是一直不斷持續在發展的,成人、兒童都可再細分為幾個時期。正是由於發展心理學的實證研究,始得兒童的發展研究,更明確分化為嬰兒、幼兒、兒童、少年、青少年、青年等期,並逐漸成為獨立的研究領域。

由於近代生物學和生理學的進步,生物學家和生理學家從生物發展和生理解剖上得到證明,認為人類的身心狀態,發展到能夠獨立於

---

5 詳見中華民國兒童文學學會《會訊》1992年6月8卷3期,洪文瓊〈兒童文學的「存有」問題與兒童的「界域」問題〉一文,頁4-5。

社會，非經過二十五年左右的長時間。因此，他們把這一段的時間，稱做為人類的「兒童期」。世界各國的「兒童學」研究者，也承認這種說法，他們一致認為人類從受胎到二十五歲的一段時期為兒童期。所以，以二十五歲以前兒童期的說法，已為當代生理學家、心理學家和教育家所公認。

人類的兒童期為什麼要這樣長的一段時期呢？人類在一切動物當中，生理組織中各器官的構造複雜，人類生活環境亦極複雜，需要較長的時期，生理器官才能發育成熟；社會環境，也才能慢慢適應。所以兒童期是人類極好的學習時期，人類經過二十五年左右的成長與學習才能成熟而獨立。瑞士動物學家波特曼（Portmann A.）將哺乳動物分成二類。第一類是生後即具備足夠的感覺、運動能力，可以憑自己力量追隨母親的哺乳動物。第二類是不具備防衛、行為能力，須要母親撫育的哺乳動物。前者為離巢性，故稱之為離巢性動物、而後者有留巢現象，稱之為留巢性動物。

照這樣分類，可看出一項規則。即組織體制複雜，層次越高的種屬，其離巢性就越高；反之，越是低等的種屬就越傾向留巢性。而人類卻是自然界中最稀奇特異的存在。波特曼認為人類在個體衍生的過程中是屬一截然不同於一般的留巢性生物體，他並且將之命名為二次留巢性。

由於人類必須消化豐富而又不同性質的發展程序，所以到成長為止，相對地需要一段很長的時期。而由此產生的人類未成熟狀態的問題，也就是二次留巢性、依賴性，具有下列三種特質：

> 第一是人類先天本能上的裝備缺乏與學習能力的擴大。人類是在尚未成熟狀態下誕生的，所以與離巢性動物相較，他缺乏許多既有之適應方法系統。具有強固的本能程序，事實上即意味

著學習方向的約束相對地被提高。人類既然缺乏既有之自我完成的本能，其學習的方向相對地也就沒有限制，具有不特定方向發展的可能性。其次是長期的親子關係成了必然條件。由於人類的幼小期是未成熟狀態，無行為能力，所以在其漫長的成長期間，人類確實需要維持一段長久的母子關係或親子關係。這現象意味著人類是必須繼承文化遺產，然後立足其上逐漸成長的動物。其三則是人類必須脫離這種長期的母子關係或這種長期依賴而尋求自立。艾瑞克遜認為青年期的目標在於自我認同的獲得。此一名稱頗具象徵性。青年期只在個人方具獨特意義，這或許也是這種特異的衍生模式的副產物吧！（詳見《縱論發展心理學》，頁152-153）

由此可知，人類生下來時並非心如白紙，他的內部當是蘊藏著豐富的天賦潛能。但這些潛能絕非是被封閉了的自我完成式產物，它們看來似乎是支撐豐富多變的發展的一個基盤。所以人類的本性應可呼之為「無可限量的天賦」，亦即是兒童具有無限的天賦潛能，這種無限的天賦潛能是根植兒童期的兩個基本特徵：未特定化與開放性。也就是所謂的「可塑性」。

從人類行為發展的觀點，兒童期可注意的事實有二：

1. 兒童期是人生的基礎階段。
2. 發展是來自於成熟與學習[6]。

人生早年所建立的態度、習慣與行為組型，是決定個體長大後對

6　原文見桂冠版《發展心理學》頁21。原文事實有六項，本文取相關者二項。

生活適應的主要因素。由於生理與神經結構的可塑性，所以，兒童較其他動物容易學習，且容易發展許多不同種類的適應型態。又人類行為發展是始於成熟與學習。所謂學習是表示發展是個體經過努力與練習而來的。成熟是個體的基因在有限的生命範疇內作用的總成果。這是個體與生俱來種種特質的顯露。

　　動物學家勞倫茲（Lorenz Konrad, 1903-1989）認為生命是精力與認識獲得的一種裝置，亦即生命即學習。這種特質在愈高層次的生物愈明顯。人類運用得天獨厚的本性，達到驚人的學習成果。學習使人飛越了無法跨越的長空，看到了肉眼無法看到的紫外線，最後到達可以憑空想像的思考境界。文化是學習的產物，而如今它做為一種學習的基盤有取代天資之勢。[7]

　　夸美紐斯（J. A. Comenius, 1592-1670）是十六世紀捷克的教育家，他認為一個人的身體可以繼續生長到二十五歲，過此以往，它便只長出力量。這種緩慢的生長的成長率乃是上帝的遠見給予人類的，使他得到較多的時期，對於人生的責任有所準備。所以，夸美紐斯把兒童從出生到成熟分為四個年齡時期，每個時期都是六年：

　　　　嬰兒期　母親的膝前
　　　　兒童期　國語學校
　　　　少年期　拉丁語學校或高等學校
　　　　青年期　大學或旅行（詳見《大教學論》，頁223-224）

　　而洛克（J. Loke, 1632-1704）則認為兒童心理發展的原因在於後天，在於教育。而教育者旨在引起兒童的學習興趣，發展他的求知慾

7　見蘇冬菊譯：《縱論發展心理學》，頁153-154。

和主動性[8]。至於杜威（John Dewey, 1859-1952）的兒童或兒童心理的
發展觀是：生活即是發展，發展、生長即是生活，沒有教育即不能生
活。所以，我們可說：教育即生活。[9]

綜觀以上所述，用兒童文學工作者的角度來看，蔣風於〈為什麼
要為兒童寫作〉一文，認為人類的兒童期不同於其他動物，它有三個
明顯特點：

1. 人類的兒童期特別長。
2. 人類兒童期的可塑性特別大。
3. 人類兒童期的遊戲和娛樂有明顯的教育目的（詳見《眼中有
   孩子，心中有未來》，頁236-237）

由於兒童期特別長，所以他一直是處於被報導的情況裡。又可塑
性正是表示兒童適宜學習。在個人的生活上，兒童的可塑性，即是受
教育的可能性的基礎。

總之，兒童期與教育息息相關。教育學者承認人類的兒童期是接
受教育的最好時期。他們根據兒童身心發展狀況，決定各級適當教育
的機會。試看各國的學制，都將人生受教育的年齡，規定在二十五歲
以前。專家學者認為兒童期是人類最好的學習時期，人類經過二十五
年左右的成長與學習，才能成熟而獨立。

四　教育與文學

文學與真實、社會或文學的功能問題，事實上都關係到一個更根

8　見《兒童心理學史》，頁9。
9　見《兒童心理學史》，頁67。

本的問題，那就是文學與道德。所謂道德用現代的術語，即是教育。

文學如果能夠陶冶人心、教訓社會，發揮經世濟民、風上化下的功能，對現實社會狀況有所反映與批評，則文學便常被視為道德的、教育的。如果，文學本身在內容及其傳達的意義上，具有洗滌情緒、提升人性，或包含道德教訓等性質，則它也常被看成是涵有道德、教育意義的。至於一位文學創作者，如果確實能在作品中表現以上這些狀況，我們也常稱他有道德或教育使命感、有正義、有社會良知的文學家。

然而，文學與道德或教育之關係，果真是如此為人生而文學，抑或有為文學而文學者。這是文學史上爭議不休的話題。是以本文擬從簡單的歷史的回溯說起。

在我國，從周秦一直到現代西方文學思潮的輸入，文學都被認為是道德與教育的附庸。這種思想是國民性的表現，他們不歡喜把文學和實用分開，「文」只是一種「學」，而「學」的目的都在「致用」。致用即是經國濟民。孔子說「行有餘力，則以學文」。揚雄以文章為「雕蟲小技，壯夫不為」。歷代許多詩文名著，據說都是不得志的發憤之作。

中國對於文學，不是看中它本身的美，而是看重它的效用。孔子重視文學，全從道德、政治著想，以為詩文是道德、政治中必須的一個項目。《文心雕龍》則是這種傳統思想的代表，他開章明義便是「原道」，接著是「徵聖」，「宗經」。這種「文以載道」之說尤其盛行於兩宋的理學家。周敦頤於〈通書文辭〉裡云：

> 文所以載道也，輪轅飾而人弗庸，徒飾也，況虛車乎？文辭，藝也，道德，實也，篤其實而藝者書之，美則愛，愛則傳焉，賢者得以學而至之，是為教。故曰：「言之無文，行之不

遠。」然不賢者，雖父兄臨之，師保勉之，不學也；強之，不
從也。不知務道德而第以文辭為能者，藝焉而已，噫！弊也久
矣。（見木鐸版《中國歷代文論選》冊中，頁60）

朱熹亦持載道說：

道者文之根本，文者道之枝葉，惟其根本乎道，所以發之為
文，皆道也。三代聖賢文章接從此心寫出，文便是道。（見漢
京版四部書本新刊《朱子語類》卷139，頁1333）

他們所謂的道的觀念雖不盡相同，但他們強調文章的目的與功
用，強調其嚴肅性則是一致的。

在西方各國，文學與道德、教育的問題爭論更為劇烈。一般來
說，從古希臘一直到十九世紀，文學寓道德教訓，是歐洲文藝思想中
一個主潮。古希臘人把詩人和立法者看成一樣的重要，以為他們都是
教導人向好邊走。柏拉圖對於這種傳統的思想極懷疑。在《理想國》
第十卷裡，他把詩人們加上桂冠，灑上香水，向他們說了段很客氣的
話之後，把他們一齊趕出理想國的境外。在他看來，詩人的謊言足以
動搖人心的，是不道德的。柏拉圖認為詩要有目的性，亦即是須有益
於世道人心，這篇攻擊詩人的罪狀是後來關於文學與道德一切爭執的
發軔點。

而後，從道德觀點討論文藝者，有盧梭與托爾斯泰和柏拉圖的先
後輝映。

有關文學的目的性與功用性等教育作用，近代仍有許多自道德
的、知識的或感情等觀點來討論文學的嚴肅性[10]。

---

10 詳見姚一葦：《藝術的奧秘》，頁49-53。

綜上所述，他們所持的觀點雖不一致，但他們都承認文學作品是具備有目的與功用性的。這種傳統思想的文學觀念，有人稱之為道德學派或稱之為「功利主義」。道德學派無疑是中西方歷史最悠久的一個文學流派。這派批評家把文學作品看成是達到某種任務的工具。

到了十九世紀，它才受動搖。使它動搖的有兩種勢力。

第一是浪漫主義興起之後，形成了所謂「為藝術而藝術」的浪潮。他們要求藝術的完全獨立自主，藝術的目的在於藝術自身，此外別無目的。其次是從康德到克羅齊一線相承的唯心主義的美學。他們把藝術比作遊戲，他們認為藝術即直覺，他們否定了藝術品內容，也就是說藝術只有形式。於是所謂的道德性、教育性、嚴肅性於焉瓦解。

從以上所作的歷史考察，我們知道文學寓道德說在歷史上站勢力最長久，而在近代也最為人所唾棄，它的種種方面都叫人不滿意。朱光潛認為其缺失有二：

第一，從心理學方面說，它根本誤解美感經驗。

其次，從哲學方面看，文藝寓道德教訓說根據的人生觀太狹隘。

（以上詳見《文藝心理學》，頁140-142）。

至於偏重形式主義而否認文學與道德有關係者，其根本問題是：我們應否把美感經驗劃為獨立區域，不問它的前因、後果呢？美感經驗能否概括藝術活動全體呢？藝術與人生的關係能否在美感經驗的小範圍裡而決定呢？形式派美學的缺失就在忽略這些重要的問題。[11]

其實，文學的道德性教育性是不能任意加以否定或抹煞的，但

---

11 有關「工具與目的間的詭譎性」，詳見龔鵬程：《文學散步》，頁118-125。

也不能僅僅建立於它的目的性或功能性上。因為「工具 ── 目的」之間是詭譎性與不確定性的。申言之，凡是「有用」的東西，必然是在為一個目的服務的，它的存在與價值、功能，即在於完成這個目的，如果不能完成，即是沒有用。一般來說，工具與目的之間的詭譎性，在於所為功用是由目的所限定；其次，不僅功用會轉移，目的也可能改變；又除了目的的轉移之外，一件事物也可能帶有附帶目的或繼起目的。正因為凡有用的東西，必然是在替一個目的服務，所以，它本身只能完成一種工具性效益。但這個工具，原是為了配合或達成某一目的而創造出來的，創造出來以後，卻可能會因為其他因素而移作別的用途，致使目的轉移。這樣，為某一目的而創造工具；豈不是太沒有保障了嗎？目的不僅不一定能達成，它會轉移或喪失到什麼地方什麼程度，更是無法逆料。而原來的客觀目的性，也因工具受主觀的任意作用而悖離。其實，所為客觀性目的，也是受限於客觀環境的，並無自主性。

正因為「工具 ── 目的」是不確定的詭譎關係，所以，可確定的，便不能繫聯著工具而說，只能扣住目的來說：是目的的自我完成或自我體現。文學即是自我完成或自我體現的目的，並非任何其他目的的工具；唯有這種目的之自我體現者，才能成就各種工具性功能，申言之，所謂「用」，有不同的性質，如經濟之用、道德之用、政治之用、美感之用等。亦有不同的層次，有工具性、效益性的、也有從主體之完滿實現而形成的作用。從文學來說，文學完成一獨立自存之實的藝術結構，完成一美的價值，就是它自身主體性的完滿實現。對作品本身而言，它是一切。若文學作品本身缺乏藝術結構價值，不能完滿具足其主體，則一切道德、政治……等功能，又如何發顯呢？是以《文學論》裡論「文學的功能」有二：

文學的性質和功能在任何合於邏輯的論述中都必須互相關聯，詩的用途就是從它的性質而來的：任何事物或任何一類的事物都因為它本身是什麼，或者它主要的性質是什麼才能夠最有效且最合理地加以利用。只有在主要的功能喪失了以後它才會有次要的用途，就像舊紡車之被用作裝飾品或博物館裡的標本一樣，一架方鋼琴在不能彈奏以後卻可以用作桌子。同樣道理，一件事物的性質也是由它的用途來指示的，有什麼用便是什麼東西。一件產品的構造，是為了要發揮它的適當的功能，然後才加上一些在時間和材料可能範圍內而合乎趣味的裝飾，在任何文學作品當中，可能會有很多在其他方面來說是有趣的或可取的，但在文學功能上來說，卻並不是必要的東西。（頁43）

我們可以說無論從工具性、效益性，或從主體之完滿實現而形成的作用言，文學的社會功能雖有審美、認識、教育、娛樂等之別，但要皆始於作品主體性的完滿實現。就創作者而言，文學的目的只是表現，除表現外別無其他目的。如就鑑賞者言：文學作品完成之後，便具現完全的客觀性與獨立性，便經得起任何角度的衡量，可以自道德的、宗教的、倫理的、科學的、情感的各色各樣的尺度獲得各色各樣的推論，有助於對文學作品的闡發與理解，而無損於文學作品的本身。

當一個文學家的目的只求表現，把自身的生命與外界融合，他所產生的作品非僅與他自身血肉相關聯，而且形成他生命中的一部分，這便是作家的真誠。

基本上，文學是以成就美感價值為主，但這並不是審美功能便是它的本質，因為這所謂「美的價值」，與我們看見一朵花、一抹朝陽或夕陽不同；看見花月霞噭，乃是純粹美感的品質；而觀看一篇文學作品，作品中卻含有作者所欲傳達、作品所欲體現的意義。所以文學

作品美感，即是與意義密不可分的，它高於自然美的原因也就在此。
所以龔鵬程於《文學散步》一書裡說：

> 所謂意義，是作品的靈魂。文學作品之價值，即在於它本身就
> 是人類探索意義、發掘意義、建構意義的主要典範。整個人類
> 文化，基本上只是一個意義系絡，在卡西勒及許多哲學家的著
> 作中，都曾指出過。而語言文字，則是這個意義系統的核心，
> 文學家經營文字以探尋意義，就是在這文化的最核心處，進行
> 強化文化生命的工作。艾略特曾說詩對一個民族最大的貢獻，
> 在於對該民族的語言賦予新生和活力，這話很有見地。但他若
> 再深一層想，就知道其貢獻又不僅在語言而已；整個文化，意
> 義的根源，幾乎就在文學與藝術。所以博藍尼（Polanyi）論
> 藝術的效力時說：藝術的效力就在創造人們的世界觀，其表現
> 本身便是意義的成就，而且，是技術發明、工具使用，以及工
> 程事實的原始基礎；唯有藝術性想像在科學的基礎上發展一個
> 所謂「科學的世界觀」時，科學的探索，對人的思想；感覺以
> 及目的的關係，才有真正的重要性。（頁134）

又姚一葦〈論嚴肅〉一文亦云：

> 所謂藝術的嚴肅性是藝術家的人格的具現，以及通過這一「人
> 格」所顯示的「真誠」。（見《藝術的奧秘》，頁58）

所謂「意義」、「嚴肅性」、「人格」、「真誠」，事實上皆有道德性
或教育性。所以姚一葦的結論是：

實際上一個真正的藝術家的行為是人類的廣義的宗教性的行為……。（同上，頁66）

龔鵬程的結論是：

因此，文學作品若能真正體現生命存在的意義，它便具無上價值，且能完成一切功用，因為這一切功用，都是要在文化中發生作用和力量的。（見《文學散步》，頁135）

而朱光潛更是引用蘇格拉底的老話做為結束，他說：

總之，道德是應付人生的方法，這種方法合適不合適，自然要看對於人生了解的程度如何。沒有其他東西比文藝能給我們更深廣的人生觀和了解，所以沒有其他東西比文藝能幫助我們建設更完善道德的基礎。蘇格拉底的那句老話是多麼簡單，多麼惹人懷疑，同時，他又是多麼深永而真確！「知識就是德行」！（見《文藝心理學》，頁159）

五　結語

從以上三節的論述，我們可以了解：

就本質而言，教育與文學是不同的。可是就文學創作主體的表現與社會關係而言，文學是具有它的嚴肅性與教育性。我們可以說一切用文字、圖像、音響等來表現的文學藝術，都有其思想，都具有教育性。申言之，任何一部文學作品，包括那些主體意識較強「表現自我」作品，以及所為「為文學而文學」的作品在內，都有一定的社會

生活在作家們心中的反映，同時也就必然包含著作家對一定的社會生活或者某種具體事物的評價。因此，不可避免地也都必然要帶著作家的某種傾向性，主體意識極強的作品傾向尤其明顯。而這種傾向性又不可避免地給讀者以某種影響，使人感受或認識到某種真、善、美或者假、醜、惡。從廣義的角度而言，這種「影響」就是「教育」。所以，世界上沒有教育的文學作品，實際上是不存在。我們可以說文學當然具有教育性，否認文學自然是不完善的文學。

　　所謂「教育性」，這個名詞後面的「性」字，是指具有教育的性質而言，亦即是指「範圍」、「方式」等等。當然，這種文學作品的「教育性」是一種客觀存在，只是教育意義有大有小，有強有弱，有的正確，有的錯誤，作家本人的自覺，有的不自覺，有的公開承認，有的矢口否認而已。

　　至於兒童文學與教育，更有著必須的關係，這是由於兒童文學的接受對象和功能作用所決定的。兒童文學的對象是少年、兒童，而少年兒童時期總是和教育聯繫在一起，是一生中集中受教育的一個階段。少年、兒童教育的完成賴以三個方面：社會和家庭的教育、學校的教育、課外書籍的教育。兒童文學作為課外書籍的一種，與教育的關係非常密切。兒童文學能夠對兒童的精神世界產生一定的作用和影響，產生多種的作用和影響，教育是它的功能之一，教育是它的特性之一。因此，有人稱兒童文學為「教育兒童的文學」。個人也認為現代兒童文學的最大特色，是設計與寫作的綜合藝術。所謂設計當是指教育性而言。而教育性並非僅是其功能而言，更當是指作者的「信守」與「真誠」上。兒童文學不可不富教育性，缺乏教育性的作品，即不可能是兒童文學作品。

　　承認兒童文學的教育性，並不是說兒童文學是教育的隨從，更不是教育的工具，我們不要把教育性理解得過分狹窄。

　　其實，教育性應當是一切藝術文學的共同特點，只不過兒童文學在要求「教育性」的程度和方式上與成人文學有所不同罷了。由於「教育性」的強調，導致不少人自覺或不自覺地忽視和否定了兒童文學的「文學性」，從而人為的給兒童文學造成了很大的局限性，嚴重地束縛了兒童文學的發展。

　　又由於對「教育性」本身存在著種種不正確的理解，以致於常常會產生一些反效果。如有人把「教育性」解釋為「教化」，或向孩子灌輸某種思想，就使得不少的作品擺脫不了公式化、概念化的毛病；又如把「教育性」演化為「主題明確」，使得許多作品都在不同程度上存在「直、白、淺、露」的弱點；更有人把「正面教育」絕對化，只能寫「正面形象」，又只能寫優點不能寫缺點，更不能揭露陰暗面。

　　申言之，所謂教育性，並不意味著教訓性、道德性、倫理性。也就是說它不是指狹隘的教化，也不是指直接性、有意的、有形的、組織的、系統的、制度的有形教育；而是廣義的無形的教育，它是漫長的、漸進的。它的特點是經由耳濡目染而使人能夠潛移默化。其實，所謂教育性，只是成人單方面的考慮的事。從兒童的立場來看，兒童文學應該滿足兒童的需求，也就是借著成人的幫助，在他們的理想世界裡，實現正確的人生觀，以及正常的生活態度。我們知道傑出的文學作品是會對讀者發生影響的。但是「說教」的作品卻不容易成文學傑作。因為文學是「訴諸感覺」，所以「沒有感覺的思想」、「不可感的思想」，不管那思想性多具有教育性，如果不是用文學的方法來寫，就不是文學作品。

　　兒童文學是教育兒童的文學，是兒童心靈的食糧，必須滿足他們在心理、生理與社會等發展的全面需要，這種需要是德、智、體、群、美的全面性教育。我們相信兒童文學的先決條件應當是文學；同時也要具有「教育性」的目的，缺乏「教育性」的作品，根本不可能是兒童文學。

　　有人說兒童文學的功能在於「導思、染情、益智、添趣」[12]，也
有人說是「認識作用」、「教育作用」、「審美作用」、「娛樂作用」。其
實，我們亦可以「教育性」稱之。

　　我們要擺脫那種要求兒童文學起「上所施，下所效」式的「教」
的作用，把它正確地理解為啟發、誘導、薰陶、感染的「育」的作
用，也就能把兒童文學放在一個恰當而正常的位置上。這種對兒童文
學要不要教育性，以及如何理解和體現這教育性，是兒童文學從業者
的理當省思的課題。

　　或許我們就拿以往作品來分析，看看他們和教育性的關係究竟如
何。以文學與教育性為標準，作品可以分為三類：[13]

　　一、有教育目的者。所謂有教育目的，就是作者有意要在作品中
寓道德教訓。這類作品中有具極大藝術價值的，如《新舊約》、但丁
《神曲》、密爾敦《失樂園》、囂俄的《悲慘世界》、托爾斯泰的小
說，以及易卜生、蕭伯納諸人的戲劇都是顯著的例子。申言之，教育
文學在所有的國家中都是兒童文學的第一個階段。為了達到種種不同
的目的，它具有通常屬於通俗文學的各式各樣的文學形態。教育書籍
寫得很吸引人是一個很古老的傳統，我們可以說寓言往往是屬於另一
種教育文學體；尤其是動物寓言集，雖然這類動物集之所以成為兒童
讀物並不是因為它們的教育面及道德面，而是想像動物的存在，以及
這些動物的插圖，使動物的形象深深印在小孩子的心靈裡。

　　至於班楊（John Bunyan, 1628-1688）的《天路歷程》、亞米契斯
（De Amicis, 1846-1908）的《愛的教育》，則是有顯著的教育性目的
的兒童文學作品。《天路歷程》原是一本宗教書，其創作的動機是憂

---

12 全文見《中國兒童文學大系理論（二）》，頁197-205。

13 有關分類之說，詳見朱光潛《文藝心理學》第七、第八兩章，頁119-160。本文易
　　「道德」為「教育性」。

慮一個國家的危機，和一個人的靈魂墮落而產生的。它出版於一六七八年。作者透過騙子、無賴流浪漢為題材寫了這個心靈的探險的故事。這本宗教通俗小說很快地被兒童接受。本書是作者在稍早的時候，由於信仰受迫害入獄，在獄中所寫的。作者出生於貧窮的焊錫工之家，小時候跟父親學習做工，後來從軍，在部隊生活中逐漸思考「如何認識自我」的問題。於是發現自己是最可恨的宗教叛徒，乃決意重新朗讀聖經，從中獲得了盼望和生活的意義，也就立志為罪人的贖罪而獻出自己。

而《愛的教育》裡描繪的學校生活，是歡樂的、熱鬧的，洋溢著義大利精神。這本書主要目的在於激發小讀者的愛國心，除此主題外，作者也想在書中說明義大利的歷史恩怨，並且說明義大利的最大願望是「統一的實現」，作者就是要把這國民一致的願望，深植於孩子們的心中。

從這些證據看，我們實在不能因為作者有教育性目的，就斷定他的作品好或壞。

二、一般人所認為有違反教育傾向者，亦即是不道德者。其實一般人所謂反教育傾向或不道德的作品，其定義非常難下。通常大半指材料或內容中有不道德的事跡，像《金瓶梅》、《九尾龜》、美國勞倫斯的《查泰萊夫人的情人》之類都被稱為淫書，其他如描寫暴力、死亡、戰爭等。其實，如果只從題材內容斷定作品的道德或不道德，很少有作品可以宣告無罪。人生本來有許多不道德的事情，自然難免不反射到文學作品裡去。人世不是天堂，所以文學作品不盡是潔白無瑕的仙子的行讚。其次，真正的文學作品，在作者人格的照耀下，所謂性、暴力的描繪之類的，在一片虔敬之中已不存在任何褻瀆意味，至於一些一知半解，道學先生所作的任何挑剔，自無損其價值。申言之，文學的功用之一在於征服醜惡的自然。世間固然有些不道德、反

教育的作品，如坊間流行的許多淫書，宣傳狹義的愛國主義和會揶揄
外國人的影片，甚至於提倡狹義的英雄主義的小說，都應該以興論的
力量去淘汰。作者大半有意迎合群眾心理弱點，假文學的旗幟，做市
儈的勾當，不僅在道德上、教育上是罪人，從藝術觀點看，他們尤應
受譴責，他們的作品根本不是藝術，所以不能作道德或教育與文學問
題的例證。

　　教育性本是一切文學的共同特點，只不過兒童文學在要求「教育
性」的程度和方式上與成人文學有所不同。但「教育性」的重視，並
非只是熱衷於「兒童狀態」的甜美追求，現實的真實是無可避免。
《歐洲青少年文學暨兒童文學》一書裡有云：

> 因此兒童在法蘭西第二帝國及第三共和國初期就大舉進入法國
> 兒童文學及青少年文學中。真實的小孩，或好或壞，或幸福或
> 不幸福，服從或不服從，教導孩子們傳統的道德美德，也為他
> 們提供一面鏡子。真實的小孩也同時顯示在成人面前兒童心理
> 的多層面。這似乎是法國獨有的現象，也因此解釋了為什麼大
> 批的年輕讀者蜂湧而來。了解他們認識他們成為刻不容緩的
> 事。而成人的態度也應該有所改變了。
> 除了透過棄兒，被迫害的孩子外，難道有更好的方法引導年輕
> 的讀者去看看別人？去具體地會某些社會或政治情勢所造成的
> 悲劇嗎？也就因此棄兒的主題常在俄國大革命時出現在俄國青
> 少年文學中。「學校小說」以它的方式介紹受害的孩子──被
> 同伴欺負，被老師迫害。學校對他來說是監獄，而他必須自己
> 去面對這些。（頁123-124）

　　其實，兒童本身常有「反兒童化」的表現，他們渴望超越自己，

渴望成長。童年，向前延伸出一條未來發展線，我們一直無法迴避一個有目共睹的事實：兒童往往熱衷於那些並不是「兒童文學」的成人文學作品。於是，越來越多的人開始逐漸理解到，其實兒童文學的本身便正具有著「模糊」現象，具有著「模糊」的高級功能。況且所謂的優良兒童文學，會因各人不同的生活背景及學習經驗、興趣和目的而有所不同，事實上，不論優良與否，任何兒童文學都可能具有某種負面的影響，這種弔詭的現象，是教師、父母們不可不注意的。

　　三、有教育性影響者。有教育性影響與教育目的應該分清。有教育目的是指作者有意宣傳一種主義，拿文學來做工具。有教育性影響者是指讀者讀過一種文學作品之後，在氣質上或產生較好的變化。其實，凡是一流的文學作品大半都沒有教育性目的而有教育性影響，荷馬史詩、希臘悲劇以及中國一流的抒情詩都可以為證。它們或是安慰情感，或是啟發性靈，或是洗滌胸襟，或是表現對於人生的深廣的觀照。一個人在真正欣賞過它們以後，與在未讀它們以前，思想、氣質不能是完全一樣的。

　　或從以上說明與例證中，我們可以說要充分發揮兒童文學的「教育性」功能，「寓教於樂」是不二法門。所謂「寓教於樂」是指把教育作用寄託於娛樂作用之中，把思想性蘊含於娛樂性之中。這是根據文藝的特點，對文藝的教育作用、認識作用、娛樂作用達到有機統一的概括，也是對藝術形象中思想性與娛樂性相結合的概括，這一方面指明了文藝的諸多社會作用和藝術形象的諸多特點始終是有機的統一；另一方面又指明了這種統一的主要標誌，即：娛樂性中包含者教育性，教育性通過娛樂性和顯示出來，文學的教育作用、審美作用、認識作用統統從娛樂中顯現出來。[14]

---

14 有關「寓教於樂」的敘述，引自1989年2月光明日報出版，鄭乃臧、唐再興主編：《文學理論詞典》，頁8。

　　最後，擬引金燕玉在〈關於兒童文學與教育的關係〉一文裡的一段做為本文的結束：

　　兒童文學作家應該具有教育意識，但這種教育意識要融化在作家精神世界中，成為作家思想感情的一部分血肉，成為作家的內心需求，內心呼喚、內心意願，成為調動作家生活積累力量之一。對於兒童文學作家來說，教育觀念的不斷揚棄、更新、拓展、提升非常重要。兒童文學家要不斷地拋棄一些陳舊的教育觀念，而補充新生的教育觀念，對教育方法和教育內涵的認識必須具有先進性、當代性、超前性。如果死抱著陳舊的觀念，那麼就會失去創造、失去讀者。向80年代的孩子們去贊頌含羞草的形象，非但不會有什麼教育意義，反而引來孩子們的嘲笑和反感。兒童文學的創作是一種創造活動，最怕人云亦云、亦步亦趨、僵化保守，作家的教育觀只能有利於創作，而不能限制、妨礙創作。（見《眼中有孩子，心中有未來》，頁293-294）

第三章
兒童文學與小學語文教育

第一節　小學語文教材與兒童文學之關係

　　新時代的兒童文學是緣於傳統社會的解組，以及通俗文學的振興。而其正名，則是以入主小學語文教材為上。是以本文擬從近代中國教育的演變，及小學語文教材發展史的幾次論爭為主，並由其中以見兒童文學入主小學語文教材的過程。

　　首先，擬略述近代中國教育的演變。

　　一般來說，鴉片戰爭以前（道光十九年，1839）是具有長期歷史的傳統教育；但鴉片戰爭以後（1842），則漸次演變為現代化教育。

　　陳啟天於《近代中國教育史》中，將近代我國教育現代化的過程，分為萌芽、建立、改造與復興等四個時期（見臺灣中華書局本，頁45-60），試依其分期說明如下：

一　萌芽時期

　　由鴉片戰爭後（道光二十二年，1842）到甲午戰後（光緒二十年，1894）五十二年。鴉片戰爭後，雖有魏源《海國圖誌》的倡導「師夷長技以制夷」的新思想，但當時尚無人照此種新思想，改革舊教育。在英法聯軍戰役（咸豐十年，1860）之前的十八年，只有通商口岸私人傳習英語，以求當通事，做買賣。由英法聯軍戰役到甲午戰役的三十四年間，中國政治的新動向，是洋務運動與自強運動，雖有曾國

藩、李鴻章、左宗棠、恭親王奕訢、容閎等人的倡導與主持，然其成績，經不起甲午戰役的考驗。是以可知我國新教育在萌芽時期的進程，非常緩慢，不足應付時勢的需求。

二　建立時期

由甲午戰役到辛亥革命（宣統三年，1911）十六年間，是我國教育大變速變的時期。一方面推翻了傳統教育制度；又一面建立起現代化教育制度。

本時期，是我教育制度的大興大革時期，發展非常迅速；其重要大事有：

1. 廢止八股。光緒二十四年（1898）六月二十三日，明確地下達廢八股改試策論的諭旨。

2. 停止科舉。光緒三十一年（1905）八月廢止科舉。

3. 設立新式學校。將各省縣原有書院一律改建高等、中等與小學，並撤銷原有各府州縣儒學，完全以新式學校代替書院及各府、州、縣儒學。

4. 光緒二十四年（1898）創辦京師大學堂，為我國國立新式大學之始。

5. 欽定學堂章程。光緒二十八年（1902），清政府頒布了由張百熙所擬的「欽定學堂章程」，是為「壬寅學制」，但由於學制本身不夠完備和清政府對張百熙存有忮心等原因，所以沒有實行。次年十一月。則頒布了由張之洞、張百熙、榮慶合訂的「奏定學堂章程」，以確定教育現代化的新學制；這年是癸卯年，通稱為「癸卯學制」。

6. 此時期各種新式學校紛紛設立，成為一種全國性的興學運動。

三　改造時期

由民國成立（民國元年，1912），到抗戰復員（民國三十八年，1949）三十八年間，是我國教育現代化的改造時期，曾經四次改造：

第一次改造。民國成立後，君主專制為民主共和。國體既變，則教育不得不隨之而變，於是首定新的教育宗旨，以代替清末所定的宗旨，不再以忠君為第一義。次改學制，並部分採用德國制度。

第二次改造。民國八年至十六年間（1912-1927）。清末教育，大體採仿效日本制度。民國初年的改造尚只局部，至於全盤改造，則在民國八年後。在制度上是以美國為範本。

第三次改造。民國十七年至二十六年間（1928-1937），全國實行黨化教育，以三民主義為教育上的最高原則，各級學校皆須講授三民主義。後來恐黨化教育四字易滋誤解，乃改為「黨義教育」或「三民主義教育」。

第四次改造。自民國二十六年（1937）七七事變，至抗戰勝利，全國實行戰時教育，以「國家至上」、「抗戰第一」為總方針。

四　復興時期

自一九四九年國民黨政府遷台以來，至一九八七年解嚴為止。教育皆以反共復國為總方針。

在中國教育現代化的過程中，教材的演變更是顯著。陳啟天認為就教材而言，近代中國的教材，亦有三大演變：（詳見《近代中國教育史》，頁34-39）

第一大演變，是由文字教材趨重生活教材，而文字教材與生活教材的本身，也都有現代化的趨勢。

　　第二大演變，是經由經典教育趨重科學教育。

　　第三大演變，是由專重人文的傳統教育，趨向兼重技術現代化教育。

　　在這三大演變中，要以文字教材為最基本變革。明清兩代的傳統教材，除八股文創始於明代中，均是由先秦至宋代傳統的文字教材。傳統教材的文字，除古文外，又有科舉要求的八股文與詩賦。而這些文字教育，易於養成不通世務，不事生產的「書生」。因此傳統的文字教育，不得不演變為現代化的生活教育。所謂現代化的生活教育，並不是要廢棄文字教材，只是一面改革文字教材的本身，使其易懂；另一方面增加生活教材，使教育與生活打成一片。自清末以來，我國文字教材，已有四次大改革：

　　第一次大改革，為清末廢棄八股文，使其讀書人不再為八股文所束縛。第二次大改革，為清末至民初、梁啟超等提倡的淺近新體文，使人易學。第三次大改革，為一九一七年以後，胡適等提倡白話文運動，使人易懂。第四次大改革為一九二〇年以後，教育部規定小學教學國語，以代替國文，並規定以國語編輯小學各科教材，以便普及教育與傳播知識。（見陳啟天《近代中國教育史》，頁35）

　　在文字教材經四次大改革之後，全國小學語文教學始漸次趨向統一。以下略述我國小學語文教材演變過程中的三次論爭：

（一）文白之爭

　　我國的小學課程，把國文科改為國語科，教材由文言文改為白話文，期間經歷了一場尖銳的爭論，我們把這場爭論稱之為「文白之爭」。

　　早在光緒二十九年（1903），「癸卯學制」即正式設置「國文」一科。初級小學稱「中國文字」，高等小學和中學稱「中國文學」，簡稱

國文。辛亥革命以後，一九一二年公布「中學校令施行細則」第一章「學科及程序」第三條，規定國文科教學的要旨「在通解普遍語言文字，能自由發表思想，並使略解高深文字，涵養文字之興趣，兼以啟發智德。」（見舒新城編《中國近代教育史資料》中冊，頁527）而事實上，文言文仍舊頑固地堅守著語文教材的陣地。

其實，晚清以來即有黃遵憲、裘廷梁、陳子褒等人提倡白話、統一語言。這些倡導者在民國成立以後，對統一全國語言文字更努力作出貢獻，一九一三年二月教育部組織了「讀音統一會」，力圖統一國語，制定了三十九個注音字母。一九一六年又在北京組織一個「國語研究會」作為促進國語運動的總機構，並且與當時《新青年》雜誌所鼓吹的新文學運動密切配合，在社會上掀起了一個很大的語言文字改革運動。

清末民初的白話文運動與五四時期的白話文運動相銜接，對國語教育有很大的促進和推動。我們可以說五四運動促使了教育改革，其中影響最大的是推行國語運動，亦即是白話文運動，將白話文著作引進中小學語文教材，從而使語文教學的內容和方法產生了巨大的變化。

一九一九年三月，教育部公布全國教育計畫書，其中「統一國語」條款中說：

> 欲其教育普及，自以統一國語為先務。現以頒定注音字母為統一國語之基本，並將編定普通語法為言文一致之預備，以後應就各省地方設立國語講習所，藉廣推行。（據陳必祥主編《中國現代語文教育發展史》，頁44）

一九一九年四月二十一日，國語統一籌備會在北京成立，在大會上周作人、胡適、朱希祖、錢弦同、馬裕藻等六人提出了「改編小學

課文」的議案，其說明云：

> 統一國語既要從小學校入手，就應當把小學校所用的各種課
> 本，看作傳布國語的大本營，其中國文字尤為重要。如今打算
> 把「國文讀本」改作「國語讀本」，國民學校全用國語，不雜
> 文言，高等小學酌加文言，仍以國語為主體。「國語」科以
> 外，別種科目的課本，也該一致改用國語編輯。（見1980年9月
> 中華民國史事紀要編纂委員會編印《中華民國紀要（初稿）》，
> 1920年1月12日，頁47）

這個提案在全國文教界一致呼籲下，經呈北京政府教育部批准，
在一九二〇年一月通令全國各國民學校，先將一、二年級國文改為語
體白話文。按照教育部頒發的修改學校法規，國民學校第三、四年
級，也已確定為語體文。這樣，在初級小學純用語體文，並正式確定
名稱為「國語」。接著，教育部於四月間，又發了一個通告，規定在
一九二二年冬季廢止臨時的小學文言教科書。這是中國教育史，尤其
是語文教育史上的一項重大改革。

「兒童文學」自周作人等提倡以來，已形成了一股潮流。在一九
二二年達到最高潮。這股潮流對國語教科書的編寫，產生了很大的影
響。那時初小用的，幾乎完全用兒歌、童話、民謠、寓言之類做材
料，後來竟被守舊派大罵為「貓狗教育」。

在另一方面，守舊派的反動也在潛滋暗長，一九二四年以後，起
了軒然大波。守舊派認為，推行國語教材會動搖文化根本。

一九二四年十月，臨時執政政府成立，代表「反國語勢力」的章
士釗到北京就任司法總長，一九二五年四月兼任教育總長。章士釗辦
了一本文言雜誌「甲寅」；錢玄同、黎錦熙等則辦了一本白話「宇

宙」雜誌。雙方展開論戰。後來「甲寅」因受政局變動影響，自動撤退，「宇宙」也功成身退。

　　一般來說，當時北方各省，對國語運動的進展情況，比較起來還算平穩。但在南方各省，文白之爭卻十分激烈。其中以蘇、浙、皖三省聯合焚毀初級小學文言文教科書事最為著名。吳妍因稱自己在文白之爭中經歷了三個回合的論爭，他在「舊小學語文回顧與批判」一文中，曾詳細地敘述了這一事件的始末。

　　蘇、浙、皖三省各師範學校附屬小學，一九二六年在無錫江蘇省立第三師範附屬小學操場舉行焚毀小學文言文教科書的儀式，並且攝影存證，新聞由上海報紙傳遍全國，引起師範校長顧倬的不滿與反彈。這是吳妍因所經歷的文白之爭的第一個回合。

　　第二個回合是吳妍因和顧倬之間的論戰。論戰雙方都是無錫「焚書」事件的老對手。因此，第二個回合實際上是第一個回合的繼續，論戰場地則是當時「新聞報」的「教育新聞」。

　　第三個回合是吳妍因和汪懋祖之間的論戰。當時陳果夫、陳立夫、戴季陶等人主張復古讀經。於是請當時江蘇省蘇州高級中學校兼中央政治學校教授汪懋祖出面，在「申報」上撰文表示反對。於是雙方又展開論戰。

　　而後，五四以來所提倡的白話文運動，在小學語文教材中才算取得完全的勝利。文白之爭也告一段落了。可是這種「國語」與「國文」之爭，一九六七年卻又在臺灣出現過。

（二）讀經與否之爭

　　讀經與否之爭跟文白之爭雖是相聯繫，卻又有區別的。凡是主張讀經的人，必然是尊孔與反對白話文的；且是復古或復辟者。而反對白話的人，卻並不是個個都是復古或復辟者。其中有人是思想迂腐守

舊，也有人是習慣，只有極少數人是復古或復辟者。因此，文白之爭
是守舊派與新派之爭；而讀經與否之爭則是復辟與反復辟之爭。

　　我們的傳統教育，一向採用四書、五經作為教材，亦即是宣揚孔
孟之道，是傳統文化的支柱。光緒二十九年十一月二十六日（1904）
公布的癸卯學制「奏定初等小學學堂章程」其中第二章第四節第二項
為「讀經講經」。其說明如下：

　　二、讀經講經　其要義在授讀經文，字數宜少，使兒童易記。
講解經文宜從淺顯，使兒童易解，令聖賢正理深入其心，以端
兒童知識初研之本。每日所授之經，必使成誦乃已。
　　凡講經者先明章指，次釋文義，務須平正明顯，切於實用，勿
令學童苦其繁難；其詳略深淺，視學生之年歲、程度而定。由
不可務新好奇，創為異說，致啟駁雜支離之弊。至於經義奧博
無涯，學堂晷刻有限，只能講其大義；若欲博綜精研，可俟入
大學堂後為之。此乃中、小學堂講經通例。
　　現在定以《孝經》、《四書》、《禮記》節本為初等小學必讀之
經，總共五年，每年除假期外，以二百四十日計算。

　　第一年，每日約讀四十字，共讀九千六百字；
　　第二年，每日約讀六十字，共讀一萬四千四百字；
　　第三、四年，每日約讀一百字，共讀四萬八千字；
　　第五年，每日約讀一百二十字，共讀二萬八千八百字。

　　總共五年，應讀十萬零一千八百字；除《孝經》（二千零十三
字）、《四書》（五萬九千六百十七字）全讀外（共六萬一千六
百字），《禮記》最切於倫常日用，極其先讀。惟全經過於繁

重，天資聰穎學生可讀江永《禮記約編》（約七萬八千餘字）；
其或資性平常，或以謀生為急，將來僅至於農工商各項實業，
無仕宦科名之望者，宜就《禮記約編》則初學易解而人道所必
應知者，節存四萬字以內，俾得粗通禮義而仍易於畢業。其講
解用近人《禮記訓纂》最好，如不能得，或用相台本鄭注，或
暫用通行之陳澔集說均可。緣於讀所講，只係切於人生日用之
事，無甚精深典禮，則古注與元人注無大異同。
上表所列讀經講經時刻，計每星期讀經六點鐘，挑背及講解六
點鐘，合計十二點鐘。另有溫經鐘點每日半點鐘，在自習時督
課，不在表內。若學堂無自習室，則即在講堂督課。
（見《中國近代教育史資料匯編》，頁294-295）

從其中可見傳統舊社會對讀經的重視，一九一一年辛亥革命，推
翻帝至，建立共和。一九一二年九月二十八日頒布的「小學校令」第
一章總綱第一條：

小學校教育以留意兒童身心之發展，培養國民道德之基礎，並
授以生活所必須之知識技能為宗旨。（見《中國近代教育史資
料匯編》，頁653）

同時廢止忠君、尊孔，「讀經科」亦隨之取消，而以「修身」科
取代。但這項改革並不徹底，實際上，全國各地小學多半還是死抱著
「讀經科」不放，有的以「修身」科來代替，成為變相的「讀經」。
因此，在我國現代教育史上，先後出現過多次「讀經」事件，試分述
如下：
袁世凱為了復辟帝制（1915-1916），因此處心積慮的推行封建的

復古教育。於一九一五年元月公布「大總統頒定教育要旨」（見《中國近代教育使資料匯編》，頁758-767），其教育要旨是：愛國、尚武、崇實、法孔孟、重自然、戒貪爭、戒躁進。其中以「法孔孟」為核心，表示他決心要復辟，為他的洪憲帝制作思想準備。同時，他公布了「復學校禮孔令」、「整飭倫常令」等，加強了學校的復辟封建帝制的色彩。並於「特定教育綱要」（同上，頁747-758）、「高等小學校令」（同上，頁774-777）、「國民學校令」等法令中，規定中小學校恢復「讀經」。這些法令與細則雖已頒布，但未及普遍施行。因為等蔡鍔在雲南起義，全國響應，袁世凱的皇帝夢，只做了八十三天就滅了。一九一六年十月，明令廢止讀經。這是第一次的復古「讀經」，如曇花一現，隨著袁世凱的覆滅而銷聲匿跡了。

第二次「讀經」事件的主角是章士釗。一九二五年四月，章士釗兼任教育總長。他是反國語運動的代表人物，堅決提倡文言文，主張恢復讀經，並曾想修改小學課程。十月三十日，教育部部務會議，決定讀經，當時黎錦熙等提出反對，但無效果。幸而在十一月二十八日，北京發生了市民暴動，這個決議案也就無形中被廢棄了。

一九三五年五月「教育雜誌」出版了「讀經問題」專號，發表了七十三位對讀經問題的意見，其中有陳立夫、張群、何鍵、江亢虎等人主張青年應當讀經。同時，在小學語文教材的編輯工作中，也出現了讀經與否的爭論。陳果夫、陳立夫和戴季陶等人主張初小讀《三字經》，高小加讀《四書》。除了口頭攻擊小學教科書不及《三字經》外，還請汪懋祖撰文提倡讀經，為二陳和戴氏吶喊。當時，蔣介石曾叫它自己創辦的浙江奉化溪口的「武林初中」恢復「讀經」。也曾下令給教育部長王世杰，考慮中學讀經。教育部簽復：經義已在各科中加入，不必另設讀經專科。事後，蔣介石也沒有追問。

（三）鳥言獸語之爭

　　小學語文教材，要不要編入童話、寓言、民間故事等類的兒童文學作品，在我國的語文教材發展史上，繼文白之爭以後，曾經有過一場的爭論，這就是所謂的鳥言獸語之爭。（詳見《1913-1949兒童文學論文選集》，頁140-176）在五四運動以前，我國的國小教科書中，雖然也有一些古代寓言、童話之類的材料，但是份量很少。在語文教科書中，大量出現兒童文學作品，是五四運動以後的事。這主要是受了杜威「兒童本位」學說與兒童文學運動的影響。

　　五四新文化運動以後，在我國的文化教育界曾經掀起了一個兒童文學運動。一九二一年國語研究會在上海設支部，會員中有提倡兒童文學者，有主張增加小學讀本的份量並編印課外讀物的。這時，周作人在北京孔德學校講演的「兒童的文學」應時發表，恰如在一池春水中投下了一顆石子，激起了層層波瀾。教科書開始改觀了。「兒童世界」、「小朋友」以及各種兒童文學叢書，也風起雲湧。到一九二二年新學制公布時，「兒童文學」運動達到了最高潮。但卻也引起反彈，於是一場所謂「鳥言獸語」之爭就展開了。

　　首先發難的是湖南省主席何鍵。他一面通電主張「讀經」，反對「鳥言獸語」（這四個自是何鍵發明的）；一面公然在一九三一年二月向教育部提出挑戰性的咨文。其文云：

　　　　二月二十四日長沙通訊：省主席何鍵曾送咨教部，除陳明教育
　　　　缺點，請籌改良，昨復據東安縣長條陳，請改良學校課程。何
　　　　氏以改良課本為現時切要之圖，當經咨請教部核辦矣。茲附錄
　　　　原咨如下：

為咨行事：據前東安縣長唐正宜條陳內一則稱，宜改良學校課程。開辦學校二十餘年矣，乃前者組設共產機關，以學生最多；此次加入共產戰團，亦以學生最多。竭公私之財力，養成此作亂之輩，其效亦可見者矣，民八以前各學校國文課本，猶有文理；近日課本，每每「狗說」、「豬說」、「鴨子說」，以及「貓小姐」、「狗大哥」、「牛公公」之詞，充溢行間，禽獸能作人言，尊稱加諸獸類，鄙俚怪誕，莫可言狀。尤有一種荒謬之說，如「爸爸，你天天幫人造屋，自己沒有屋住。」又如「我的拳頭大，臂膀粗」等語。不啻鼓吹共產，引誘暴行，青年性根未能堅定，往往被其蠱惑。此種書籍，若其散布學校，列為課程，是一面剷除有形之共黨，一方面仍製造大多數無形之共黨。雖日言剷共，又奚益耶？現在邪說橫行，匪黨日滋，幸在野猶有崇尚道德之宿儒，在國猶有主持正義之名將，尚可爭持于人入人禽之界，成此半治半亂之局；倘在過數十年，人之方亡，滔滔皆可率獸食人，人將相食，黃巢、李自成、張獻忠之殘殺，不難再見，竊慮其必有無量無邊之浩劫也。為今之計，凡學校課本艱深之無當，理論淺近者，不切實用，切宜焚毀；尤宜選中外先哲格言，勤加講授，須則學行兼優辦理教育，是亦疏河以抑洪水，掌火而驅猛獸之一法也。鈞座於前年曾發有慎選教材一電，如重提前議，見施實行，則功且不朽矣！棟材榱崩，所壓立摧；燃犀不遠，杞憂殊深。爰獻急莛之議，以備蒭菲之采。是否有當，乞垂察焉等情。查改良課本，為現時切要之圖，據陳前因，除批答外，相應咨請貴部，煩為查核辦裡。並希見復荷，此咨。（見《1913-1949兒童文學論文選集》，頁163-164）

　　在這篇咨文，何鍵認為反對「鳥言獸語」是為了反共。

　　一九三一年四月，「兒童教育社」在上海召開年會。會中有剛留學回國的兒童教育者尚仲衣被邀出席講話，他的講演題目是「選擇兒童讀物的標準」（同上，頁140-143），他在講詞中也反對「鳥言獸語」。這篇講稿，在當時上海各大報上發表後，引起小學教育界強烈不滿。

　　首先進行批駁的是吳妍因。繼起者有陳鶴琴、魏冰心。爭論結果，何鍵的謬論，固然如石沈大海，再也沒有人理會；而尚仲衣也被批駁得啞口無言。所謂「鳥言獸語」用不著打破，大家的意見似乎趨於一致了。可是一九三八年一月一日，陳立夫就任國民政府教育部長後，在小學教師集會中講話時，常常肆意攻擊「鳥言獸語」不合科學，應當廢止，並且運用他的行政權力，及審定教科書的權力，把國語教科書中的童話、物話盡量砍去。從此，童話、物話等一類教材便在商務、中華、世界等書局發行的各種國語教材中絕跡了，在「國定教科書」中，當時更沒有「鳥言獸語」了。

　　這種「鳥言獸語」也曾在臺灣發生過。一九六二年，行政院院會通過「編印連環畫輔導辦法」，一九六七年開始實施，由國立編譯管擔任審查的工作。法令的荒謬除了對本土漫畫家帶來打擊外，外行人的審查觀點也讓人哭笑不得。像敖幼祥所畫的小狗「皮皮」，就因為會與小朋友說話，而被認為不合理。

　　在小學語文教材的演變過程中，雖然爭論不斷，但時代的趨勢是不可能倒退。我國的小學課程，也把國文科改為國語科，教材也由文言文改為白話文。至民國九年全國教育聯合會擬訂「各科課程綱要」，曾經提議「小學國文科讀書教材的內容，應以兒童文學為中心」[1]。而後小學教材已漸漸採用故事、兒歌、童話。

1　由於文獻的不足，所謂全國教育聯合會擬訂的「各科課程綱要」原文未見。本文是

一九二九年八月，教育部公布「小學課程暫行標準」，其中對「國語科」即已重申「讀書」的內容應側重兒童文學，其「目標」有云：

（一）練習運用本國的標準語，以為表情達意的工具，以期全國語言相通。

（二）練習平易的語體文，以增長經驗，養成透徹、迅速、扼要等閱讀兒童圖書的能力。

（三）欣賞相當的兒童文學，以擴充想像、啟發思想，涵養感情，並且增長閱讀兒童圖書的興趣。

（四）運用平易的國語和語體文以傳達思想，表現感情，而使別人了解。

（五）練習書寫，以達正確、清楚、勻稱和迅速的程度。（見1929年11月《教育雜誌》第21卷第11號附錄，頁129）

回顧我國小學語文教材發展史上的論爭，可以使我們鑒往知來，從中了解前人的努力，亦能激發自己無怨無悔的走進兒童文學研究之路。

第二節　兒童文學課程的演進

國民政府遷臺以後，臺海兩岸的兒童文學皆走上一段艱難曲折的

依據許義宗《我國兒童文學的演進與展望》（見1976年12月自印本，頁6）。又司琦編著「小學課程演進」亦謂「民國九年，教育部乃毅然下令，改國文為國語，並令小學教科書一律改用語體文編輯。並注意兒童文學，此為教學材料上重大變更。」（見1971年6月4日正中版，頁42）又據張聖瑜《兒童文學研究》一書附錄〈兒童文學教科實況調查〉所載，民國江蘇一師即設有兒童文學的課程。（見1928年7月商務版，頁189）。

道路。一九四九年以來，兒童文學在臺灣地區的發展是非常緩慢而又
閉鎖。臺灣地區並無正式的兒童文學史著作，其中僅見：

我國兒童文學的演進與展望　許義宗著　自印本　1976年12月

一九四五～一九八九年兒童文學史料初稿　邱各容著　富春文化公
　　司　1990年8月

一九四五～一九九〇年華文兒童文學小史　洪文瓊主編　中華民國
　　兒童文學學會　1991年5月

一九四五～一九九〇年兒童文學大事紀要　洪文瓊主編　中華民國
　　兒童文學學會　1991年6月

一　兒童文學：一門邊緣性學科

　　有關臺灣地區兒童文學發展之觀察，在《華文兒童文學小史》
中，有許多篇章可作為參考。早年洪文瓊先生於〈國內外兒童讀物發
展概況〉一文中，曾任為臺灣地區兒童讀物在內容的製作方面，有三
點缺失：

　　1. 民族文化的展現問題。

　　2. 缺乏有水準的評鑑制度。

　　3. 缺乏科技整合的概念。（見《慈恩兒童文學論叢一》，頁3-4）

　　又同時其楊孝濚先生在「兒童文學的社會功能」一文裡，認為兒
童文學無法發揮其實質社會功能，其現存問題亦有三項：

　　1. 兒童文學的外來傾向。

2. 兒童文學的成人傾向。

3. 兒童文學的非專業傾向。（詳見中華民國兒童文學學會版《認
　　識兒童文學》，頁6）

　　以上兩種現象的考察，嚴格來說，目前仍普遍存在著。我們知道
兒童文學早期主要帶動力量在官方系統。因此，以下擬就臺灣地區
「兒童文學」課程的演進，以見兒童文學的學術研究。

　　大陸時期，最早設立「兒童文學」課程者是江蘇一師，時間是一
九二一年。（見商務版張聖瑜《兒童文學研究》，頁189）而臺灣地區
的師範學校則遲至一九六〇年才有「兒童文學」課程的設計。開課則
是隔年以後的事。

　　臺灣地區開有兒童文學相關課程者，除職校幼保科外，就高等學
府言，歷史較久的是青少年兒童福利學系、家政系、圖書館學系；這
些都不是主要文學學系。一般文學院系，最早開兒童文學選修的是東
海大學中文系，時間是一九八三年（即七十一學年度第二學期），其
後陸續有淡江大學德文系、日文系、成功大學外文系、清華大學中語
系開設。從開設兒童文學的情形來看，可以說臺灣整個學術界，兒童
文學仍是被認為邊緣課程，不能深入學術殿堂。

二　從師範時期到師專時期

　　最早可能獲得重視，也最應有一席之地的是師範院校。臺灣地區
師範院校開設「兒童文學」課程，始於一九六〇年七月臺灣省師範學
校陸續改制為師範專科學校。當時中師校長朱匯森曾提起當年在草擬
師專課程之初，他和擔任兒童文學一科教學的劉錫蘭老師，到處收集
有關兒童文學的參考資料。最後在美國開發總署哈德博士和亞洲協會

白安楷先生等的協助下，好不容易才找到幾本可供參考。（見富春版邱各容《一九四五～一九八九兒童史料初稿》，頁192）許義宗於《我國兒童文學的演進與展望》一書裡，認為師專是培育國小師資的搖籃，因而「兒童文學研究」科目的開設，至少有下列兩點功用：

一、建立兒童文學體系，有助於兒童文學的發展。

二、激發師專生從事兒童文學研究興趣，給兒童文學做傳播的工作。（見1976年12月自印本，頁14）

　　臺灣光復後，為配合師範教育目標，發展本省師範教育，於一九四七年即頒行「臺灣省師範生訓練方案」。中樞遷臺後初期，不論各類型師範學校（普通師範科，師資訓練班，兩年制簡易師範班，簡易師範科補習班），就課程而言，都沒有兒童文學。至一九六〇年秋，臺灣省立臺中師範學校改制為臺中師範專科學校，即著手擬定課程綱要，一九六一年五月又加以修訂，其中語文組列有「兒童文學習作」兩學分。這是臺灣地區有「兒童文學」的開始。隨後一九六三年二月修訂公布的「師範學校課程標準」，在「國文」課程標準裡即列有許多有關兒童文學的字樣：

三、課外讀物：課外讀物之選材，除令學生經常閱讀報章雜誌外，可分文範性、常識性及修養性三類：

1. 文範類讀物可酌選：（1）近代優美純正之文藝作品；（2）古籍中明白曉暢之傳記書牘雜記等；（3）兒童文學作品（凡民間有關兒童之傳說故事歌謠，可令學生多方採集，繳由教師為之整理修訂，以功課外閱讀之用）。

2. 常識性讀物：包括語文法修辭法個體文寫作法（包括應用文及兒童文學寫作法）文學史綱文字源流國學概論名人文論演說辯論術等，以三學年統籌分配，每學期閱讀一二種。

3. 修養類讀物：可酌選民族輝煌事蹟之傳記及古今賢哲之嘉言懿行語錄等。（見教育部中教司編印《師範學校課程標準》，頁23）

四、第二學年下學期起，應酌選童話、兒歌及適合兒童之精采民間歌謠，令學生隨時略讀，即據以指導兒童文學之理論及寫作方法，俾能自行研究寫作。（同上，頁26）

五、自第二學年下學期起，教師宜聯繫教材教法課程，指導學生閱讀國民學校國語課本及有價值之兒童讀物。（同上，頁27）

六、自二年級起，可酌令學生於課外擬作應用文件，編寫兒童故事及批改小學生作文之練習。（同上，頁28）

　　而後，在師專時期，不論是二專或五專，都列有「兒童文學研究」科目兩學分，供國校師資科語文組（有時亦稱文組、文史組）學生選修。一九六七年師專夜間部亦開設「兒童文學研究」科目，供夜間部學生選修。一九七〇年九月，增開「兒童歌謠研究」四學分，供五年制音樂師資科學生選修。一九七二年，師資暑期部也列「兒童文學研究」科目，供全體學生選修。一九七三年，廣播電視開始播授「兒童文學」課程，由葛琳教授主講。

　　五年制國校師資料之課程經過四次修訂。至一九七八年三月十一日，教育部公布「師範專科學校五年制普通科科目表」，易國校師資科為普通師資科，而語文組選修中的「兒童文學研究」，則增為四個

學分，並訂名為「兒童文學研究及習作」。又近年來普遍重視學前教育，各師專先後皆設有幼師科，其中選修科目有「故事語歌謠」，驟使兒童文學有類似顯學之趨勢。

三　師院時期：從邊緣到核心

一九八五年十一月七日行政院通過師專改制案。並於一九八七年七月一日起，將國內現有的九所師專一次改制為師範學院。在新制師範學院的一般課程，列有兩個學分的「兒童文學」，且是師院生必修科目。而語教系則有三個學分的「兒童文學及習作」。

至一九九三學年度起實施的「師範學院各學系必修科目表」，初教、語教、社教及數理四系於普通課程共同必修「語文學科」中列有兩個必修學分「兒童文學」。至於體育、音樂、美勞、特教及幼教等五學系，則列為選修。

就師範學校而言，「兒童文學」從師專時期語文組選修到師院必修忽忽亦有三十年之久，洪文瓊先生於〈臺灣地區兒童文學研究發展概況〉一文裡，認為臺灣的兒童文學研究環境，不論是圖書資料、專業期刊以及人才等各方面，都還是有待加強，是以研究只有零星，未構成面的成果。他在該文裡有云：

> 研究環境的因素，無疑的會影響到研究的成果。由於臺灣的兒童文學研究環境尚未成熟，在成果方面，可說只有一些點的成就，以教科書式的通論居多。專題性的研究，則泰半是數於兒童文學邊緣性研究，如閱讀興趣，兒童讀物出版趨勢等等，以兒童文學各種類型或作家作品等做專題研究的，只有童詩這一部分較為可觀。

從研究方法來看，使用較嚴謹的現代學術規範來從事研究的，幾乎屈指可數。一般而言，較時髦的是使用調查研究方法，其餘仍以蒐集各家資料加以綜合論述居多。由於缺乏原創性因此對於理論的系統化和研究面的構成，亦即研究品質的整體提昇，助益不大。這一方面也是臺灣兒童文學研究者亟待努力的。（見1996年5月《華文兒童文學小史》，頁108）

「兒童文學」隨師專改制為師院，已然由邊緣課程提昇為核心必修課程，亦有五、六年之久。目前講授與研究者，大半即是以前師專時代兼授兒童文學課者，如今皆已脫兼跨性質；雖然缺乏學有專精的高等人才或研究機構從中帶動，但從整體師院的學術活動而言，「兒童文學」仍是屬於較活絡的一門學科。至少每年都有兒童文學學術研討會。

四　兒童文學研究的展開

就整體兒童文學的學術現象而言，臺灣地區目前尚無專業性的兒童文學理論刊物，亦無專門的兒童圖書館。這是兒童文學仍進不了學術殿堂的致命傷。然而隨著社會環境、兒童文學工作者的素質，和市場成熟度等因素，臺灣地區的兒童文學必朝蓬勃方向發展，自是不爭的事實，由其是下列四項因素，更有助於兒童文學的學術研究。

一、兩岸交流。一九八七年臺灣地區戒嚴解除，並開放前往大陸探親。促成了兩岸學術交流。有助於兩岸兒童文學的發展與研究。

二、著作權法。著作權法以公布，而無翻譯版權書的延長期限是一九九四年六月十二日。尊重著作權，有助於讀物品質的提高以及取材上有國際化走向，並容易引發「多元文化」潮流的來臨。

　　三、師資培育法。師資培育法已在一九九四年二月初公布施行。
這一項法律確定了師資多元化的原則，打破了幾十年以來中小學師資
由師範校院單獨培育的局面。這是我國教育自由化的開始。其間，
「兒童文學」必是教育學程的一門課。因此，師資培育法的實施，是
必有助於兒童文學的開展。

　　四、新課程標準。「國民小學課程標準」已於一九九三年九月修
正發布，並擬從一九九六學年度第一學期起實施。其間將有「鄉土教
學活動」科課程標準，而國語則增列有「課外閱讀」。因此，新課程
的實施，對兒童文學而言，自會有助於本土化，以及注重兒童讀物的
傾向。

　　以上四項對臺灣地區兒童文學的研究與發展，都會起推波助瀾作
用。然而，真正對兒童文學研究的展開，則是始於一九九七年，臺東
師院成立兒童文學研究所之後。

　　大體上，一個國家兒童讀物出版與類別的多寡，以及讀物品質的
高低，多少反映出該國的經濟發展情形，以及文化與技術的進步程
度。臺灣地區未來兒童文學的發展，有待於從事工作者嚴格的自我
要求。

第三節　師範院校「兒童文學」師資與課程概況

一　前言

　　「兒童文學」隨師專改制為師院，已然由邊緣課程提昇為核心必
修課程，亦有五、六年之久。目前講授與研究者，大半即是以前師專
時代兼授兒童文學課者，如今皆已脫兼跨性質，雖然缺乏學有專精的
高等人才或研究機構從中帶動，但從整體師院的學術活動而言，「兒

童文學」仍是屬於較活絡的一門學科。如今以五年為期，我們似乎應對目前師院「兒童文學」課程的現狀有所了解。

　　有關兒童文學的實況調查，僅見張聖瑜《兒童文學研究》（1928年7月，商務印書館）一書附錄〈兒童文學教科實況調查〉一文（頁174-194），其調查表有三種，調查目的旨在：

> 兒童文學教科實況調查第一種調查各著名小學校。
> 兒童文學教科實況調查第二種調查各師範學校。
> 兒童文學教科實況調查第三種調查曾經選習本學程畢業生。
> （同上，頁174）

　　從調查報告中得知，最早設立「兒童文學」課程者是江蘇一師，時間在一九二一年。（同上，頁189）而其「附識五」有云：

> 調查各師範兒童文學教科所得，大都認為兒童文學為小學教育中一個重要問題，師範生極應注意研究；故各校漸由國語教學法外，增設兒童文學學程。又於調查表中，都表示現在我國兒童文學作品，雖日增多，而於研究兒童文學各種問題與原理之著作絕少，故極宜研究兒童文學上各種共通的基本原理，為審別作品改進作品之標準指導。我友王天任曾說：「研究兒童文學的，一定要具備兒童學的知識、文學的知識，並且要研究二者的關係。」此言實中絮要循，是以行研究指導。庶皆有濟爾。（同上，頁191-192）

　　而臺灣地區的師範學校則遲至一九六〇年才有「兒童文學」課程的設計。

　　本文雖屬現狀調查，但並非純以問卷調查為主，其間有歷史之陳
述。且問卷調查，其旨乃在於理解教師思考之必然性。西方自啟蒙運
動以來，人的「理性」作用逐漸被肯定，以及自然科學的研究與科技
的快速進步，於是在人類思想的演變中，可看出重視知識的客觀性，
強調科學方法具有普通性和妥當性。致使社會科學亦以自然科學研究
為典範，一味強調由「客觀性」、「普遍性」、「運作性」，來建立通則
性的知識，於是所謂的「理性」淪為「工具理性」而已。而我國教育
研究長期以來，仍然在「實証論」的影響下，借用了不少「結構──
功能論」的參考架構，而不是主體意識的把握，更忽略教育是一方面
解說被系統化扭曲的溝通；另一方面就是重建溝通能力，以至於自我
的解放。

　　本文除現狀調查外，另有「我國師範教育的沿革」、「師範課程與
兒童文學」、以及「結論」等部分。

二　我國師範教育的沿革

　　有關我國師範教育的沿革，擬以地域和時間為據，分兩部分敘述：

（一）早期大陸地區

　　一般說來，我國近代有師範教育，是始於上海的南洋公學。清代
維新之初，只由學校作育人才，以替代科舉取士，未曾顧及普及教
育，更未注意師資的培養。至光緒二十三年（1897），當時盛宣懷在
上海設南洋公學，內設師範院以培養上、中兩院之教員考選成材者四
十名，延聘華、洋教習，教以中、西之學，以「明體達用，勤養善
誨」為旨歸，是為中國有師範教育的開始。其後，又仿日本師範學校
辦法，附設小學一所，名為「外院」，別選十歲至十七、八歲的兒童

一百二十名,令師範生分班教之。外、中、上院各生以次遞升,師範生非完全合格者不得充任教習。

　　次年,京師大學堂成立,設有「師範齋」,則是近代高級師範教育的開端。以大學堂前三年高材生入之。以上所述師範堂只是局部的設施。當時梁啟超在上海「時務報」,也曾極力鼓吹師範教育,但未經政府採納。直到光緒二十八年(1902)張百熙「奏定學堂章程」,設「師範館」與大學預科同程度,「師範學堂」與中學堂同程度。師範館的入學資格,限科舉的舉人、貢生及畢業於中學堂者;師範學堂之入學資格,則為秀才、監生一類。明年,張百熙、榮慶、張之洞等重定學堂章程公布,而我國正式師範學制方始成立。

　　依光緒二十九年的「癸卯學制」規定,將師範教育列為一獨立系統,分初級師範學堂、優級師範學堂兩級。對師範教育計畫頗為周詳。除規定優級師範為培養中學及師範師資外,並規定初級師範為小學師資養成機關。

　　初級師範學堂屬中等教育程度,以培養小學教員為目的。每州縣必設一所,但開辦之初,可在各省會先行成立。在省會設立的初級師範學堂應分兩科:完全科與簡易科。完全科五年畢業,入學年齡為十八歲至二十五歲;簡易科一年畢業,入學年齡為二十五歲至三十歲。初級師範學堂學生享受公費待遇,但允許招收私費生。學生畢業應在本省州、縣小學任教,其服務年限,完全科公費畢業生必須服務六年,私費生三年;簡易科公費畢業生必須服務四年,私費生二年。在服務期限裡,不得從事其他工作。初級師範學堂得附設師範傳習所,招收鄉、鎮私塾、蒙館中品行端正,文理通達,年齡在三十歲至五十歲之間的教員,學習期限十個月。

　　當時直隸、江蘇、江西、福建、湖南等省均紛紛籌設師範學堂,有由各府、州、縣書院改設者,有由省庫直接撥款設立者。據當時統

計，光緒三十三年（1907）全國有師範學堂五百四十一所，三十四年有五百八十一所。

　　據師範學堂章程總義章規定，不許女子入學。至光緒三十二年（1906），學部奏定官制於普通司師範教育科中，列女子師範為職掌之一。是年天津設立北洋女子師範學堂。三十三年學部奏定女子師範學堂章程，規定初級女子師範以州、縣設立為原則，初辦時僅限於省會及府城，由官廳籌設，以高小畢業女子為入學資格，修業高小二年亦可收入，但須補習一年，修業年限為四年，畢業後服務與男子師範同，這是女子師範正式列入學制系統的開始。

　　宣統年間，師範教育有數度變遷。民國成立，教育宗旨與教育制度大異於從前，因此師範教育因之改革。省立優級師範改為國立高級師範學校，並由國家接辦。初級師範學堂、初級女子師範學堂改為省立師範學校、省立女子師範學校，但各縣因特別情形，也可以設立縣立師範學校，私人或法人也可以呈請設立師範學校。男女師範學校修業年限均為五年，師範學校應設附屬小學，女子師範學校於附屬小學外應設蒙養園。又師範學校得附設小學教員講習科。此外尚有師範講習所，實業教員講習所等，各省師範學校內容形式均煥然一新。

　　歐戰以後，各國教育制度及方法均有變更，我國自不能不受影響。一九二一年全國教育聯合會在廣州舉行會議，制定新學制草案，一九二二年十一月政府正式公布學校系統改革令，於是師範教育又起重大變更。最顯著的是充實師範教育內容，提高學生程度。師範學校修業年限改為前期三年，後期三年，六年畢業，高級中學得設師範科。舊制五年畢業之師範則逐漸改組，而師範學校與普通中學已漸有合併辦理之趨勢。

　　一九二三年，江蘇省立師範學校內設農村師範分校，以造就鄉村初級小學師資，修業年限有一、二、三年不等。其他各省亦多先後設立，是為我國鄉村師範教育發軔之始。

　　一九二七年國民軍奠定東南，國民政府建都南京，大學院成立，一九二八年大學院召集第一次全國教育會議，對於學校系統及原理均分別修正。關於師範學校，為經濟、就業及通識理由，實施中學師範合一辦法，以師範學校併入中學內，列為高級中學分科之一，初級師範學校則停止辦理。江蘇、浙江等省先後均將原有中學及師範合併改組。而事實上各省中仍多沿用舊制。

　　而後，教育界有識之士又建議師範學校以獨立辦理為宜。一九三二年十二月國民政府頒布「師範學校法」，確定了師範學校的地位。教育部於一九三三年三月也公布了師範學校規程；一九三五及一九四三年又加以修正。依據上述法規，全國應以師範學校為培養小學師資的機關，但各地方為急需造就義務教育師資起見，得設簡易師範學校，及簡易師範科。為貫徹國家教育宗旨及實施方針起見，並規定各種師範學校概由中央及地方政府設立，私人不得舉辦。

　　一九三七年，七七事變發生。雖然社會環境變遷，師範教育為適應時代需要，在設施上亦頗多改革。一九三八年，教育部頒發「確定師範教育設施方案」，訓令各省教育廳，今後師範學校應以分區設立為原則，並視各該省所需師資人數，以定校數班數之多寡。簡易師範由區設立。對於小學師資應予限制，凡完全小學初等小學教員，必須師範學校或鄉村師範畢業生，方可充任；短期小學教員由簡易師範畢業生充任之。

　　一九三九年九月國民政府頒布「縣各級組織綱要」，實施新縣制，推行國民教育。教育部乃於一九四〇年三月頒布「國民教育實施綱要」，決定自一九四〇年八月至一九四五年七月，積極普及國民教育，同時培育大量師資，以應需要。

　　一九四六年六月，教育部復訂定「戰後各省五年師範教育實施方案」，通飭全國各省一律自一九四六年八月起實施，期於五年內培養

師範生五十萬人。而後國共對立，國民黨政府遷臺，於是形成了兩個不同的發展模式。

（二）臺灣地區

　　日據時期臺灣地區的師範教育，在一九四三年（昭和十八年）三月，日臺當局將師範學校改為專門學校，並廢除演習科。師範學校內得設男、女兩部，並分預科和本科。本科收預科及中學校或高等女校畢業生，修業年限三年（後改為二年）；預科收國民學校高等科畢業生，修業年限二年。此外，講習科收中學校或高等女學校畢業生，修業年限一年；如收國民學校高等科畢業生，則修業年限為三年。本省光復時，共有四所師範學校及兩所師範預科，即臺灣總督府臺北師範學校、臺灣總督府臺中師範學校、臺灣總督府臺南師範學校、新竹、屏東兩個師範預科，以及一個專為宣揚皇民化的臺灣總督府彰化青年師範學校。接收時，省教育處將原臺灣總督府臺北師範學校改為省立臺北師範學校，其女子部改為省立臺北女子師範學校，原臺灣總督府臺中師範學校改為省立臺中師範學校，原臺灣總督府臺南師範學校改為省立臺南師範學校，原新竹預科改為省立臺中師範學校新竹分校，原屏東預科改為省立臺南師範學校屏東分校。至於彰化青年師範學校，因其原為宣揚皇民化的學校，學校設備又無基礎，所以停辦。此外，一九四六年東部中等學校畢業生僅有四十餘人，師範生來源缺乏，惟顧及事實需要，特在花蓮中學、花蓮女子中學、臺東中學、臺東女子中學各附設師範班。又因迫切需要國民教育師資，因此，於一九四六年七月底，將省立臺中師範學校新竹分校暨省立臺南師範學校屏東分校，改設為省立新竹師範學校暨省立屏東師範學校。

　　一九四七年八月，又在臺東、花蓮兩地分別設立省立臺東、花蓮兩師範學校籌備處，負責籌備設校事宜，一九四八年該兩師範學校均

分別成立，並將原設在省立臺東、花蓮男女中學附設師範班歸併辦理。一九四七年八月，澎湖以交通不便，國校師資供應特感困難，乃在省立馬公中學附設師範班，以造就該縣所需要的國民小學師資。

　　日據時期的師範學校制度與我國不同，光復後自應照我國當時學制予以改革，將師範學校改為中等學校程度。惟舊制各科肄業學生，在其不違背我國教育宗旨精神下，則仍因其舊，維持其至畢業為止。

　　一九四八年，臺灣省政府教育廳奉部令准本省光復前舊制師範本科畢業生資格比照當時二年制專科學校畢業生資格。至一九五三年，簡易師範班奉教育部令停止招生，至次年七月該師範班即辦理結束。繼為發展南部女子師範教育，乃於一九五四年八月，在高雄市增設省立高雄女子師範學校一所，一九五七年八月，在嘉義增設省立嘉義師範學校。茲附錄「光復初期本省師範學校設置科別情形」如下：

科別	修業年限	入學資格	畢業後資格	備註
普通師範科	三	初級中學畢業	高小教員	
普通師範科預科（一）	一	日制國民學校高等科畢業	升入普通師範科	1949年起停辦
四年制簡易師範班（二）	一	日制中學校及女子中學校畢業	高小教員	1947年起停辦，僅辦一屆
師資訓練班	四	國民學校畢業	初小教員	1946年開始辦理，1953年起停止招生
二年制簡易師範版（三）	二	日制國民學校高等科畢業	初小教員	1950年起停辦
簡易師範科補習班（四）	一	國民學校畢業	升入四年制簡易師範班	1953年起停辦

（詳見《臺灣教育發展史料彙編》，頁11）

　　一九六〇年臺灣省教育廳為提高國民教育素質，乃計畫逐年將師範學校改制為師範專科學校。首先於八月十五日核准設立省立臺中師範專科學校。一九六一年八月，省立臺北師範學校改為省立臺北師範專科學校，招收高中、高職畢業生及師校畢業生而服務期滿者。修業期限，在校二年，實習一年。

　　師範專科學校試辦三年，曾提出一分「工作報告及檢討」[2]。一九六三年七月三十一日，臺灣省教育廳令省立臺中師範專科學校改為五年制師範專科學校。臺北、臺南等兩校經決議同時改為五年制師範專科學校。

　　一九六四學年度省立花蓮師範學校、臺北女子師範學校亦相繼改為五年制師範專科學校。一九六五學年度省立新竹、屏東兩師範學校同時改制為專科學校。一九六六學年度省立嘉義師範學校改為五年制專科學校，一九六七學年度省立臺東師範學校亦相繼而最後改為五年制師範專科學校，使全省師範學校改制為五年制師範專科學校計畫得以完成。同時省政府為配合九年國民教育之實施，加速培養國民中學及一般中等學校之健全師資，於一九六七年八月，將省立高雄女子師範學校，改為省立高雄師範學院。

　　一九七七年十一月二十一日，總統明令頒布「師範教育法」，並廢止「師範學校法」。

　　一九八五年十一月七日行政院通過師專改制案。並於一九八七年七月一日起，將國內現有的九所師專一次改制為師範學院。並從一九九一學年度七月起，將省立八所師範院校改隸為國立。

2　見《第四次全國教育會議報告》，頁80-82。又見《臺灣教育發展史料彙編》，頁16-28。

三　師範課程與兒童文學

　　我國師範學校建制以來，其課程迭有變更。重要者有下列幾個時期：

　　一、光緒二十九年重訂學堂章程規定之初級師範學堂課程。

　　二、民國元年頒布師範學校規程所規定之師範學校課程。

　　三、民國十四年全國教育聯合會擬定新學制師範學校課程標準綱要。

　　四、民國十九年教育部頒布高級中學師範科課程暫行標準。

　　五、民國二十三年教育部先後頒布各類師範學校課程標準。

　　六、民國三十二年教育部修正頒布各類師範學校課程標準。

　　七、民國四十一年教育部修正公布各類師範學校課程標準。

　　八、民國四十四年教育部修正公布各類師範學校教學科目及每週教學時數表。

　　九、民國五十年臺灣省立臺中師範專科學校試行之教學科目表。

　　十、民國五十二年修訂公布師範學校課程標準。

　　十一、民國五十二年三年制師範專科學校國校師資科教學科目及學分表說明。

　　十二、民國五十四年公布師範專科學校五年制國校師資科暫行科目表。

　　十三、民國六十一年公布修訂師範專科學科五年制國校師資科目表。

　　十四、民國六十七年公布師範專科學校五年制普通、音樂、美勞、體育等四科課程標準。

　　十五、民國七十六年省市師範課程總綱、各學系（組）課程表。

　　十六、八十二學年度起實施師範學院各學系必修科目表。

　　一九一二年，改初級師範學堂為初級師範學校，分預科跟本科。此次所訂課程，在專業教育科目方面，仍然很簡略。民國八年（1919）以後，師範課程有數項的改革：一、廢止讀經；二、國文改為國語；三、修身改為公民；四、注重教育學科；五、注重體育。

　　一九二五年八月，全國教育聯合會所擬訂之新學制師範學校課程標準。其中高中師範科分為公共必須科目、師範專業科目、分組選修科目、教育選修科目等。而所謂分組選修則分有注重語文及社會科學、注重數學及自然科學、注重藝術及體育等三組，並規定至少選修二十學分。

　　一九三〇年頒布高級中學師範科暫行標準。分必修科目和選修科目兩種，仍採學分制。為便於小學教學應用或學生深造起見，選修科目並得依性質而分為：藝術、體育、實用技能、語文、數理、社會科學等六組。其課程的特點，依照「說明」上說：

> 本標準意在力矯舊時師範課程不切實用的弊病，以期獲得「專業訓練」之效。所以：（1）減少近於抽象的理論的科目——例如教育史、教育思潮，在教育概論、歷史等科目中已約略涉及，本身似無多大需要，概從割愛。（2）力求適合小學教學的需要——例如小學需要兒童文學、國語（口語）、音樂、農工家事……有的在各科課程中加入，有的增加時間學分，有的特設科目，以求適應；即如自然科學的物理、化學……也充分加入關於小學應用的教材。至於不合小學需要的，例如「國文」中的「文學概論」、「文學史」、「算學」中的「高等代數」……等，一律刪去。（據1963年5月正中書局・孫邦正編著《師範教育》，頁238引）

　　雖然，只是在說明中出現，而所謂的「兒童文學」一詞，於是乎正式出現在師範課程標準裡。其實，就張聖瑜《兒童文學研究》一書附錄〈兒童文學教科實況調查〉所載，早在一九二一年江蘇一師即設有兒童文學的課程（見1928年7月商務印書館，頁189），據該調查說：「大多認為兒童文學為小學教育中一個重要問題，師範學生應注意研究；故各學校漸由國語教學法外，增設兒童文學課程。」（同上，頁191）

　　臺灣光復後，為配合師範教育目標，發展本省師範教育，於一九四七年即頒行「臺灣省師範生訓練方案」。中樞遷臺後初期，不論各類型師範學校（普通師範科，師資訓練班，二年制簡易師範班，簡易師範科補習班），就課程言，都沒有兒童文學。至一九六〇年秋，臺灣省立臺中師範學校改制為臺中師範專科學校，即著手擬訂課程綱要，一九六一年五月又加以修訂，其中選修科甲組列有「兒童文學研究習作」兩學分。這是臺灣地區有「兒童文學」的開始。隨後一九六三年二月修訂公布的「師範學校課程標準」，在「國文」課程標準裡即列有許多有關兒童文學的字樣：

　　　三、課外讀物：課外讀物之選材，除令學生經常閱讀報章雜誌
　　　外，可分文範性、常識性及修養性三類：
　　　1.文範類讀物可酌選：（1）近代優美純正之文藝作品；（2）古
　　　籍中明白曉暢之傳記書牘雜記等；（3）兒童文學作品（凡民間
　　　有關兒童之傳說故事歌謠等，可令學生多方採集，繳由教師為
　　　之整理修訂，以供課外閱讀物之用）。
　　　2.常識性讀物：包括語文法修辭法各體文寫作法（包括應用文
　　　及兒童文學寫作法）文學史綱文字源流國學概論名人文論演說
　　　辯論術等，以三學年統籌分配，每學期閱讀一、二種。

　　3.修養類讀物：可酌選民族輝煌事蹟之傳記及古今賢哲之嘉言
懿行語錄等。（見教育部中教司編印《師範學校課程標準》，頁
23）

　　四、第二學年下學期起，應酌選童話、兒歌及適合於兒童之精
采民間歌謠，令學生隨時略讀，即據以指導兒童文學之理論及
寫作方法，俾能自行研究寫作。（同上，頁26）

　　七、自第二學年下學期起，教師宜聯繫教材教法課程，指導學
生閱讀國民學校國語課本及有價值之兒童讀物。（同上，頁27）

　　五、自二年級起，可酌令學生於課外擬作應用文件，編寫兒童
故事及批改小學生作文之練習。（同上，頁28）

　　而後，在師專時期，不論是二專或五專，都列有「兒童文學研
究」科目兩個學分，供國校師資科語文組（有時亦稱文組、文史組）
學生選修。一九六七年師專夜間部亦開設「兒童文學研究」科目，供
夜間部學生選修。一九七〇年九月，取消文史組，增開「兒童歌謠研
究」四學分，供五年制音樂師資科學生選修。一九七二年，師專暑假
部也列有「兒童文學研究」科目，供全體學生選修。一九七三年度，
廣播電視開始播授「兒童文學」課程，由葛琳教授主講。

　　五年制國校師資科之課程經過四次修訂。至一九七八年三月十一
日，教育部公布「師範專科學校五年制普通科科目表」，易國校師資
科為普通師資科，而語文組選修中的「兒童文學研究」，則增為四個
學分，並訂名為「兒童文學研究及習作」。又近年來，普遍重視學前
教育，各師專先後皆設有幼師科，其中選修科目有「故事與歌謠」，
驟使兒童文學有類似顯學之趨勢。

　　一九八五年十一月七日行政院通過師專改制案。並於一九八七年
七月一日起，將國內現有的九所師專一次改制為師範學院。在新制師

範學院的一般課程，列有兩個學分的「兒童文學」，且是師院生必修科目。而語教系則有三個學分的「兒童文學及習作」。

　　至一九九三學年度起實施的「師範學院各學系必修科目表」，初教、語教、社教及數理四系於普通課程共同必修「語文學科」中，列有兩個必修學分「兒童文學」。至於體育、音樂、美勞、特教及幼教五系，則列為選修。

四　師院兒童文學課程之現狀調查

　　本節擬就現狀、需求與可行方式等三方面，探討師院教師講授兒童文學課程有關的問題。由於受人力、時間的限制，有關現狀的調查，主要以師院改制以來擔任兒童文學課程者為對象，共計二十三位。調查工具以壹份自編「師範學院兒童文學師資綜合調查問卷」為主（見附錄一），由於調查對象皆屬熟識的同好或諍友，有時頗有訪談之便，亦有助於全面之了解。試將問卷調查結果說明如下：

問卷第一題：性別第二題：年齡

　　性別與年齡是調查對象的基本資料，並無特別意義。其比例與分布情形可見附錄二之表一、表二。

問卷第三題：服務學校及系別

　　從調查統計得知，目前師院各校講授兒童文學者有二至三人（見附錄二，表三），可見兒童文學已不再是邊緣學科。雖然從八十二學年度起，體育、音樂、美勞、特教、幼教等學系，兒童文學不再是必修，但影響似乎不大。

　　又講授兒童文學者，皆屬語文教育系的老師，或許因為兒童文

學，應當首先是文學使然。其次，由於兒童文學歸屬於「普通課程」的語文群課程，是以理所當然的語教系老師擔任。

問卷第四題：最高學歷

從調查統計得知：博士九人（39%）、碩士九人（39%）、研究所結業五人（22%）（見附錄二，表四）。這種高學位的現象，可說從師範、師專到師院，歷經長期轉型的必然結果。台灣地區高級師範教育一直缺乏特色與定位，主要在於教師不了解本身角色之扮演。講授教育學科者缺乏學科基礎，且本位意識高漲，是以臺灣的教育，一直停留在教育「術」的層次。而其他學科者又排斥教育。致使師範教育未能發揮其本身功能。而今以兒童文學授課者學歷中，似乎可見師範教育轉化之現象。其可見端倪有三：其一，在研究所結業者中，並非全部是國研所，其中亦有人進教研所者。這種現象，或許可以稱之為自覺到自己角色的扮演使然。其二，在博士者，有三人是專攻語文教育者，可說學有專長，其講授兒童文學，自是相得益彰。其三，由博士講授兒童文學，不論其動機如何？可說皆源於自覺角色之扮演。夾其精深之涵養，自能帶動與提升兒童文學之學術研究。

又碩士者中，亦有在職進修國研所博士班，所讀與教學似乎無關，這是目前盲目高學位政策使然。

問卷第五題：在求學過程中，是否修過兒童文學相關課程

從問卷統計得知：未修過兒童文學課程者有十六人（70%）；而選讀較多者皆屬在國外攻讀語文教育者；至於二至四學分者，則是師專畢業者（見附錄二，表五）。由此可見台灣地區高級師範教育之僵化與單元。是以目前講授兒童文學者，如何開拓與吸收相關學科之知識，似乎是教師思考與自覺之問題。

問卷第六題：改制以來，您任教過的兒童文學過程

本題旨在了解授課對象之分佈情況而已，並無深意，其授課對象比較可見附錄二，表六。

問卷第七題：您是在何種情況或在心理下接受講授兒童文學的課程

本題是四選一，選「極富興趣」者有十八人（78%），選「嘗試看看」者五人（22%），至於「無可無不可」、「無可奈何」則無人勾選（見附錄二，表七）。不論「極富興趣」、「嘗試看看」理由何在？但至少表示不排斥。這種現象對兒音童文學的教學與學術研究，極富正面的意義。

問卷第八題：在兒童文學的領域中，您的專長在哪一方面？（請依序選擇一至三項）

本題列有：「史料」、「理論」、「批評」、「創作」、「欣賞或導讀」等項，其中能「依序選擇一至三項」的有效問卷只有八張。而八張中又有一張增添「語文教學」、「學術分析」兩項，為其一二專長。因此有效問卷只有七張。（見附錄二，表八）

其他十五張皆屬多重選擇，選擇從一至四不等。（見附錄二，表九）

從問卷統計中，可見教師的專長情況。此題可與第九題及課程綱要並觀。

問卷第九題：已發表有關兒童文學成書之著作，或已發表有關兒童文學之論文（每篇五千字以上）

依問卷和實際訪談結果得知：其中除新進教師三人尚未有論文及著作外，其他皆有論文以上的著作。有成書著作高達十二人（52%）

（見附錄二，表十）。但從實際著作加以考查，臺灣的兒童文學研究仍只有零星的點成果，尚未構成普遍系統的面成果。而所謂的成書要皆以教科書式通論性的著作居多。專題性的研究，則泰半是屬於兒童文學邊緣性研究，如閱讀興趣，兒童讀物出版趨勢等等，以兒童文學各種類型或作家作品等專題研究的，只有童詩這一部分較為可觀。又以研究方法看，使用較嚴謹的學識規範來從事研究的，幾乎屈指可數。一般而言，較時髦的是使用調查研究法，加以綜合論述的居多。由於缺乏原創性，因此對於理論的系統化與研究面的構成，亦即研究品質的整體提升，助益不大。

問卷第十題：您認為兒童文學課程的設計重點是：理論、實踐、兩者並重（本題為單選題）

　　本題只有一位是選「實踐」為重點。另一位認為「理論」一詞太籠統，無法作答，其餘二十一位皆選「兩者並重」（見附錄二，表十一），「兩者並重」雖是較為合理的答案，然而合八、九、十、十四等題合觀，似乎事實的教學並不如此。

問卷第十一題：您擔任兒童文課程是否使用教科書

　　本題勾未用教科書者有三人；其餘二十人皆有採用教科書，但其中一人說明「參考而已」（見附錄二，表十二）。至於勾選採用教科書者本身亦有爭議。所謂教科書是指學習者人人必備必用之書，因此所謂教科書不可能太多種。而從問卷中發現，有許多教科書者似乎與參考書目無異。所以「附錄三」、「使用教科書書目」，是參考隨問卷寄回的「課程綱要」、「教學進度表」，同時淘汰市面上已不見的書。大致說來，以林守為、吳鼎的書較易購得且較為流行。其餘要皆以自己編印的書做為教科書。

　　一般說來，兒童文學對師院生而言，是屬於生疏的學科。緣於學習起點行為的需要，似乎以有教科書為宜，至於如何應用教科書，則屬教師者的個人行為。採用教科書並非即是傳統與頑固，亦非不了解潛在課程的存在，更不是忽略過程的重要性。我們了解教師在學生學習的過程中相當重要，尤其對那些非預期到的生活經驗的學習，更需要教師專業的知識來處理或指導。然而，教師是否能肯定自己具有相當的專業知能，在這個不再有先知與權威的時代裡，我們是否理當採用教科書以作為印證用。

問卷第十二題：您認為師院生對兒童文學課程教學的反應是

　　本題採開放式的問答，答案是可以預見的（見附錄二，表十三）。但本題並不希望只是主觀的感受，而是需要事實的陳述，或是解釋性的說明。事實上，更需要的是教師之思考。否則一味的主觀感受，容易流於獨斷，更容易形成所謂的教師暴力，多少的教師暴力，事實上，正是借主觀感受與權威而行。

　　試列較具思考性反應如下：

　　之一：

　　極富興趣，只要能夠深入淺出的帶領，是可開拓的沃土。

　　之二：

　　未作問卷，不能完全了解，但一般反應都感興趣，並且能創作，樂於閱讀兒童文學作品，並能說故事予學童聽。

　　之三：

　　只要課程設計多元化，學生大半顯出很有興趣，很好玩的樣子。

問卷第十三題：您認為教授兒童文學最感困擾的是什麼？

　　本題採開放性的事實陳述。除兩人未作答外，其餘二十一人所陳

述困擾事項計二十八項次，每人一至二項不等。依其性質可歸納為
「時間不足」、「設備不足」、「學生素養不足」、「無合適教科書」等四
類（見附錄二，表十四）。其中最感困惑的是授課時間不足，計有十
次，其中有一人的不足，顯然是屬於處理作業的問題。「設備不足」
有九人次，其中三次是指圖書、期刊而言；二次是指教學媒體設備；
另外四次是指無合適的本土作品可做教材而言。至於嫌「學生素養不
足」者有六人次。另外，有三人次認為無合適的教科書。

問卷第十四題：是否可寄下兒童文學課程綱要及參考書目一份

　　寄下兒童文學課程綱要及參考書目者有八人。另外一人有綱要無
書目，一人有書目無綱要。一般說來寄下的綱要皆太簡單，可喜的是
隨綱要都附有教學進度表，從進度表可看到實際的教學內容。大致說
來，目前的教學內容，雖然都認為在課程的設計重點是理論與實際並
重，而實際上是在於文類的概說或概論。在概論裡又以欣賞導讀為
主，所謂理論、史料、批評似乎不多見。課程內容到底應該涵蓋那
些？或許我們可以從學分數說起。目前「兒童文學」課程，一般學系
是兩學分兩小時，學科名稱為「兒童文學」；語教系是三學分，學科
名稱是「兒童文學與習作」。從八十二學年度起，除初教系、語教系、
社教系、數理系等系為必修外，其餘學系是選修，而學分數都是兩學
分。從學分數與學科名稱言，兩學分的兒童文學顯然不含習作在內。

　　師院改制之時，曾擬訂有必修科目的課程綱要，由於課程規畫草
案中，兒童文學是附屬於國文科裡，所以沒有課程綱要。而事實上，
當時擬訂的課程綱要也一直未見公布。在回收問卷中，有一位在書面
意見裡提出一份「課程綱要」，其文云：

　　1. 以舉例說明兒童文學之精神、界說、分類及重要性。（前三
　　　　週，所舉例均以名著介紹為主）

2. 兒童文學分類介紹：各類文體之精神及教育價值，舉例分析討論。

3. 兒童文學之閱讀及創作：寫讀書報告及創作故事或童話。

4. 兒童文學的教學：如何引導兒童閱讀、如何教學等。

臺灣地區可見最早的「兒童文學」課程標綱是一九六二年十月省北師所擬訂的「兒童文學研究及習作」（見附錄四），其次是一九六五年臺灣省師範師專教師及國教輔導人員研習會教師組第三期，所研擬的「五年制國校師資科兒童文學研究課程綱要草案」（見1966年12月臺中師專出版《國語及兒童文學研究》，頁251-255）。這兩個都是初期的課程綱要，當時學科名稱不定，教材大綱多而不當。

至於所提供參考書目，由於作品部分甚廣甚多，於此缺而不論。只將論述性部份，略加整理，去除坊間不易看到者，試擬出一份中文論述性參考書目（見附錄五），其中英文只有《Tallking about Book》一書。

問卷第十五題：是否有其他書面意見？

回函中有書面意見者十人，除一人所提意見是課程綱要外，計九人有十五項次意見。試依性質歸納為：「行政」、「課程」、「教師與教學」、「設備」四大類。試依類引錄不作說明：

行政方面

1. 每年由政府固定撥款舉辦兒童文學學術研討會，參加人員也應含蓋一般師範學院的學生，不要只邀請小學教師，何況由各縣市教育局派人參加，形成壟斷與分贓。

2. 全國教授「兒童文學」的大學教授，應經常聚首開會，互相請益、觀摩。

3. 建議請教育部舉辦「師院生兒童文學創作獎」。

4. 請非文學背景，而對兒童文學有深入研究的人到師院開選修課，如此可增加課程的廣度與深度。

5. 申請設立兒童文學系或兒童文學研究所，並試著以兒童文學統整師院各系課程。

6. 成立兒童文學讀物研究中心，發揮典藏資料與研究導引的功能。

課程方面

1. 師範學院教兒童文學老師應合作編寫一套入門用的「兒童文學概論」。（另一人有相同意見）

2. 兒童文學課程至少加重為四學分（必修）。

3. 語教系則應仿效美國語教系（LANGUAGE EDUCATION）開設一系列兒童文學相關科系，如「民俗學的研究與在教學上的應用」、「少年小說」、「讀者反應論的理論與實際應用」、「幼兒文學」、「說故事研究」、「兒童文學與跨科教學」等。

4. 兒童文學研究為客觀化、明確化；「兒文」作品之評價未學術化；兒童文學作品未依年齡等級化。諸如此類問題未解決，兒童文學一課，恐無法進一步改善與發展。

教師與教學方面

1. 本人以中國俗文學之歌謠、笑話、神話、傳說教學，效果較佳，提供參考。

2. 教導兒童文學，我以為要從作品欣賞入手，只有多讀作品，理論才能落實，否則一切都是空談。此外，在國小師資中，更要培養作家，只有他們才是真正了解孩子的人。

3. 由師院老師組成委員會，從事對兒童文學出版品的評鑑工作；主動從事超然的評鑑工作。

設備方面

1. 若能有一兒童文學專用教室，室內有錄影機、幻燈機、音響、燈
光，甚至圖書資料齊全。即使不能設備齊全，至少錄放影機、錄放
音機，或視聽教室設備亦須齊備。

五　結論

兒童文學在臺灣地區的發展，確實是緩慢而又閉鎖的。雖然，經
過兒童文學工作從事者長期的努力，以及各級教育行政單位和某些機
構團體的推動，兒童文學的創作，無論是小說、童話、兒童詩歌、插
畫等等，在品質和數量上皆有相當明顯的提升；也由於有關機構舉辦
各類兒童文學研習活動，再加上兒童文學學會的創設，使得兒童文學
作家有日益增多的趨勢。然而，就師範教育與兒童文學課程的沿革，
以及師院兒童文學課程現狀的觀點看，兒童文學仍未走進學術的殿
堂。而本文旨在透過以往歷史的事實、經驗，並以集思廣益的問卷方
式，以做為兒童文學未來發展上的參考。試依次說明如下：

（一）在行政方面

本文所指的行政是泛稱，上至教育部，下至系所主任皆是。我們
知道任何的教育活動，個人是無法獨力撐大局，必賴集體的努力，始
克有成。教育行政乃是統籌並推動全面教育事業的有形勢力，藉巨額
的教育經費及透過有效的教育法令之頒佈，加上教育行政人員的領
導，教育活動得以順利展開。今就兒童文學的過去與現況，對行政方
面有下列建議：

1. 兒童文學課程之定位。臺灣地區的教育，在解嚴以前是以反共
復國為方針，而師範教育更是總方針的執行機器，所謂師範教育都是

沿用撤退之前的黨化教育與戰時教育，以三民主義為教育上的最高原則，「以國家至上」為方針。而初級師範教育更是淪為師大的附庸，舉凡制度課程的制定，皆無自主權。這種現象在改制為師院後，仍然存在。

　　一般說來，初等師範學校課程自一九三〇年頒布「高級中學師範科暫行標準」起，即開始有重視「專業訓練」的傾向。這種傾向在臺灣地區的初等教育尤其明顯。我國教育研究與發展長期以來，皆受外國影響，尤其是在「實證論」的影響下，借用了不少「結構——功能論」的參考架構，而不是主體意識的把握，更忽略了教育是價值賦與、形成和創作的過程。因此，教育被化約成「技術性」活動，只強調效率、預測，關心達成目標的手段，而不對目標本身合理與否加以批判，這種趨勢，使教育成了各種學科的「應用學科」，甚至成了學術的「次殖民地」。簡言之，教育不是教育「學」，而只是教育「術」的應用。是以所為的初等教育，是偏重實務的操作，亦即是注重技術和指導方針的建立，而不太關心教育的本質及其基本問題的檢討。如果說臺灣地區的初等師範教育，既無文化，亦無歷史與哲學，雖不中亦不遠矣。

　　擬自八十二學年度起實施的「師範學院各學系必修科目表」，師院各學系課程結構如下：

類別	初教、語文、數理、社會科教育學系		音樂、美勞、體育、特殊、幼兒教育學系		備註
	學分	百分比	學分	百分比	
普通課程	70	47.3	56	37.9	含大學共同課程
專業課程	40	27	40	27	
專門課程	38	25.7	52	36.1	
總計	148	100	148	100	

（見頁3）

而初教等學系普通課程的構成是：

　　1. 大學共同科目計二十八學分。
　　2. 語文科目八學分。
　　3. 社會科目十二學分。
　　4. 數理科目十四學分。
　　5. 藝能科目八學分。（見頁1-2）

　　而語文科目八學分中，有六學分是必修（國音一學分、文字學二學分、兒童文學二學分、寫字一學分），真正選修者只有兩學分，反觀社會科目、數理科目則無必修。綜觀課程設計，頗為反常與不合理。

　　首先，可見語文學分顯然不足。雖然用移花接木術，將大學共同科目裡的國文（六學分）、英文（六學分）歸入語文學科，揚言語文學科合計高達二十學分。而實際上，所謂二十學分中，英文、國音、兒童文學、寫字等課程都不能算是普通學科，這些學科有的是大學共同科目，有的是師院必修科目。所謂必修，可知它是師院特性之所在處，也可以說是工具學科，略近專業課程，如此全然列入語文學科，而真正的語文學科顯然不足，是以師院生畢業後未能勝任國語科教學，是必然的結果。

　　其次，《四書》列為選修，顯然是文化的迷思與技術性學習的導向使然。而說話課列為選修，只能說不可思議。

　　第三，既然已有美勞、音樂等科任學系，普通課程裡的藝術科目是否有必要到八學分。

　　最後，在音樂、美勞、幼教等學系裡，普通課程裡的語文學科中，只有選修六學分，而無必修，是否在刻意淡化國音、寫字、幼兒文學的重要性。

2.大一新生普遍缺乏人文素養。這是高中教育以升學為主導的惡果。高中時間原是通識教育的時期，而臺灣地區的高中卻走上極端分化的預備專科教育，不是升學考試科目不讀，課外閒書更不讀，再加上師範課程的不當，以及雞兔同籠做法，致使師院生學習意願不高。

3.語教系宜開設系列兒童文學相關課程。

4.允許師院設立兒童文學學系或兒童文學研究所。

5.各師院應籌建一座完整的兒童圖書館，以支持全校性的教學與研究。兒童圖書館依「資料形態」及「用途」分類如下：

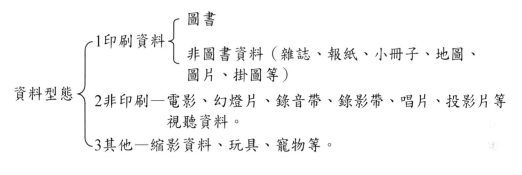

資料型態
1印刷資料
圖書
非圖書資料（雜誌、報紙、小冊子、地圖、圖片、掛圖等）
2非印刷—電影、幻燈片、錄音帶、錄影帶、唱片、投影片等視聽資料。
3其他—縮影資料、玩具、寵物等。

用途
1兒童圖書資料
一般館藏（可流通館外的兒童讀物及其他資料）
參考館藏（供館內閱覽的參考工具書）
2有關兒童的圖書資料（供成人讀者利用為主）
3專業館藏（供專業人員或研究者利用）

（以上見1983年4月臺灣學生書局版鄭雪玫《兒童圖書館理論・實務》，頁64。）

6.支援師院舉辦兒童文學學術研討會。

7.設立師院生兒童文學創作獎。

（二）在教師方面

教師在學生學習的過程中相當重要。尤其對那些非頂期到的生活經驗的學習，更需教師專業的知識來處理和指導。申言之，教學是一種變動無常的事情，且與人息息相關，而人又常在不斷變動之中。因此，最後的解答也許是永遠不會的。有關教學的重要情況本是由教學過程直接產生，我們幾乎無法預知並加控制。這種看法雖不能盡為人所認同，但以目前而言，我們不得不注重教學上的此一不斷變遷的特性，實際上，即是整個人際關係的特性，簡言之，即是師生之間的互動。而互動的先決條件，在於教師能有主體意識的省思。是以就教師方面，有下列的建議：

1. 確認教師角色的扮演。能確認角色的扮演，所謂學習興趣不高、時間不足等問題，自能有合適解決之道。教師是傳道、授業、解惑，他是嚮導、是現代化的動力、是表率、是追求者、是顧問、是創造者、是權威、是遠景的鼓舞者、是常規的力行者、是窠臼的打破者、是說書者、是演員、是面對現實者、是評量者，但他絕對不是控制者、操縱者。

我們相信，教育是價值賦與、形成和創造的過程，而其過程是主體與主體（如師生）交互作用的過程，其中存在著意義的接納、排斥或詮釋，它不能單從某一量化的方法來知悉表面事實，而必須採取深度分析，如能掌握此一動態過程的方法，才能深刻的了解此一現象背後的真義。

申言之，在教學情境中，重視師生交互作用的影響。教師應將學生當作主體，注意其學習歷程如何詮釋、吸收、接納和創造。換言之，學習經驗的獲得，不是事先完全安排的固定經驗或成套教材，而是師生在溝通和相互影響的過程中，產生意義的交流，而不是訊息的灌輸。

2. 師院教師應合作編寫一套入門用的「兒童文學概論」。

3. 教師宜不斷地進修，提高其專業知能，並從事研究。

（三）社會方面

　　有人說如果想了解美、蘇、德、日等先進國家的進步情形，只要看看他們的兒童玩具與圖書就可以知道了。大體上，一個國家兒童讀物出版量與類別的多寡，以及讀物品質的高低，多少反映出該國的經濟發展情形，以及文化與技術的進步程度。我們國民收入已破一萬美元，然而文化與文明未能同步進展，是以在經濟繁榮的我國，國民素質未能提升，被譏為現實淺薄，甚至粗俗貪婪，已有恫然驚心者開始批評檢討。可是，一個足以醞釀改進的環境遲遲未能形成。

　　兒童是未來國家的主人，我們眼中要有孩子，心中要有未來。然而，至目前我們仍沒有一本專業性的兒童文學理論刊物。其實，我們有同好、有力量，只欠東風。我們寄望在現代社會之中，有明智的、有志回饋的企業家能以東風贊助，共同來建立一個兒童文學研究環境。

附錄一

師範學院兒童文學師資綜合調查問卷

教授先生，您好：

本調查問卷的目的，在於實際瞭解您擔任兒童文學課程之經驗、意見，做為規畫兒童文學教授綱要之參考，以提昇師院與國小教學水準。

請您依據現實情況及個人的看法填答，您的意見非常寶貴，對於師院生兒童文學教學現況與規畫兒童文學教授綱要深具價值，因此請您逐題回答，並請於一週內填妥擲回。

謝謝您的支持與合作。

敬頌

教祺

國立臺東師範學院語文教育系謹啟

一、性別：□男　□女

二、年齡：＿＿＿＿＿歲

三、服務學校及系別：

四、最高學歷：

五、在求學過程中，是否修過兒童文學相關課程？

　　1 □有：多少學分？學分

　　2 □無

六、改制以來，您曾任教的兒童文學課程有：□大學部　□進修部□幼師科（本題可複選）

七、您是在何種情況或心理下接受講授兒童文學的課程？

　　□極富興趣　□嚐試看看　□無可無不可　□無可奈何

八、在兒童文學的領域中，您的專長是在那一方面？（請依序選擇一
　　至三項）

　　□史料　□理論　□批評　□創作　□欣賞或導讀

九、已發表有關兒童文學成書之著作：

或已發表有關兒童文學之論文（每篇五千字以上）：＿＿＿＿＿＿篇

十、您認為兒童文學課程的設計重點是：□理論　□實踐　□兩者並
　　重（本題為單選題）

十一、您擔任兒童文學課程是否使用教科書？

　　　1 □有：請列舉主要教科書

　　　2 □無

十二、您認為師院生對兒童文學課程教學的反應是：

十三、您認為教授兒童文學課最感困擾的是什麼？

十四、是否可寄下兒童文學課程綱要及參考書目一份？

十五、是否有其他書面意見？

填答完畢，謝謝！

附錄二

師範學院「兒童文學」師資綜合調查統計表

表一　性別分布表

性別	男	女	合計
總數	12	11	23
百分比	52%	48%	100%

表二　年齡分布表

年齡	31-40	41-50	51-60	合計
人數	7	14	2	23
比率	30%	61%	9%	100%

表三　服務學校公布表

校別	市北	國北	竹師	中師	嘉師	南師	屏師	東師	花師	合計
人數	2	3	2	3	3	2	2	3	3	23

表四　學歷分布表

學歷	研究所結業	碩士	博士	合計
人數	5	9	9	23
比率	22%	39%	39%	100%

表五　求學時修習兒童文學學分數背景比較

修習兒童文學學分數	0	2	4	8	9	20	30	合計
人數	16	2	1	1	1	1	1	23
比率	70%	10%	4%	4%	4%	4%	4%	100%

表六　授課對象比較

授課對象	大學部	幼師科	大學部幼師科	大學部進修部	進修部幼師科	大學部進修部幼師科	合計
人數	4	1	2	2	2	12	23
比率	7%	4%	9%	9%	9%	52%	100%

表七　授課態度比較

授課態度	極富興趣	嘗試看看	合計
人數	18	5	23
比率	78%	22%	100%

表八　第一專長分析表

第一專長	史料	理論	批評	創作	欣賞或導讀	合計
人數		2	1		4	7

註：僅七名教師依順位填第一專長

表九　多項專長分析

專長	史料	理論	批評	創作	欣賞或導讀	合計
人次	3	18	10	6	21	58

註：此題為複選

表十　著作成果分析表

著作	尚無著述	論文	著書、論文	合計
人數	3	8	12	23
比率	13%	38%	52%	100%

表十一　教學重點分析

教學重點	實踐	實踐、理論	合計
人數	1	21	22
比率	4%	92%	96%

註：一名未作答

表十二　教師使用教科書狀況調查

使用狀況	有	無	合計
人數	20	3	23
比率	87%	13%	100%

註：受測者使用之教科書請見附錄三

表十三　教師對學生反應之感受分析

學生反應	甚喜歡	佳	尚好	好奇	無奈	依系別反應不同	合計
人數	12	5	2	1	3	1	23
比率	52%	22%	9%	4%	13%	4%	100%

表十四　教師對授課困擾因素之分析

困擾因素	時間不足	設備不足	學生素養不足	無適合教科書	合計
人數	10	9	6	3	23

註：本題採開放性問答方式，答項經作者歸納而成。

附錄三

使用教科書書目

一、有一人使用下列教科書，括弧內為作者：

中國兒歌研究（陳正治）　　　兒童文學（祝士媛）

認識童詩（徐守濤主編）　　　認識兒歌（林文寶）

中國兒童文學（王秀芝）　　　說故事的技巧（陳淑琦指導）

兒童詩歌研究（林文寶）　　　兒童文學評論集（洪文珍）

兒童文學論述選集（林文寶）　　兒童文學論（許義宗）

兒童文學（葉詠琍）　　　兒童文學創作與欣賞（葛琳）

二、有二人使用下列教科書，括弧內為作者：

童話寫作研究（陳正治）

西洋兒童文學史（葉詠琍）

兒童文學的思想與技巧（傅林統）

三、有三人使用下列教科書，括弧內為作者：

兒童文學創作論（張清榮）

兒童文學故事體寫作論（林文寶）

兒童少年文學（材政華）

兒童詩歌原理與教學（宋筱惠）

四、有四人使用下列教科書，括弧內為作者：

兒童故事原理研究（蔡尚志）

五、有五人使用下列教科書，括弧內為作者：

兒童文學研究（吳鼎）

六、有八人使用下列教科書，括弧內為作者：

兒童文學（林守為）

附錄四

「兒童文學研究及習作」課程綱要

壹、教學目標

一、使學生明瞭兒童文學與國民教育的關係，並啟發研究兒童文學的興趣。

二、使學生理解兒童文學的發展情形及分類方法，並瞭解重要兒童讀物的內容。

三、使學生明瞭兒童文學的寫作方法，並能創作兒童文學。

貳、學分及時間支配

兩學分，第二學年第一學期每週授課二小時。

參、教材大綱

一、兒童與文學

（一）文學的意義及特質

（二）兒童文學在文學上的地位

（三）兒童文學在教育上的價值

（四）兒童文學與國民教育的關係

（五）兒童文學的定義及價值

（六）怎樣研究兒童文學

二、兒童文學的發展

（一）從閱讀心理看兒童文學

（二）兒童文學過去的發展情形

（三）我國兒童文學的現在與將來

三、兒童文學的分類

　　（一）怎樣分類

　　（二）從閱讀心理分類

　　（三）從體裁上分類

　　（四）其他分類法

四、世界兒童文學名著選讀與研究

　　（一）讀什麼？怎樣讀？怎樣選擇？

　　（二）世界兒童文學名著介紹與研究

五、兒童文學的創作方法

　　（一）創作的基本條件

　　（二）兒童文學創作的基本條件

　　1.想像力　2.內容　3.形式　4.插圖　5.中心意識

　　（三）兒童文學各種體裁的寫作法

六、如何指導兒童欣賞兒童文學

　　（一）如何評定優劣

　　（二）如何培養興趣

　　（三）如何增進閱讀速度

　　（四）如何培養理解力

　　（五）如何增進組織力

　　（六）如何利用表演

肆、教學重點

一、本科注重兒童文學的欣賞與寫作，對於一般性問題，如：怎樣指
　　導兒童閱讀，怎樣指導兒童寫作，怎樣指導兒童選擇讀物等部
　　份，已在「語文教學研究」一科中講授，不再重覆。惟欣賞文學
　　作品與一般閱讀不同，故仍列一章予以討論。

二、本科旨在培養學生對兒童文學的認識，故對兒童文學名著的閱讀
　　特別著重，使學生從閱讀欣賞中瞭解兒童文學的特質，並能模倣
　　寫作。

三、教師指定作業，可指導學生蒐集民間傳說、歌謠、謎語等，改編
　　為適合兒童程度的讀物，以增加習作的機會。

　　　　　　　　　—— 以上見省北師1962年10月《課程綱要》，頁67-68。

第四節　其他

　　本文所指其他，是指空中教學相關兒童文學之選修，以及學程有
關兒童文學者。

一　空中教學

1 空中教學師專課程——兒童文學研究（上、下）

　　早期師範學校是招收初級中學畢業生，是三年制。一九六〇年剛
開始成立臺中師專，招收高中畢業生，學生有一百三十七人。而後從
一九六三年八月一日起到一九六七年八月一日止，全省九所師範學校
完全改制為五年制師專，各校改制歷程如下：

　　　　1963年：臺北和臺南師範專科學校。
　　　　1964年：花蓮、臺北市女子師範專科學校。
　　　　1965年：新竹、屏東師範專科學校。
　　　　1966年：嘉義師範專科學校。
　　　　1967年：臺東師範專科學校。

一九六〇年臺中師範開始招收師專生，其中語文組有「兒童文學」的選修課。師範改制為師專後，為了提升教師學歷與素養，各校開設有暑期進修班，至一九八三學年才截止。其間為減輕各校暑期進修的壓力，另外委請中華電視台教學部，成立師專暑期部空中教學教材編纂委會，開設相關課程，於一九七三年開有「兒童文學」，由當時北市師專葛琳教授編寫並主講，計二十五講次，一學期兩個學分。書分上下兩冊，由中華出版設於一九七三年二月印行。

2 國立空中大學

空中大學創立於一九八六年八月一日，根據國家教育政策，為提供國民高等教育教修之機會，推廣社會教育。空中大學曾四次開設與兒童文學相關課程。

（1）兒童文學

一九九二年，人文系主任林益勝邀約講授「兒童文學」。於是，與師專同好陳正治、蔡尚志，徐守濤等四人，由我擬定章節後，再分別撰稿，並於隔年開播，書由空中大學於一九九六年六月出版。

（2）兒童讀物

二〇〇六年，再度為空大人文學系策畫開設「兒童讀物」一門課。當年編撰《兒童文學》，旨在通識、親職與初學者而設；而今，編授「兒童讀物」，則為成人的人文素養或關懷而立。課程講授為十六講，開播時間是二〇〇八年二月。當時講授與撰文者有：周惠玲、洪志明、許建崑、陳晞如、張嘉驊等人，其中許建崑是多年好友，其餘諸位皆屬學生輩。《兒童讀物》一書，於二〇〇七年十二月由國立空中大學印行。

（3）幼兒文學

二〇〇九年，空大教學媒體處陳定邦先生來電，詢問撰寫「幼兒文學」的可能性。雖然時間急迫，仍慨然允諾。

其實，「幼兒文學」這門課是空中大學受僑務委員會委託，編寫「中華函授學校」教學之教材。對課程內容與書寫方式的規範是：課程教材以中學程度之海外僑民為對象，教材內容應求實用化。

課程教材總計十章，又因教學需要，課程教材除紙本外，並製作教學錄音影帶、光碟與網路教材。

在撰稿期間，由於正治兄的引薦，紙本由五南圖書公司於二〇一〇年二月出版。

（4）插畫與繪本

這是我第四次為空大策畫開播課程。它屬於人文學系人文知能應用領域。課程插畫與繪本仍將其歸之於兒童，對象仍是以低幼孩子能閱讀的繪本為主。其理由是期望透過孩子閱讀的文本，似乎更有助於成人重現童年，以及體驗無邪的創意與想像。

講授群有：江學瀅、陳玉金、林珮熒、嚴淑女、周惠玲，皆屬對繪本有所專精的年輕博士、學者。《插畫與繪本》一書，於二〇一三年八月由空中大學出版發行。

二　師資培育法

一九七九年十一月二十一日，總統公布「師範教育法」，全文二十三條，一九九四年二月七日，修訂公布名稱為「師資培育法」，全文二十條。二〇一四年六月四日修正公布第二十四條條文。

現行法規定第六條：

> 師資培育之大學辦理師資職前教育學程，應按中等學校、國民
> 小學、幼稚園及特殊教育學校師資類科分別規畫，並報請中央
> 主管機關核定後實施。

所謂「師資職前教育教育課程教育專業課程科目及學分」，即是一般通稱的「學程」。

在「幼稚園教師師資職前教育課程教育專業課程科目及學分」中，在「必修科目及學分」教學基本學科課程有「幼兒文學」（至少二學分）。

又「中等學校、國民小學教師師資職前教育課程教育專業課程科目及學分」中國民小學教師教學基本學科課程必修科目中，列有二學分的「兒童文學」。

學前，小學學程中，雖列有必修的幼兒文學、兒童文學，但列舉必修科目繁多，是否會開課，則各憑因緣。

第四章
小學語文教科書的政策與制度

第一節　傳統啟蒙教育鳥瞰

　　我國新式教育萌芽時期是使自同治元年（1862）創設同文館，一直到光緒二十八年（1902）奏定學堂章程公布之前，共計四十年。自光緒二十八年奏定學堂章程公布到辛亥革命，計十年，是為新式教育建立時期。在此時期中舊式教育被推翻，新式教育制度漸次建立起來。在新式教育的發展過程中，歷受日本、德國、英國、美國的影響；在歐風美雨的衝擊下，我們似乎了解了各國的教育措施。可是卻忘卻了自己以往的教育措施。其實，我國自古即重視教育；尤其是歷代私家教學頗為發達，且其效率更較官學為大。這種情形，直到新式學校制度產生，私家教育的勢力始漸式微。

一

　　所謂私家教學，自蒙學至專門精深，都有人設立。因此學塾的程度範圍極廣，自五、六歲啟蒙，以致二十左右讀完了《四書》、《經書》，作八股，都可以由學塾去教。

　　孔子杏壇設教，自然是最早且最大的學館。這種學館的歷史，歷代一直沒有多大改變，這是我國歷代唯一的基本學校；而私塾教師也是讀書人除作官以外的唯一出路。

　　學館，全國到處都有，依程度可分為四等：開蒙、開讀、開講、

開筆；後兩二者稱為「經館」。而私家教育的學館，又以兒童基礎的「蒙館」最為重要。「開蒙」的學生是初次入學，講究認識方塊字，平常則讀《三字經》、《百家姓》、《千字文》等書。稍高一級，名為「開讀」的學生，這種學生都是開首讀《四書》，這種蒙館教育，即是所謂的啟蒙教育。「啟蒙」是我國舊有的用詞，以今日的用來說，當是指學前至小學階段。這種私家講學的「蒙館」教育，就學校制度，教育行政與考選制度等三方面而言，可說是屬於三不管地帶。

「啟蒙」用詞，或源於《周易》。〈蒙卦〉：「蒙，亨。匪我求童蒙，童蒙求我。」因童蒙、蒙以養正的概念引申於兒童教育上，則有：朱子《童蒙須知》、王陽明《訓蒙教約》（或作《訓蒙大意》）、陳弘謀《養正遺規》。甚且清末光緒二十八年（1902）張白熙奏定壬學制，亦有「蒙養院」的名稱。

本文所謂的「蒙館」，或稱「村塾」，這裡的學生，大部分讀完《孝經》、《論語》之後，即不再讀書，而擬從事各種職業；也就是說這種人只想識字、寫字而不應舉。一般說來，他們皆以識字、習字、倫理為主。

二

有關於蒙館和啟蒙教材，至目前為止，似乎仍缺乏有系統的整理。其間個人曾企求於當代先進的有關記載與研究，又多語焉不詳。其中以專論而言，首推齊如山的〈學館〉一文（見1979年12月聯經版《齊如山全集》冊九〈中國科名〉附錄三）最為詳細。至於傳記，則以胡適《四十自述》較為詳盡。

從胡適的自述裡，可見所謂的啟蒙教材，是因人、因時、因地而有不同。就目前可見中國教育史論著中，亦有多人論及小學教育（如

陳東原、任時先、王鳳喈、陳青之、余書麟、胡美琦等），而其中以陳東原所論較為詳盡。此外，蘇樺先生亦致力於古代兒童讀物的探討，他的文章都發表於《國語日報》兒童文學版（1977年2月至1981年7月）。而郭立誠女士編註有《小四書》（1983年7月號角出版社）兩書。除外，亦有人論及古代啟蒙教材，但皆屬於單書之論述。其間若以體系而言，以拙著〈歷代啟蒙教育地位之研究〉（見1982年4月《臺東師專學報》第10期）、〈歷代啟蒙教材初探〉（見1983年4月《臺東師專學報》第11期）兩篇較為可觀。又大陸學者張志公有《傳統教語文教育初探》（1962年10月上海教育出版社）一書，當是彼岸有關傳統啟蒙教育的代表著作。

三

我國歷代啟蒙教材，最早見於正史《藝文志》小學類；而《永樂大典》目錄卷八十九「蒙」字有《童蒙須知》、《童蒙詩詞》、《蒙訓》等部分，其內容已不存（案《永樂大典》五百四十一卷以前皆佚），是以所謂《童蒙須知》、《童蒙詩詞》等到底如何，未得而知。至《四庫全書》時，始將啟蒙教材歸屬於儒家、類書等類。《四庫全書總目提要》卷四十、經部四十、小學類一：

> 古小學所教不過六書之類，故《漢志》以《弟子職》附《孝經》；而《史籀》等十家四十五篇，列為小學。《隋志》增以金石刻文，《唐志》增以書法書品，已非初旨。自朱子作《小學》以配《大學》，趙希弁《讀書附志》，遂以《弟子職》之類，併入小學；又以蒙求之類，相參並列，而小學益多歧矣。考訂源流，惟《漢志》根據經義，要為近古。今論幼儀者，則

入儒家；以論筆法者，別入雜藝；以蒙求之屬隸故事，以便記誦者，別入類書。惟以《爾雅》以下編著訓詁，《說文》以下編惟字書，《廣韻》以下編為韻書，庶體例謹嚴，不失古義。其有兼舉兩家者，則以所重為主（如李燾《說文五音韻譜》、《寶字書》；袁子讓《字學元元》、《寶論》等韻之類），悉條其得失，具於本篇。（見商務版《四庫全書總目提要》冊一，頁832）

而近代圖書分類皆歸之於啟蒙類，如：《書目答問補正》（附一、別錄）有童蒙幼學各書、《國立中央圖書館善本書目》（1967年12月增訂本）有啟蒙之屬、《百部叢書集成分類目錄》卷三子部儒學禮教之屬有「蒙學目」。

綜觀目前可見啟蒙教材，要皆以識字、習字、倫理為主。因此傳統的啟蒙教材可分為三類：

一為字書。其源流當是《漢書・藝文志》所列的小學書。小學書凡十家四十五篇，傳到今日卻只存史游的《急就篇》。而《急就篇》之所以能碩果僅存，傳流不絕，並非由於它的內容，也不是因為它是字書；而是因為後世喜愛它的書法神妙，將它和米芾〈十七帖〉、王羲之〈蘭亭序〉等同等對待，當作草書的法帖，才被保留下來，成為字書的瑰寶，而得以窺知秦漢字書的體例。

其後，梁時周興嗣的《千字文》，是繼「小學書」而後流行的學童啟蒙教材，在唐代即已盛行。以後的《百家姓》和各種《雜字》皆屬此類。《千字文》自唐代以後是兒童必備的讀本。據謝啟昆《小學考》所載（見藝文版，頁255-265），在周氏以後注解、仿作、改作的本子相當多。

第二類是蒙求。「蒙求」是盛唐李瀚所撰。現存本共六百二十一

句，每句四字，計有二千四百八十四字。「蒙求」一書兩句一韻，句法整齊，編採的都是歷史人物的事蹟。

第三是格言。或始於《太公家教》。《太公家教》是屬於家訓文學，家訓是治家立身之言，用以垂訓子孫的，以後有《神童詩》、《增廣賢文》等。

此外，詩選亦頗為流行。其間最有名者，首推蘅塘退士的《唐詩三百首》。蘅塘退士，真名孫洙，江南常州府金匱縣人（今江蘇省無錫縣），生於清康熙年間，乾隆十六年（1751）賜進士出身二甲第七十名。乾隆二十八年（1763）春，與妻子徐蘭英互相商榷，編成《唐詩三百首》。

《唐詩三百首》共選三百十首，原刻本已不得見。編者原意乃為家塾讀本，而今卻凌駕在古今唐詩選本之上，就啟蒙教材而言，這是惟一的變數。

四

宋朝以後，受理學家的影響，無論在教材與教法方面都有了變化，但仍然是以識字、習字、倫理為主。

宋、元時代，對於兒童啟蒙教育可說極為重視；在中國教育史佔有重要地位，且專家、學者輩出，其間要以朱子最為有名。

朱子之前有小學教育之實，而無小學之名。自《小學》一書出現，始確立小學教育的地位。考《小學》一書的編纂類例，皆由朱子親自決奪；而采摭之功，則以劉子澄為多。朱子以前，小學僅散見於經、傳、記而未成書；自朱子編輯《小學》，兒童啟蒙教育始有專門論著，是以朱子可說是我國第一位真正的兒童教育家。他除編輯《小學》作為小學教材之外，又撰有《童蒙須知》，並訂《曹大家女戒》、

《溫公家範》為教育子女之書。

朱子以後，即有人為《小學》作註，其中以清人張伯行集註最為詳盡。並有人擬小學篇體裁著書。其後，最足以為理學家之主張代表者，當推程端禮的《程氏家塾讀書分年日程》一書。

明清兩代，兒童啟蒙教育較為發達，而王陽明對於兒童啟蒙教育的理論，發揮至為詳盡，可說是朱子之後的巨擘。其中〈訓蒙大意示教讀劉伯頌等〉一文最能代表他的啟蒙教育理論，而呂得勝撰有《小兒語》，他的兒子呂坤撰《續小兒語》、《演小兒語》，都是專為兒童編的格言詩；大概是受了王陽明的影響。至於清朝陳宏謀輯有《五種遺規》，第一種即是《養正遺規》，是我國啟蒙教育的重要文獻，更是朱子理學系統啟蒙教育的文獻彙編。

然而，朱子系統的小學啟蒙教材，似乎僅流行於學者之間，而不為一般塾師所接受。雖然歷代的藝文志、經籍志，或是私家的書目著作，或多或少都收有啟蒙教材，但我們卻發現這些登堂入室的書目只是見存而已，或許有幸收錄於《四庫全書》裡；事實上並不為民間塾師所採用，而民間所採用的，除「三、百、千」（即《三字經》、《百家姓》、《千字文》）之外，要皆作者不詳。由此可知，登堂入室的啟蒙書目，是代表著知識分子的一種教育理想；事實上這種理想的教材，一直未能在民間流行。

五

流行於民間的啟蒙教材，由於未能登堂入室於歷代各種書目，更因為我國幅員遼闊，再加上各地塾師水準不一，有時又別出心裁，於是所用教材因人而異，是以所謂民間啟蒙教材，實在多不勝數。而目前見存者，自是其中較為流行的。

　　其實所謂的童蒙書，亦祇不過是個人或書坊的選本而已；一般流行於村塾的啟蒙書，大部分皆屬不知人士所撰，是以推究起來，頗多困難。清末民初流行的啟蒙書，到今日有許多書好像中了瘟疫般突然消失；前一陣子似乎又有復見的趨勢，甚且有人鼓吹，可是卻無濟於已逝的事實。

　　總之，收集或研究啟蒙教材，並非戀舊，亦非意圖復古；今日我們不可能要小學生去讀《三字經》、《千字文》，社會始結構已變，時代變遷快速，教材改變也大。傳統的啟蒙教材（不論民間教材或學者編寫者）雖然已不合今日兒童閱讀；然而這是我國昔日的啟蒙教材，也可以說是我們的傳統，若我們棄之而不顧，則不通古者何能變今？徒知彼而不知己，則只是削足適履而已。我們知道，歷代啟蒙教材，要皆出之於文人手筆；且不論其內容與難易度，至少他們都是以韻文寫作，叶韻易讀，就詩教而言，是深且遠，或許能作為我們今日的借鏡。

第二節　現代化之後的語文教材

　　現代化是指近代西方文明（或稱之為現代性），伴隨著西方軍事、政治、經濟等勢力的擴張（尤其是殖民主義），而向非西方地區傳播。此一過程顯然就是「西化」。

　　這個現代化運動的特色之一是它根源於科學與技術的；其特色之二是它是全球性的歷史活動。更明確的說，這個現代化運動是人類社會所經歷的巨大形變的最近期現象，它是十七世紀牛頓以後導致的科技革命的產物（一般常以工業革命稱之）。因此，我們可以說現代化是發源於西方社會的。西方社會經由數世紀科學之洗禮，古傳統、權威、價值接受挑戰，科學成為「了解」世界的基本法則；技術則成為

「改變」世界之重要工具，西方現代性的社會的特性乃是以科技為主導的。科學與技術是具有普遍性的，亦即無時空性的，因此當非西方社會與西方社會遇合時（此種遇合或經由政治、軍事、經濟的侵略，或經由與西方文化、教育之交換），非西方社會立刻面臨到科技的全面入超現象，而此科技入超乃導致其傳統的生產方法、社會結構、文化價值等之轉變、破壞而日漸朝「西方型模」趨進。總之，所謂「現代化」是指傳統性社會利用科技之知識以宰制自然，解決社會與政治問題的過程。

就現代化發生的源頭來說有二：一是自我本土的發展或內發性的現代化；一是外力促逼而成或外發性的現代化。

而中國的現代化則是由於外力促逼而生。中國的巨變，源於十九世紀中葉西方帝國主義的「船堅砲利」。亦即是由鴉片戰爭（1839-1841）後的南京條約（1942）揭開了中國現代化的序幕。中國的現代化運動，實際上是雪恥圖強的運動。中國現代化自始即是「由上而下」的運動，其運動之動念乃在保本，乃在使「中國之為中國」有可能，亦即維持中國之「認同」，而要追求「權力」與「財富」，則中國必須有所「變革」，亦即使「中國之為中國者」有所變。因此，中國秀異分子對中國現代化的認識，即自覺與不自覺的環繞在「認同」與「變革」這兩個觀念上。

有關中國現代化歷程或運動的論述，個人擬以金耀基觀點說明如下：

一　同光時期的洋務運動（1842-1895）

這是中國的第一個現代化運動。理論上說自鴉片戰爭之後就會有了現代化的趨向。而真正形成運動則是在同（同治，1862-1874）、光

（光緒，1874-1908），由曾國藩、李鴻章、張之洞、恭親王等人所領導的洋務運動，並稱自強運動。張之洞主張「中學為體，西學為用」。這個時期的運動，殷海光稱之為西藝時期。其實，第一期的現代化運動，僅主在「用」之變革，而在「體」上不變，可見當時領導者認知是重「認同」，輕「變革」。

二　戊戌維新運動（1895-1898）

這是第二個現代化運動，是康有為、梁啟超等人所領導的戊戌維新運動。

中、日甲午戰後，中國的秀異分子的自覺又進了一層。戊戌維新已知「體用」之說之非，已知西方之可學不只在技器，更在政教。維新運動的特殊意義是領導人之認知已從「認同」的重點轉向「變革」。

三　孫中山的辛亥革命（1898-1912）

這是第三個現代的運動，孫中山辛亥革命，推翻滿清，建立共和民國。這是中國政治史上的新紀元。辛亥革命在中國現代化中的意義，最主要的是它結束了「朝代國家」的世襲型態，而代之以「民族國家」的民主型態。這是中國傳統政治型態的突破與創新。因此，辛亥革命就戊戌維新是由「認同」更向「變革」一方面推前一步。第二、三時期的現代化運動，殷海先稱之為制度的現代化，張玉法稱之為西政時期。

四　新文化運動（1915-1922）

中國的第四個現代化運動，是陳獨秀、胡適等人所領導的新文化運動。新文化運動是多個面向的運動，但其基本動機則在感到中國傳統文化與民主共和之精神不契，而認為要想中國真正走上現代化的道路，必須從改變大眾之思想行為著手。新文化運動的口號是「德先生」與「賽先生」。為了德先生、賽先生能在中國土壤安居，則主對傳統「重新估值」。這個時期的現代化，殷海先稱之為思想的現代化，張玉法稱之為西學時期。總之，這個運動領導人的認知是對「認同」作最多量的減弱，對「變革」則作最多量的追求。（以上詳見《金耀基社會文選》，頁3-35）

孫中山建立民國以後，軍閥割據、北伐統一、八年抗戰、國共對峙，於是所謂現代化的推動，停滯不前。而後國民黨遷臺，共產黨建國，所謂的現代化則順理成章在臺灣形成，而大陸則延至鄧小平時代，再重新啟動現代化：一九七八年十二月十八日至二十二日，共產黨的十三屆三中全會在北京舉行，會中提出「對內改革，對外開放」的政策，一九七九年鄧小平南巡，正式宣佈開放改革。一九七九年八月二十六日正式成立四個特區（深圳、珠海、汕頭、廈門）。一九八四年二月鄧小平南下，宣布再開放大連、上海等十四個沿海城市。一九九二年一月十八日到二月二十一日，視察武昌、深圳、珠海、上海等地，並發展重要談話，為中國走上有中國特色的社會意義市場經濟發展道路奠定了思想基礎。

新文化運動，源自一九一九年五月四日，北京的大學生遊行示威，抗議中國政府對日本的屈辱政策。由此引起一連串的罷課、罷工及其他事件，終於造成整個社會的變動和思想界的革命。沒過多久，學生們就替這新起時代潮流起了個名字「五四運動」。周策縱認為廣

義的五四運動，其主要事件發生於一九一七至一九二一年之間。在運動中大學生和新起的思想領袖們得到群眾的支持，發起一連串的抗日活動，和一項大規模的現代化運動，希望通過思想改革、社會改革來建設一個新中國。

五四運動，使新起的思想界領袖們的各種遠大理想和有關的活動，一直要到「五四事件」之後，才作為「新文化運動」，有系統的得到新知識分子的提倡，而孫中山也在一九二〇年一月正式贊同，他簡括所有的新思潮，稱之為新文化運動。

「五四事件」以後，新文化運動持續擴展，周策縱《五四運動史：新文化運動的擴展》其小節如下：

　　新知識分子之間團結的增加

　　《新青年》和《新潮》改革觀念的風行

　　新出版物急速增加和舊刊物的改革

　　偶像破壞浪潮的高漲

　　新知識、社會和政治團體

　　新知識分子所倡導的大眾教育

　　新文化運動支持的不斷加強（詳見頁275-316）

其間，〈新知識分子所倡導的大眾教育〉中熱衷於學術性和大眾化的演講，其中國際知名學者有：羅素、夢祿（Paul Mouroel）、杜里舒（Hars Driesch）、泰戈爾、杜威。尤其是羅素、杜威更是風靡整個學術界，而杜威在中國的時間超過二年（1949.4.30-1921.7.24），對中國現代哲學、政治與教育思想史上具有重大的影響力。杜威是作為實用主義哲學的集大成和二十世紀最重要的教育家。

實用主義教育學說在中國的傳播，並非自「五四」開始，也非杜

威來華和杜門弟子（如胡適、郭秉文、蔣夢麟、陶行知、陳鶴琴、郭曉滄、張伯苓等人）的鼓吹發其端。比較說來，中國知識界、教育界中較早接受和宣傳杜威思想的當以蔡元培、陶行知為先。只是，杜威剛好在「五四」前來到中國，而其思想又與「新文化運動」契合，於是他的足跡遍及中國，所到之處為之披靡，各派知識分子奉為指導思想，尤其以教育界影最大。

又杜威的「兒童中心」說，提出「兒童是起點，是中心，而且是目的。」更是呼應了留日魯迅、周作人的兒童教育觀。周作人「兒童本位論」，寫於一九一四年（詳見劉緒源輯箋《周作人論兒童文學》），魯迅、周作人是中國現代兒童文學的奠基者，周作人兒童觀的總體內容傾向以建設性的立場；而魯迅兒童觀的總體內容則選擇了批判性的立場。而當時兒童文學的概念包含三個層面的含義：兒童、兒童文學與兒童教育。

中國在現代化的洗禮之下，小學課程的體現則是國民小學課程標準的製定，今以臺灣地區小學語文課程標準的演進，以見國語教材的面目：

課程標準中與兒童文學相關者

	總綱	國語
1929年8月小學課程暫行標準		第一目標（三）欣賞相當的兒童文學，以擴充想像，啟發思想，涵養感情，並增長閱讀兒童文學的興趣。（頁129）
1941年11月小學課程標準		第三教學要點（二）讀書（1）讀書教材應根據兒童心理，適應兒童

	總綱	國語
		生活，切合兒童閱讀的能力和興趣。（頁65）
1948年9月 小學課程標準	第三教學通則一、教學用的文字，一律用國語的語體文敘述，力求淺顯活潑，適合兒童程度，絕對避免方言。（頁9）	第一目標二、指導兒童認識基本文字，欣賞兒童文學，有閱讀的習慣、興趣和理解迅速、記憶正確的能力。（頁84）
1952年11月 國民學校課程標準	第二學科和時間（五）國語清末民初稱「國文」，教學文言，民十二以後改稱「國語」，教學語體文，包括下列四項作業： 2 讀書清末民初稱「讀文」或「讀法」，甚至有襲用日本名詞稱「讀方」的，內容以常識的說明文為主。民國十八以來改稱「讀書」，因為兒童不喜歡的東西，阻礙兒童對於學習文字符號的興趣，所以內容改為側重「兒童文學」，注重故事詩歌等，以便養成兒童閱讀的習慣、興趣和能力，並且得到運用文字的經驗和記憶的訓練。（頁4-5）	第一目標二、指導兒童認識基本文字，欣賞兒童文學，有閱讀的習慣、興趣和理解迅速、記憶正確的能力。（頁84）
1962年7月 國民學校課程標準	第二課程和時間支配（八）國語2、讀書──清末民初稱「讀文」或「讀法」，內容以常識的說明文為主。民國十八年以後，改稱「讀書」，內容側重「兒童文學」，注重故事、詩歌等，以便養成兒童閱讀的習慣、興趣與能力，並且獲得運用文字的經驗和記憶的訓練。（頁5）	壹、總目標七、指導兒童閱讀優良課外讀物，養成欣賞兒童文學作品的興趣和能力。（頁182）

	總綱	國語
1968年1月國民小學暫行課程標準	第二科目和時間三、國語讀書——清末民初稱「讀文」或「讀法」，內容以常識的說明文為主。民國十八年以後，改稱「讀書」，內容側重「兒童文學」，注重故事、詩歌等，以便養成兒童閱讀的習慣、興趣與能力，並且獲得運用文字的經驗和記憶的訓練。（頁8）	第一目標壹、總目標七、指導兒童閱讀優良課外讀物，養成欣賞兒童文學作品的興趣和能力。（頁76）
1975年8月國民小學課程標準	第三實施通則貳、教材編選： 一、各科教材之範圍，及其選擇組織與排列等，除應注意教材編選原則外，應分別遵照各該科課程標準中的各項規定。 二、各科教材的編選，應富有彈性，以便適應學生個別差異及地方需要。 三、教材的選擇，應依據下列要點： （一）符合倫理、民主、科學的精神。 （二）適合社會需要，而且可以達成教育目標。 （三）適合兒童學習能力，而且是生活中常見常用的。 （四）具有永恆價值。 四、各學科教材的分量，須切實配合各該科教學時數及兒童學習負擔。 五、各科教材，宜採單元組織，以生活問題為中心，並力謀各科之間的聯繫，使兒童獲得完整的生活經驗。一二年級宜採用大單元設計教學。	第一目標壹、總目標七、指導兒童閱讀優良課外讀物，養成欣賞兒童文學作品的興趣和能力。（頁76）

	總綱	國語
	六、教材的編列，應依由近及遠，由易而難，由簡單到複雜，由具體至抽象的原則，以便於兒童學習。 七、教科書不是唯一的教材，教師須利用自然及社會的事物，作為活的教材，適時補充，使教育與生活打成一片。尤其對於國內外大事及地方建設等，應即時介紹，藉以加強時事教學，促進兒童服務社會，忠愛國家的熱忱。（頁9-10）	
1993年9月 國民小學課程標準	課程標準實施要點二、（一）為求各科教科書之內容能適合兒童之能力與興趣，國民小學課程標準公布後，一般學科由國立編譯館聘請專家及富有經驗之國民小學教師，組織國民小學教科書編審委員會，參據臺灣省國民學校教師研習會實驗課程，審查修訂，第四年起開始逐年實施。（頁1） 第三實施通則貳、教材編選二、各科教材之設計與選擇，應以兒童生活經驗為中心，並符合兒童之興趣、需要、能力、價值觀念等要求。（頁7）	
2001年1月 國民中小學九年一貫課程暫行綱要	參、課程目標：國民小學之課程理念以生活為中心，配合學生身心能力發展歷程；尊重個性發展，激發個人潛能；涵泳民主素養，尊重多元文化價值；培養科學知能，適應現代生活需要。（頁5）	

	總綱	國語
2008年5月國民中小學九年一貫課程綱要	參、課程目標：國民小學之課程理念以生活為中心，配合學生身心能力發展歷程；尊重個性發展，激發個人潛能；涵泳民主素養，尊重多元文化價值；培養科學知能，適應現代生活需要。（頁7）	

　　從表列得知，小學語文教材，已然訂為國語，且以「兒童本位」的兒童觀為出發點，其重點有：

1. 兒童文學是教材與閱讀的核心。
2. 教材應根據兒童心理，適應兒童生活，切合兒童閱讀的能力和興趣。

　　後者已成為不二的規律，尤其教材開放審定本，似乎爭議不多。至於前者「兒童文學」，似乎被淡忘，尤其一九九三年九月以後課程標準，已經不提兒童文學，其理由是否已成必然事實，不用再嘮叨；或是改弦易轍，另起爐灶。一九九三年九月的課綱是在解除戒嚴之後的最後範本，至於九年一貫課程綱要則真是改弦易轍，走上標準化、量化之途，並且聲稱「為迎接21世紀的來臨與世界各國之教改脈動，政府必須致力教育，期以整體提升國民之素質及國家競爭力。」是耶！非耶！甚至目前所謂的主流閱讀推廣，亦已不提兒童文學，其重點在策略與國際學生讀寫素養測試的題型，似乎已然忘了教育的初衷。

第三節　臺灣小學語文教科書的政策與演變

　　我國新教育的開端，或始於光緒二十四年（1898）六月廢止八股，光緒二十八年（1902）的倡議廢止科舉制度，而現代形式的教科書則早在同治、光緒年間基督教會來華傳教設立學堂即開始出現。光緒三十一年八月廢止科舉，並設立學部。開始編譯及審定教科書。但近百餘年以來，由於政治體制歷經辛亥革命、民國建立、軍閥割據、北伐統一、八年抗戰、共產黨建國、國民黨遷臺，臺灣解除戒嚴等重大結構轉換之衝擊，外在社會環境又面臨由傳統農業社會到工業社會、資訊社會的變遷，教育政策隨之一再變動，教科書編審制度也由放任制，而審定制，再到統編制，目前則是審定制。

　　回顧教科書編審制度的歷史，藍順德在《教科書政策與制度》一書中分為七個時期：

　　（1）光緒2年（1876）至光緒31年（1905）：放任制
　　（2）光緒31年至對日抗戰（1937）：審定制為主
　　（3）對日抗戰（1937）至國民黨政府遷臺（1949）：統編制為主
　　（4）日本割據臺灣時期（1895-1945）：統編制
　　（5）臺灣光復（1945）至實施九年國教（1968）：編審並行制
　　（6）實施九年國教至民國78年（1989）：統編制
　　（7）民國78年至91年（2002）：逐步開放至全面審定。（見頁23-24）

　　本文主要是以國小國語科為主，是以日本割據臺灣時期不論。
　　中國現代化始於中、英鴉片戰爭南京條約（1842年7月）的五口通商，而後西人東來，尤其是清末同治光緒年間基督教士來華傳教，

並在教堂內附設學堂。光緒二年（1876）基督教會舉行傳教士大會時，教士中之主持教育者，以西學各科教材缺乏適用書籍，乃經議決組織「學堂教科書委員會」。該委員會所編教科書，除供應教會學校使用外，並有贈送各地傳教區之私塾者。「教科書」的名稱從此流行於中國。

自教會有計畫的編印教科書後，引起華人的重視，塾師及知識分子閱讀教會所編教科書後，亦紛紛興起研討改進的興趣，有志之士進而自設蒙養學堂，自編課本應用。而公家機構、私人、學術團體、報社、書局等，亦漸注意教科書的編輯與發行，自此，合乎近代「分年級」、「分科目」、「分單元」的新式教科書相繼出現。

光緒三十一年（1905）設立學部為全國教育行政機構。光緒三十二年（1906），學部設立「圖書局」，開始編譯教科書；同時以部編教科書未出版前，各家著述可先行審定，以備各學堂之用，是年三月公布「第一次審定初高小暫用教科書凡例」。

光緒三十三年（1907）春季，學部「圖書局」頒佈「初小國文教科書第一冊」及「修身教科書第一冊」，由於取材多不合兒童心理，為南方各報所攻擊；秋季第二冊出版，又為各報所反對。由於此一事件，奠定日後中小學校教科書採行審定制的基礎。

民國成立，設教育部，教科書乃採審定制。

一九二六年七月，國民革命軍北伐，一九二七年奠都南京，開始實施三民主義教育，並於中央設「大學院」取代教育部、主管全國教育行政事宜。「大學院」於一九二七年十二月十六日公布「教科圖書審查條例」，通令中小學教科書非經審查不得採用。一九二八年冬，復改「大學院」為「教育部」，並設「編審處」，負責審查教育所用之圖書儀器及其他教育用品，一九二九年一月二十二日公布「教科圖書審查規則」，以作為審查之依捨。

　　一九三二年六月「國立編譯館」成立，教育部「編審處」裁撤。關於審查中小學校教育圖書事宜，由「國立編譯館」辦理。

　　一九三七年年對日抗戰，中央政府西遷。一九三八年，教育部在漢口甄選中小學校教科用書各種編輯人員，成立「教科用書編輯委員會」，編輯中小學「國定本教科書」，以應戰時需要。

　　一九四二年，政府將「中小學校教科用書編輯委員會」歸併於國立編譯館，改設為「教科用書組」，繼續編輯中小學教科書。

　　抗日勝利後，國、共對立，中小學教科書編輯乃沿舊制。

　　一九四六年，教育部公布「印行國定本教科書暫行辦法實施細則」，此為教科書採行「公編私印」，書局印行國定本教科書須向教育部申請，說明行銷區域，經審核許可後，才能承印發行。

　　臺灣光復之初，因情況特殊，尤其語言文字方面障礙最多，國定本、審定本等教科書均不適用。一九四五年九月二十二日，臺灣省行政長官公署教育處（後改為教育廳）擬定「臺灣省中小學教材編印計畫」，作為編印中小學教科書之依據。一九四五年十一月十日，成立「臺灣省中等及國民學校教材編輯委員會」，負責中、小學教材、教師用書之編輯及印行事項。

　　一九四九年十月，國民黨政府移駐臺灣，國立編譯館隨同遷臺。一九五二年，教育部為配合戡亂建國，分別修訂公布「國民學校課程標準」及「中學課程標準」。一九五三年，小學教科書的編輯工作復歸於國立編譯館，負責編印國語、算數、社會、自然等科；至於工作、勞作、美術、音樂等，仍由臺灣教育廳編印，書局亦可發行補充教材。

　　一九六二年，教育部公布國民學校及中學課程標準，並規定國民學校及中學課程標準，並規定國民學校國語、算術、社會、地理、自然、公民道德等教科書及常識等教學要目及各科教學指引，由國立編

譯館負責編輯；音樂、美術二科教科書及教學指引，由各書局編印，送國立編譯館審查，惟送審時應將全學年教材一起送審。

　　一九六八年二月十日，總統頒發「革新教育注意事項」訓詞，其中對於各級學校教材的編印，有明確指示：「今日我國各級學校不論小學、初中、高中之課程、教材及教法，希根據倫理、民主、科學之精神，重新整理，統一編印。」教育部依此指示，並配一九六八年公布「國民中學暫行課程標準」、「國民小學暫行課程標準」之實施，決定將國民中、小學教科書，一律交由國立編譯館統一編輯，實施精編精印，統一供應之政策。又自一九六八學年實施九年國民教育。

　　九年國民教育實施之後，教育部鑑於過去之課程編準修訂及教材編印缺乏長期研究發展，乃自一九七二年起委請臺灣省國民學校教師研習會進行國小課程及教材之實驗研究工作，此項研究工作之推動，影響後來中、小學課程標準之修訂，並奠定此後課程教材由實驗、試用，再全面推廣之模式。

　　一九八七年，政府宣布解除戒嚴，中小學教科書是否開放始成為討論的議題。一九八八年二月，第六次全國教育會議決議：「建議中小學教科書之編輯，應考慮逐步開放為審定制」。教育部乃於一九八八年七月宣布，自一九八九學年度起，開放國中藝能學科、活動科目教科書，由民間出版業者參與編輯，送經國之編譯館審查通過後發行（即採審定制）。一九九○學年度開放國中選修科目教科書為審定本，一九九一學年度開放國小藝能學科、活動科目教科書為審定本。」

　　一九九三年九月，教育部修訂發布「國民小學課程標準」，規畫之教科書編輯方式仍維持一般學科統編本，其實施要點規定：

　　二、各科教科用書（教科書、教學指引、學生習作），應依照國民小學課程標準一律改編；按期供應學校。

（一）為求各科教科書之內容能適合兒童之能力與興趣，國民小學課程標準公布後，一般學科由國立編譯館聘請專家及富有經驗之國民小學教師，組織國民小學教科書編審委員會，參據臺灣省國民學校教師研習會實驗課程，審查修訂，第四年起開始逐年實施。

（二）藝術學科及活動科目，由國立編譯館依課程標準之規定，分別編定或審定教科用書，以利教學。（頁1）

　　然而，各界要求教育改革、鬆綁的呼聲不斷。在社會各界的強力要求下，教育部於一九九四年十二月組成「研議擴大開放國民小學教科書審定事宜專案小組」，一九九五年二月宣布，配合新課程標準之實施，國小教科書自一九九六學年度起逐年全面開放改為審定制。開放初期，國立編譯館仍繼續編輯國語、數學、社會、自然、道德與健康等五科教科書，與民間審定本並行發售，亦須送教育部審查，而各科審查委員由教育部聘請，委由板橋教師研習會執行。而國立編譯館所編輯的五科教科書，即是一九七二年委請臺灣省國民學校教師研習會進行國小課程及教材之實驗研究工作的延伸，因此有人稱之為「板橋模式」，其實正確說法應該稱之為「編譯館模式」，因為研習會國語組另有六年的「國語實驗教材」的編輯，這個編輯小組的負責人有：吳敏兒、劉漢初與趙鏡中。這個實驗教材並未送審與發行。這個實驗教材，就國語科而言，才是所謂的「板橋模式」。開放之初，國語科有八種版本。

　　一九九五年「教師法」公布，更提升教師專業自主之議論。

　　一九九九年二月三日，「國民教育法」修定通過，第八條之二規定，「國民小學及國民中學之教科圖書，由教育部審定，必要時得編定之。」

　　二○○○年三月，教育部製定發佈「國民中小學九年一貫課程（第一學習階段）暫行綱要」，並陸續宣布九年一貫課程於二○○一學年度自一年級開始實施，二○○二學年度自二、四、七年級（國中一年級）同步實施。

　　二○○○年六月，教育部訂定發表「國民小學及國民中學教科書圖書審定辦法」，規定九年一貫課程之教科書全面開放由民間出版業者編輯，並將審定事宜委請由國立編譯館辦理。從此，國立編譯館完全退出中小學教科書編輯工作，「統編本」不再存在，中小學教科書市場進入完全由民間出版業者自由競爭，全面開放審定的時期。

　　就國語而言，開放之初的八種版本，以及目前存在的三種版本，其編輯群，大體上皆屬兒童文學的從業者。

第五章
臺灣兒童閱讀的歷程

第一節　課程標準中的閱讀

　　臺灣有關的教育政策，皆與一九四九年十二月撤退前的國民黨政府有關，且與現代化息息相關。

　　中國新制教育的興起，是源於一八四〇年鴉片戰爭，戰敗後簽訂馬關條約，於是門戶洞開，傳統社會的中國開始解組，社會產生了巨大且深刻的形變，中國現代化也由此開始。

　　就新制教育體制而言，由鴉片戰爭到辛亥革命（1911）的十六年間，是教育大變革的時期。一方面是推翻了傳統教育制度；又一方面是建立新制教育制度。其間重要大事有：

　　光緒二十四年（1898）六月二十三日，廢止八股。

　　光緒三十一年（1905）八月，廢止科舉。

　　光緒二十九年（1903），頒佈由張百熙所擬的《欽定學堂章程》，是為「壬寅學制」。但並未實行。

　　光緒三十年（1904）初，又頒佈了由張之洞、榮慶、張百熙重新擬定的《奏定學堂章程》，史稱「癸卯學制」，這是官方第一部正式頒佈後並在全國施行的新型學制。

　　辛亥革命勝利後，一九一二至一九一三年，在蔡元培主持下，進行了學制改革，制定了一個新的學校系統——「壬子——癸丑學制」。

　　至於國民小學最初之課程標準，是教育部於一九二八年十月聘請

專家，組織委員會開始起草，至一九二九年八月整理完畢，頒佈施行。有關國小課程標準修訂經過，各時期公布施行的國民小學課程標準中，皆會有附錄，讀者可自行取閱。以下是以所見課程標準依年代羅列如下：

（1）1929年8月教育部公布《小學課程暫行標準》。

（2）1941年11月教育部公布《小學課程標準》。

（3）1948年9月教育部修訂公布《小學課程標準》。

（4）1952年11月教育部修訂公布《國民學課程標準》。

（5）1962年7月教育部修訂公布《國民學校課程標準》。

（6）1968年1月教育部公布《國民小學暫行課程標準》。

（7）1975年8月教育部公布《國民小學課程標準》。

（8）1993年9月教育部修正發佈《國民小學課程標準》。

（9）國民中小學九年一貫課程暫行綱要：1998年9月公布課程總綱提要，2000年3月公布第一學習階段暫行綱要，2000年9月公布第二階段以後暫行綱要。2001年1月發佈《國民中小學九年一貫課程暫行綱要》。

（10）2003年1月公布《國民小學九年一貫課程綱要》。

（11）2008年5月公布《國民中小學九年一貫課程綱要》。2011年開始實施。

　　從一九二九年的課程暫行標準起，皆稱之為「國語」。以下依與閱讀有關的關鍵詞一一說明：

　　1.兒童文學：在一九二九年的課程暫行標準〈國語、第一、目標（三）〉已有說明：

欣賞相當的兒童文學，以擴充想像，啟發思想，涵養感情，並增長閱讀兒童圖書的興趣。（頁129）

　　小學語文教材演變過程中，曾有文白之爭，讀經與否與鳥言獸語之爭，但以兒童文學為主軸的呼聲一直不斷。民國九年全國教育聯合會擬訂《各科課程綱要》，曾經提議「小學國文科讀書教材的內容，應以兒童文學為中心」。於是教育部乃毅然下令，改國文為國語，並令小學教科書一律改用語體文編輯，並注意兒童文學。一九二九年正式在課程暫行標準明文規定，是以「兒童文學」成為教材的主軸已然定案。以後有關兒童文學與教材的關係，則是認知與執行的問題。

　　2.教材：國小國語科基本包括聽、說、讀、寫四部分。今將歷年課程標準演變列表如下：

年 ＼ 類別	注音符號	說話		讀書	作文	寫字	課外閱讀	識字與寫字	閱讀能力	寫作能力
		說話	聆聽							
（1）1929		V		V	V	V				
（2）1941		V		V	V	V				
（3）1948		V		V	V	V				
（4）1952		V		V	V	V				
（5）1962	V	V		V	V	V				
（6）1968	V	V		V	V	V				
（7）1975	V	V		V	V	V				
（8）1993	V	V		V	V	V	V			
（9）2001										
（10）2003	V	V	V					V	V	V
（11）2008										

　　臺灣地區課程標準的改變，主要是以教科書開放審定有關。一九九三年九月公布的課程標準，是要八十五學年起逐年實施，而國小藝能學科及活動科目教科書，則已在八十學年起開放為審定本。又教育部二月宣布，國民小學教科書配合新課程標準（1993年9月）之實施，自八十五學年起全面逐年開放為審定本，審查之工作教育部請板橋國民小學教師研習會負責。

　　二〇〇〇年三月，教育部公布「國民中小學九年一貫課程（第一學習階段）」暫行綱要。四月，教育部委請國立編譯館辦理九年一貫課程教科書審定工作。

　　在一九九三年二月公布的新課程標準，對國語科在教材綱要在架構上最大的改變是：增加了「課外閱讀」一項。

　　至於九年一貫的語文學習領域有五：本國語文（國語文、閩南語文、客家語文、原住民語文）、英語。

　　除外，又將國語文的課程目標搭配十大基本能力，即是所謂課程目標。

課程目標 基本能力	國語文
1.瞭解自我發展潛能	應用語言文字，激發個人潛能，擴展學習空間。
2.欣賞、表現與創新	培養語文創作之興趣，並提升欣賞評析文學作品之能力。
3.生涯規畫與終身學習	具備語文學習的自學能力，奠定生涯規畫與終身學習之基礎。
4.表達、溝通與分享	運用語言文字表達情意，分享經驗，溝通見解。
5.尊重、關懷與團隊合作	透過語文互動，因應環境，適當應對進退。
6.文化學習與國際瞭解	透過語文學習體認本國籍外國之文化習俗。
7.規畫、組織與實踐	運用語言文字研擬計畫，並有效執行。

課程目標 基本能力	國語文
8.運用科技與資訊	結合語文、科技與資訊，提昇學習效果，擴充學習領域。
9.主動探索與研究	培養探索語言的興趣，並養成主動學習語文的態度。
10.獨立思考與解決問題	運用語文獨立思考，解決問題。

（見《國民中小學九年一貫課程綱要》，2008年，頁21）

又將原來的教材類別，稱之為分段能力指標，是提供教材編輯及教師教學之依據。分段能力指標有六：注音符號運用能力、聆聽能力、說話能力、識字與寫字能力、閱讀能力與寫作能力。

3.課外讀物：試將不同年次課程標準中，有關課外讀物與閱讀的說明列表如下：

西元	課外讀物
（1）1929	國語第二、作業類別：（二）讀書（2）略讀的——利用許多補充讀物、參考書和其他兒童圖書，支配工作，指導讀物，令兒童按期概覽，再由教員分別考查，並和兒童互相討論。（重在量的增加）（頁129）
（2）1941	第二、教材綱要甲、初級各學年教材形成附註二：淺易的兒童圖書注重課外閱讀（頁54） 第二、教材綱要、丙、高級各學年教材形成附註二：各種兒童圖書、兒童雜誌、兒童報等注重課外閱讀。（頁58） 第三、教學要點二、關於教學方法方面應注意下列要點（二）讀書（11）：課外閱讀的補充讀物，須與課內讀書教材相呼應，或有補助的關係，並須同樣考核成績。（頁69）
（3）1948	附教學要點一、教材的編選、組織，要注意下列各點：（二）讀書4編排方面（7）：除了課內精選用的課本之外，要另編國語科

西元	課外讀物
	補充讀物，使兒童課外略讀。補充讀物要跟精讀的教材互相配合。（頁101～102） 附教學要點二、教學方法，要注意下列各點：（二）讀書： 14、略讀的圖書，要欣賞的、實用的、參考的三項並重。但要依年級的高低加減分量。略讀的圖書，除課內指導外，要獎勵兒童課外閱讀。（頁107） 15、課外閱讀的補充讀物，要和課內讀書的教材互相配合，藉此補充課內閱讀的不足，並且要同要考核成績。（頁107）
（4）1952	附教學要點一、教材的編選、組織，要注意下列各點：（二）讀書5、編排方面7、除了課內……（文詞與37年本同，頁95） 附教學要點、二、教學方法要注意下列個點（二）讀書：14、15（兩條文詞亦與37年本同，頁101）
（5）1962	第一目標壹、總目標六、七 六、指導兒童養成良好閱讀習慣，及下列四種閱讀能力，以適應其生活上的需要： （一）迅速瀏覽，了解大意。 （二）用心精讀，記取細節。 （三）綜覽全文，契取綱領。 （四）深究內容，推取含意。（頁181-182） 七、指導兒童閱讀優良課外讀物，養成欣賞兒童文學作品興趣和能力。（頁182） 第一、目標貳、分段目標： 低年級目標（七）（頁183） 中年級目標（五）（頁183） 高年級目標（五）（頁184） 皆有提到閱讀課外讀物。 第三、教學實施要點壹、教材的編選、組織，要注意下列各點： 三、讀書（五）編排方面7、除了課內精讀的課本之外，得精選優良兒童讀物，供兒童課外閱讀（頁197）

西元	課外讀物
	第三、教學實施要點貳、教學方法，要注意下列各點：三、讀書：（十二）、（十三）（頁201）兩條文詞與37年本14、15同
（6）1968	第一、目標壹、總目標：六、（頁75-76）七、（頁76）其條文文詞與51年本同 第四、甲、教材的編選、組織，應注意下列各點。三、讀書（五）編排方面、7、（102）其條文文詞皆與相同 第四、乙、教學方法，要注意下列各點、三、讀書（15）、（16）（頁97）其條文文詞亦皆與前同。
（7）1975	第一、目標壹、總目標六、七（頁76）其條文與前同 又分段目標：低（九）（頁77） 中（六）（頁78） 高（六）（頁79） 第四、實施方法壹、教學實施要點乙、教學方法，要注意下列各點、三、讀書（十六）、（十七）（頁102）其兩項的文詞亦與上同。
（8）1993	第二、時間分配貳、三至六年級：三、未寫作的週次，應聯絡讀書教材，研討作文方法，指導閱讀課外讀物。（頁58） 第三、教材綱要肆、課外閱讀教材綱要（頁65-66） 第四、實施方法壹、教學實施要點一、教材編選及組織、（四）課外閱讀 1、課外閱讀的內容要配合各科教材，並依照年級高低編選圖書與目錄，以供使用。 2、課外讀物的字體大小要與課本相當，插圖精美，印刷和裝訂精良。（頁77） 第四、實施方法壹、教學實施要點二、教學方法（四）課外閱讀： 1、課外閱讀的補充讀物，要課內教材單元互相配合，藉以擴充知識領域，培養閱讀習慣。 2、課外閱讀應兼採定時指導和隨機指導兩種方式。 3、利用資料並作摘要。（頁83）

西元	課外讀物
	第四、實施發法貳、教學評量四、課外閱讀： （一）方式：1.口頭報告 2.摘錄要點或撰寫心得 3.檢查資料或工具書。 （二）內容：1. 了解能力　2. 總括大意能力　3. 發表心得能力 （頁89）
（9）2001 （10）2003 （11）2008	（三）分段能力指導5.閱讀能力，共計有108分項。

在解讀列表之前，有兩點說明：

首先，在一九九三年九月，修訂發布的《國民小學課程標準》，在教材綱要增加了「課外閱讀」，其教材綱要如下：

項目	年度						備註
	一	二	三	四	五	六	
1 各類讀物							
注音本兒童讀物（童話、寓言、漫畫、兒歌、卡通）	◎	◎	◎	◎	◎	◎	
百科全書	◎	◎	◎	◎	◎	◎	
兒童報紙	◎	◎	◎	◎	◎	◎	
一般報紙、雜誌					◎	◎	
簡易文言文						◎	
2 圖書館的利用							
圖書館的設施和功能	◎	◎					
圖書的分類				◎	◎	◎	
查詢資料的方法			◎	◎	◎	◎	
資料剪輯和摘要			◎	◎	◎	◎	

（頁65-66）

　　增加了「課外閱讀」，且有了教材綱要，似乎顯示兩個意義：
一、國語科教學目標本來就需要靠大量閱讀的協助更容易達成，隨著
經濟的發達，教育經費的逐漸擴充，各校都應普設圖書館，備置大量
讀物，以供兒童學習的需要。二、隨拌著知識的迅速擴充和終生學習
的需要，應該從小開始培養利用圖書館的習慣和搜資料的能力，這樣
才能適應將來生活上的需要。

　　其次，九年一貫課程的基本理念：課程統整、教師自主、學校本
位、空白課程與能力取向。所謂學校本位，是指學校有可以學校本位
課程。又空白課程是指以學年度為單位，將總節數區分為「基本教學
節數」與「彈性教學節數」。基本數學節數佔總數之百分之八十；彈
性教學節數係指各校除授完最低基本教學節數外，可留供班級、學
校、地區彈性開設不同課程之節數，又可分為「學校行政節數」與
「班級彈性教學節數」。

　　我們再回到課程標準中有關課程閱讀的相關列表記事。

　　從列表可知，從一九二九年開始的課程標準皆非常的重視課外閱
讀。就用詞而言，一九二九年、一九四一年用的讀書教學；一九四八
年以後改用閱讀教學。而一九六二年以後，則增加了四種閱讀能力，
一九九三年則在教材中增加了「課外閱讀」，與注音符號、說話、讀
書、作文、寫字並列。至於九年一貫課程則稱之為閱讀能力，二○○
八年公布的《國民中小學九年一貫課程綱要》有關閱讀說明如下：

（12）閱讀教材：A.宜涵括國內外文學中具代表性的作品，以
　　　　　　增進學生對多元文化的認識、瞭解及尊重。B.生字和課
　　　　　　文字數應就難易程度，適當分配，力求合理，並有充分
　　　　　　的複習機會。C.應配合教材內容、學習需求，提供合適
　　　　　　之插圖或圖表。插圖主題要正確，畫面要生動有趣。第

一階段圖文篇幅比例，各占一半為宜。第二、三階段，可視課實際需要，酌情增減。第四階段以文為主，插圖僅作必要之輔助。（見《國民中小學九年一貫課程綱要》，頁62）

【閱讀能力】

（1）語文教學以閱讀為核心，兼顧聆聽、說話、作文、寫字等各項教學活動的密切聯繫。

（2）以學生為主體，宜依文章的性質類別，指導學生運用不同閱讀理解策略，培養其獨立閱讀能力。

（3）課文教學，要先概覽全文，然後逐節分析，先深究內容，再探求文章的形式，進而能欣賞修辭技巧、篇章結構，乃至其內涵特色、作品風格。

（4）對不同文體的教學，宜掌握不同文體閱讀的方法，並與實際生活情境相聯結，以便學生能充分瞭解。

（5）宜深入指導學生認識篇章的布局，並理解語詞的安排及情境的轉化。

（6）文法的指導，宜採教材中的詞句為教材，提示文法概念，並提供相關語言情境，練習應用，使臻精熟。

（7）生字語詞的認識應由完整句子的語言情境中去認識，以理解語詞在不同情境中的不同意義。

（8）朗讀教學時，宜注意發音、語調及姿勢的正確，並進而指導美讀或吟唱作品，以品味文學的美感。

（9）引導閱讀不同文化背景、不同族群的文學作品，培養學生

對多元文化尊重的態度，以及對不同族群和文化的關懷。
（10）指導學生瞭解及使用圖書室的設施和圖書，能熟練的應用
　　　工具書乃至電腦網路，蒐集資訊，廣泛閱讀，以養成主動
　　　探索研究的能力。（見《國民中小學九年一貫課程綱要》，
　　　頁64）

綜觀課程標準中有關閱讀或課外閱讀的重點如下：
　1. 課外閱讀很重要。
　2. 課外閱讀需要指導與考查。
　3. 要另外編國語科補充讀物。
　4. 課外讀物要與教材配合。
　5.（1993年本）三至六年級：未寫作的週次，應聯絡讀書教材，研
　　討作文方法，指導課外讀物。
　6. 閱讀或課外閱讀，基本上皆歸屬國語的「讀書」。
　　總之，所謂的閱讀，或課外閱讀除上述現象外，不見可行的教學
目標、課程與教學法。目前各縣市學校似乎皆以教師自主、學校本
位、空白課程等方式補充之。

第二節　來自民間覺醒的活力

　　雖然閱讀是教育的基礎，但是在教育體制中要推動課程綱要以外
的閱讀活動，還是受到升學主義以及諸多因素的影響，學校方面只能
在現有的教學綱要範圍內進行閱讀的教學。反觀民間在閱讀推動上則
有比較多的變化，閱讀推動形式也較多元，關注的範圍也較為廣泛，
但是也因為是民間性質，推動的持續性與效果，常常受限於經費的來
源是否穩定與專業度的問題。

教育體制以外的閱讀推動，形式上以民間所組成的各種讀書會和故事媽媽的影響力最大；對於弱勢、偏遠鄉鎮，有許多基金會也投入人力、經費，希望能夠拉近城鄉之間的落差，在內容上則以半官方形式開始，後來轉由官方所辦理的好書大家讀影響最大。

一　讀書會

臺灣地區的讀書會活動最早可追溯至一九八七年的臺北市立圖書館民生分館的「現代女性讀書會」、信誼讀書會、國語日報「蕙質媽媽社」、洪建全「愛家聯誼會」、飛翔媽媽讀書會、及永和袋鼠媽媽讀書會等。行政院文建會於一九九六年制定「書香滿寶島」計畫，社區、學校、公司行號、社團、公共圖書館陸續成立讀書會團體。

一九九八年，時任教育部長的林清江先生，發表了「邁向學習社會白皮書」，同時將一九九八年定為中華民國終身學習年；這份白皮書提出政府必須「結合圖書館推動讀書會活動」，白皮書中引用了聯合國教科文組織所出版的「內在的財富」一書，說明學習總共有四個支柱：學習認知、學會做事、學習共同生活、學習發展。政策方案之目標、方法與實施步驟如下：

壹、目標

一、輔導鄉鎮市區級圖書館成為社區終身學習資源中心。

二、輔導臺灣地區每一個村里，至少皆能成立一個讀書會。

三、輔導各工作領域的機構皆能建立屬於各自領域的全國讀書
　　會體系，培養全民讀書風氣，形成普遍的讀書文化。

貳、方法

一、由政府相關部門示範，積極推動該部門的讀書會組織。

二、獎勵民間團體組織讀書會，並協助其組成全國讀書會團體。

三、研訂讀書會學習成效考核標準與獎勵辦法，認可讀書會學習成效。

參、行動步驟

一、先由公共圖書館體系帶頭，各級公共圖書館依其服務轄區推動讀書會：辦理領導人培訓、研發讀書會閱讀材料、辦理讀書會學習成果展與競爭活動、邀請其他單位參與觀摩、充實公共圖書館設施，並輔導其辦理終身學習活動。

二、再由學校圖書館配合，各級學校圖書館依其學區輔導成立讀書會：由學校圖書館協助各科教師教學研究會組成各科讀書會。以學校家長義工為骨幹，由圖書館輔導成立家長讀書會或親子讀書會。各級學校分別組成會讀書推動小組，協助各校處理相關問題。

三、推展讀書會活動至政府各部門：由文教部門協助輔導其他政府部門推展讀書會組織、透過政府政策指導與獎勵措施全面推動、由圖書館提供人力技術與圖書場地資源。

四、獎勵民間團體全面投入讀書會運動：由教育部與文建會發動募書運動，全面充實各地圖書館的藏書、輔導讀書會與出版商建立互利機制、協調傳播媒體製播讀書會活動節目、輔導各地讀書會團體，利用網路進行讀書會活動、編印讀書會活動消息與讀書會研習成果專刊、舉辦全國性讀書會博覽會、帶動全民讀書風潮。（見教育部部史網站《邁向學習社會白皮書》）

在民間推動讀書會影響力較為顯著的，就是林真美的「小大讀書會」。林真美，留學日本，在九〇年初回國，一九九二年六月在新店

花園新城與友人推動「通泉草家庭文庫」，一年半以後，宣告夭折。一九九四年三月，帶著近二百本的書，以及「大小讀書會」的新名稱和新理念，到民生社區另一位友人家，準備另起爐灶，並易名「小大讀書會」。一年多以後，經營得有聲有色，卻因主持人的家庭因素，又要面臨停擺。一九九七年以後，林真美體會到「小大」的成敗關鍵，乃繫於參與人的動機是否夠強、以及自主性是否夠高。所以如果不是有人自發性地響應，並有「非做不可」的決心，都不可能成氣候。由於心境轉變，「小大讀書會」，目前持續努力運作中，全省小大讀書會聯盟不下五十。

二　故事媽媽

　　說故事是一種文化活動，也是一個民族或是世代之間傳遞共同記憶與文化的重要媒介，說故事者與聽故事者之間，藉由說故事的活動傳遞知識、情感。說故事在外國的文化中一直都是一個重要的活動，尤其是在家庭的部分，床邊故事成為家庭成員一天中重要的活動，同時在學校的教育活動中，說故事是教師必備的技能，為學生朗讀故事也是學校生活作息中重要的事。

　　臺灣地區從早期的農村社會進化到工、商業社會，忙碌的生活步調，使得家長陪伴孩子的時間愈來愈少，也由於文化傳統上，我們的父母並不常為孩子說故事，學校教育體制中，教師忙於課程與各種行政配合，也無暇為孩子說故事。因此，到學校為班級學生說故事的「故事媽媽」就應運而生。

　　兒童閱讀的推動，除了讓兒童喜歡閱讀書籍之外，也希望在孩子可能還沒開始喜歡文字性閱讀之前，就能夠對書籍中的故式產生興趣，所以許多多元性的閱讀推動形式就出現在民家以及學校中，「故

事媽媽」便在這樣的條件與氛圍之下在各地蓬勃發展，許多民間團體藉由讀書會、親子共讀、故事媽媽培訓等活動方式的推動閱讀，使得閱讀不再是一個單調的以讀書為唯一目標與方法的活動。

　　許多以說故事、閱讀為主要活動的團體紛紛在各地成立。例如以兒童哲學與故事討論為主的毛毛蟲兒童哲學基金會、臺北市故事協會、臺北縣板橋市故事協會、社區推廣形態的臺北縣書香文化推廣協會、袋鼠媽媽讀書會、新竹市故事會、臺中故事協會、府城故事團、臺東縣故事協會、高雄縣故事媽媽協會、社團法人花連縣新象社區交流協會、基隆故事協會、桃園故事協會、雲林故事人、永康故事人、南瀛故事人協會、新莊貓頭鷹圖書館等，都是在各地方較有規模且持續推動說故事活動與閱讀的團體。

　　故事媽媽在臺灣的發展歷程，約略可以分成：

　　（一）萌芽期：始於一九八四年「媽媽充電會」一九九六年「臺北縣書香文化推廣協會」成立。

　　（二）成長期：一九九七年的培訓。

　　（三）崢嶸期：故事媽媽的發展在二〇〇〇年「兒童閱讀會」的推波助瀾下，達到全盛期，在毛毛蟲的引領之下，紛紛正式向政府立案成立協會。

　　最早開始推動故事媽媽活動的個人，是成立「袋鼠媽媽讀書會」的陳來紅，她在《袋鼠媽媽讀書會》一書中，提到成立讀書會的一些緣由：

　　　　民國七十四年（1985）筆者在柯博士鼓勵之下，以「媽媽充電會」之名，跨出勇敢的第一步，自組讀書會。一群原來只是學習功文數學的家長所組成的讀書會，由於其中一位在報紙上寫了文章，結果引來許多渴望加入的朋友。就這樣一群又一群的

流轉，最多曾有三組讀書會的媽媽集結，那時還勞駕李雅卿女士幫忙主持，才能滿足這麼多想加入讀書會的媽媽們呢！（見《袋鼠媽媽讀書會》，頁20-24）

而最早開始推動故事媽媽活動的團體，首推「毛毛蟲兒童哲學基金會」。

從1995年開始，毛毛蟲兒童哲學基金會安排一系列的故事媽媽研習課程，有系統的培訓故事媽媽。1997年起連續5年承辦行政院文化建設委員會「書香滿寶島故事媽媽研習計畫」，於臺北縣等9大縣市培訓故事媽媽，參與培訓之故事媽媽人數多達千人。經過培訓後一批批的故事種子即刻回到學校、社區為孩子說故事、或帶領兒童讀書會。同時毛毛蟲兒童基金會更鼓勵媽媽們組織化從事服務推廣，因此各地之故事媽媽團體及故事協會，如雨後春筍般陸續成立，也帶動閱讀熱潮。（見《臺灣地區立案之故事媽媽團體調查報告》）

「毛毛蟲兒童哲學基金會」在臺灣地區至今仍是兒童閱讀、思考教學與故事媽媽推動的重要組織，許多其他地區的故事媽媽團體，都是由「毛毛蟲兒童哲學基金會」所培訓出來的種子教師繼續推動。

除了以「毛毛蟲兒童哲學基金會」為基礎所發展出來的讀書會和故事媽媽之外，還有許多個人與團體，也以不同的形式與組織進行故事媽媽的推動。

三　好書大家讀

　　「好書大家讀」是臺灣地區最重要的兒童書籍推薦評選制度，評選活動是在一九九一年由聯合報系民生報發起，與中華民國兒童文學學會共同創辦的，活動主旨是希望能夠透過評選，鼓勵優良少年兒童讀物的出版與寫作、提供圖書出版新資訊、建立優良少年兒童圖書評鑑制度、提倡閱讀風氣，從創辦至今，已經過二十五年，成為臺灣地區重要的兒童讀物指標。

　　評選制度是否能夠受到各界的認同與肯定，要視評選委員的設置是否從專業的角度而非商業利益的角度來進行評選，評選制度是否能夠符合兒童讀物出版的現況，臺北市立圖書館網站中對於「好書大家讀」評選制度中的評選委員，有如下說明：

> 本活動最初2年，以每2個月為1梯次，邀請出版社提供當月新書參加評選，並邀請5位學者專家擔任評選委員，以公平公開原則，評選好書。
>
> 後因參選圖書增加，質量明顯提升，評選方式亦逐次修正；第3年增為7位評選委員；第4年增至8位評選委員，並改以每季評選1次；第5年開始分「文學・綜合」與「科學讀物」2組分組評選，每組各聘請評選委員5位，改以4個月評選1次。
>
> 民國83年開始，「好書大家讀」增設「年度最佳少年兒童讀物獎」，期以「精益求精」的態度，評選出「好書中的好書」，民國91年（第42梯次）起，改以每半年評選1次。[1]

1　臺北市立圖書館網站 http://www.tpml.edu.tw/ct.asp?mp=104021&xItem=1142997&CtNode=61585

　　由此可以看出「好書大家讀」評選制度，因應歷年的出版狀況，調整評選委員的設置，以及更專業的分工，以符合實際的兒童讀物出版狀況。而為了使被評選出來的書籍，不只是一份僅供參考的書單，主辦單位還增設「年度最佳少年兒童讀物獎」，已使被評選出的書籍，能夠受到各界更加深入與廣泛的運用。

　　近年來，兒童閱讀受到政府與各界的重視，連帶使得兒童讀物的出版蓬勃發展，各種文類的出版呈現出豐富而多元的樣貌，也因此「好書大家讀」在評選類別的分類上，必須更專業的分工，以符合大量且多元的出版現況：

> 自第27梯次〔民國86年（1997）〕起，因參選圖書量多，將圖書書自「文學‧綜合組」中分出，成立「圖畫書組」，另聘5位評選委員；又因「文學‧綜合組」參選圖書數量增多，自第33梯次〔民國88年（1999）〕起，將其分為2組，評選委員增加為10位，俾使評選工作更為精確；隨著出版品的多元化，自第40梯次〔民國90年（2001）〕起，將組別重新調整為故事文學組、非故事文學組、知識性讀物組、圖畫書及幼兒讀物組，以使參選圖書有更公平的競爭機會；自62梯次〔民國101年（2012）〕起，將組別名稱調整為文學讀物 A 組（小說或散文）、文學讀物 B 組（小說、散文以外其他類別）、知識性讀物組、圖畫書及幼兒讀物組。[2]

　　不斷的修正制度、增加評選的文類，使「好書大家讀」的公信力，受到各界普遍的好評，各級學校在推動閱讀的過程中，也時常以

2　臺北市立圖書館網站 http://www.tpml.edu.tw/ct.asp?mp=104021&xItem=1142997&CtNode=61585

「好書大家讀」所評選的書單或是「年度最佳少年兒童讀物獎」的得獎書籍，做為推動閱讀活動的書籍或是學校購置圖書設備的參考。

　　「好書大家讀」是由聯合報系民生報發起，雖有「中華民國兒童文學學會」共同承辦，但是也因發起者本身也是出版業界，難免被人冠上球員兼裁判的質疑，因此，承辦單位也逐漸由民間的單位，演變到由官方來辦理。

> 本活動前3年協辦之單位計有文建會、國立中央圖書館臺灣分館、臺灣省立臺中圖書館及臺北市立圖書館。為鼓勵參與及提升效能，自民國89年（2000）開始，主辦單位為臺北市立圖書館、聯合報系民生報及國語日報社，並由臺北市立圖書館承辦；協辦單位為幼獅少年月刊及中華民國兒童文學學會；民國95年（2006）時，原主辦單位中的聯合報系民生報改由聯合報辦理，民國98年（2009）底，聯合報再交棒聯經出版事業公司辦理；民國99年新北市立圖書館加入，並自100年（2011）起合辦活動；民國102年（2013），主辦單位更改為臺北市立圖書館、新北市立圖書館及國語日報社。「好書大家讀」不僅創下我國兒童媒體與兩市攜手合作的紀錄，也為推廣優良少年兒童讀物開創更長久美好的遠景。[3]

　　由上面的資料可以了解到，初期辦理的前三年，屬於官方性質的文建會、國立中央圖書館臺灣分館、臺灣省立臺中圖書館及臺北市立圖書館，在「好書大家讀」活動中是屬於「協辦單位」，從二○○○

3　臺北市立圖書館網站 http://www.tpml.edu.tw/ct.asp?mp=104021&xItem=1142997&CtNode=61585

年開始，才改由臺北市立圖書館承辦主要的活動，但是主辦單位仍然
有民間的出版公司參與。發展期間，參與主辦的出版公司數度變更，
但是臺北市立圖書館仍持續居主要的主辦單位，二〇一三年開始，新
北市立圖書館也加入主辦的行列。

　　要發展、形成一個完善的書籍推薦制度，無論在外國或是臺灣，
都不是一件容易的事情，它必須建立在可靠的專業上，也必須要能夠
有公信力，兼顧文學性、藝術性，也必須考量出版業的發展。臺灣的
書籍出版規模不算小，童書出版的質與量也持續的進步與增加，我們
有號稱世界前四大的國際書展，歷年來也有許多的插畫家獲得波隆那
插畫獎項的肯定，但是要讓臺灣的童書出版能夠與國際接軌，能夠與
許多童書出版大國平起平坐，甚至於在國際間佔有一席之地，則必須
靠我們的童書出版業者與讀者的共同努力，由其是臺灣本土作家的創
作。藉由已經發展二十五年的「好書大家讀」童書推薦制度的幫助，
希望臺灣的童書出版能夠有更好的發展。

四　閱讀弱勢族群的關懷

　　儘管政府的教育政策已經涵蓋全國的中、學，但是資源的分配還
是會造成偏遠地區的資源不足，尤其是在人力資源與圖書資源方面，
因此有許多民間的組織，便開始深入到偏遠的地區，以實際的經費挹
注或是人力資源進駐，來解決偏遠地區閱讀教育不足的部分。

（一）財團法人臺灣閱讀文化基金會

　　財團法人臺灣閱讀文化基金會成立於二〇〇六年十二月，前身為
「臺灣閱讀推廣中心」，由「九二一震災重建基金會」捐助成立，由
廖祿立先生擔任創會董事長。基金會主要進行「愛的書庫」的設置、

運作及發展等閱讀推廣工作，其設立的緣由是因為九二一地震之後，南投災區的重建，在硬體上雖然已經大致完成，但是空有教室、課桌椅，卻無書籍可以閱讀，南投縣政府教育處劉仲成處長與一群熱心的老師們便開始規畫成立「閱讀推廣中心」，時任九二一震災重建基金會的執行長、臺大教授謝志誠先生得知之後，即以九二一震災重建基金會的力量，投注經費購置圖書，並規畫設計網路平台，以「智慧循環‧愛與分享」為原則，用愛心捐款購買的書集中在一座倉庫，提供需要的學校以書箱為單位進行借閱，閱讀完畢之後再由其他學校班級進行借閱，使資源發揮最大效益，故名為「愛的書庫」。

九二一震災重建基金會災後重建任務完成，無法繼續提供經費購置圖書，企業家廖祿立與中部大學校長、學者以及其他企業界人士，共同成立「臺灣閱讀文化基金會」，以基金會的形式運作，接受捐款，永續支持「愛的書庫」。從二〇〇五年四月第一座「愛的書庫」於南投縣草屯鎮虎山國小正式成立開始，迄今國內已設有二百三十二座書庫，及海外一座書庫（美國南加州），提供七十萬餘本圖書，書箱累積已達兩萬多個，累積閱讀人次達三千八百零八萬。

除了書籍硬體上的提供之外，「愛的書庫」也進行相關的閱讀教育，其運作方式與特點：

（1）專業選書機制及適讀年段（從學齡前至成人）分類。
（2）採網站平台登記借閱，實體書庫由志工管理。
（3）教育部、文化部及新竹物流公益運送書箱，借閱者免付運費。
（4）首創圖書交換調度機制，讓閱讀資源循環流通。
（5）閱讀延伸教材下載、線上教學觀摩、線上讀書會閱讀分享區，及寫十贈一活動。

（6）結合各縣市政府籌辦閱讀教學工作坊、親子共讀及讀書會
　　導讀人才培訓課程。[4]

（二）博幼社會福利慈善事業基金會與李家同

二〇〇三年李家同成立博幼社會福利慈善事業基金會。其成立的
宗旨是在為了讓中、南部或東部偏遠地區的孩子，不因教育資源分布
的落差，而在課業程度上不及都會區的兒童。

董事長李家同堅持「不能讓窮孩子落入永遠的貧困」的理念，提
出對窮困孩子的願景目標。

窮困孩子的教育學習困境	願景目標
1.無力繳交學雜費和營養午餐費	政府發行食物券給低收入戶家庭
2.買不起參考書，上不了補習班，父母多無力亦無時間協助學習	教育部應出版一些便宜參考書
3.學業成就低落，無法繼續升學或無力升讀私立高中職學校	教育部聘請大學生幫助窮小孩唸書
4.可能被黑道吸收，從事不法，例如：販賣盜版光碟	政府必須注意黑道引誘窮孩子的問題

基金會的宗旨：

（1）秉持「不能讓窮孩子落入永遠的貧困」的理念，服務對象鎖
　　定：「窮孩子」。

4　臺灣閱讀推廣中心網站 http://www.twnread.org.tw/editor_model/u_editor_v1.asp?id=
　{6BD61B01-D76F-4E13-A9F3-EE3945897235}

（2）深信「窮困孩子的唯一希望來自教育」的想法，服務主軸定為：「課業輔導」。

（3）致力「讓知識帶希望回家」的願景，達到：「提升窮孩子未來的競爭力」的目標。

　　基金會運作的架構：

　　以「社會支持網路」為理論依據，連結與學童學習相關的機構、團體、個人等資源，建立自助、互助的在地社會支持網絡。此網路所連結對象包括：

（1）家庭：孩子從家庭汲取成長養分，陪伴與支持，可以協助孩子培養讀書習慣。我們透過家長檢討會、親職座談，強化家長對教育的自我責任，讓孩子得到應有關心與陪伴。

（2）在地團體：連結當地具凝聚力團體（如教會）參與課輔計畫，透過在地語言，鼓勵家長、孩子參與課輔，當社區鄰里網絡因此串連起來，課輔理念也就融合為生活的一部份了。

（3）學校：弱勢家庭孩子的學業、行為表現，由學校導師進行初評，轉介至基金會。課輔期間，導師提供學童在校學習表現，並與社工、課輔老師討論學童之學業及行為表現，共同擬定處遇措施。

（4）課輔老師：遴選當地大學生、社區居民擔任課輔老師，在課輔過程，除了教學外，課輔老師關注學童行為表現，給予情感支持，並將學童情況與工作人員做緊密聯繫。

（5）基金會：溝通的橋樑，扮演方案制度的設計者及資源的連結者，提供專業知能支持，包括專業社工、教育、諮商輔導、研究、刊物記錄宣傳等服務協助。

　　目前基金會運作的主要服務對象，是經濟弱勢家庭的中、小學生，服務的範圍有新竹、臺中、南投、彰化、雲林、屏東、宜蘭及澎

湖等。其中包括有城鎮裡的弱勢：新竹縣竹東鎮和橫山鄉、臺中縣沙
鹿鎮、彰化縣芬園鄉、南投縣埔里鎮、屏東縣潮州鎮。偏遠原住民鄉
鎮：新竹縣尖石、五峰鄉、南投縣信義鄉、屏東縣來義鄉、宜蘭縣大
同鄉。偏遠海邊鄉鎮：雲林縣口湖、四湖鄉、澎湖縣湖西鄉。

目前對於弱勢家庭學童課業輔導服務的內容為：

（1）課業輔導：召募及培訓當地大學生及社（部落）居民為課
輔老師，為學童進行補救教學。

（a）穩定學習：學童每週一至五放學後至課輔教室上課二到三
小時，甚至周六也安排他們來，一切都是免費的，減少在外流連，受
到不良引誘的機會。

（b）提昇學習成就：透過循序漸進的補救教學，減低孩子們在
求學過程中的挫折與困難，防止中輟。

（2）品格、人文教育服務：提供人文、品格及輔導課程，協助
解決學童心理、行為等問題。

以上弱勢家庭學童課業輔導的特色為：因材施教、品質控制、強
調獎勵、注重閱讀能力、重視人文素養、培育部落家長的英文。[5]

（三）永齡教育基金會與永齡希望小學

企業家郭台銘先生秉持父母親關懷生命回饋社會之信念，以父母
親的名字中，各取一字「永」、「齡」，於二〇〇〇年成立「財團法人
永齡社會福利慈善事業基金會」。

「永齡希望小學」是郭台銘先生透過其所創辦的永齡基金會所成
立的課輔機制，其運作方式是透過各地分校社工團隊，實地訪視各地
區弱勢家庭兒童，目的是要瞭解弱勢家庭的概況及學生的學習能力，

5　財團法人博幼社會福利基金會網站http://www.boyo.org.tw/boyo/index.php

盼具體解決學習弱勢學童之困境。課業輔導的內容是以國語文、英文和數學為課輔的重點科目，透過前測找到學童課業的落後點開始進行補救教學，依程度分級編班，分級補救。

「永齡希望小學」弱勢學童課輔計畫，主要目標為讓窮孩子能及早補足課業上的弱勢，透過課業輔導的協助減低學習落差，並提升其學習能力，建立自我學習的態度，且能持續鼓勵其學習之動力，真正做到透過教育，改變貧窮的複製，以發揮向上躍升的潛在能力。

根據「永齡希望小學」二〇一二年所公布的實施成效報告，全國合作大學及機構分校達十七所；教學及數位內容研發中心共三所；成立英、數檢測卷委員會；永齡希望小學專案團隊專職工作夥伴達一百五十人；全國媒合合作國小達二百八十二所；開設課輔班級達八百班；全國參與課輔教師達一千二百五十人；學期受助學童達五千人，合計服務人次達四萬人次。在學童的學習成效上：

（1）以數學科目為例，自九十六年度至一百學年度，學童由平均落後二個學年的學習程度，經過永齡希望小學一學年系統化課輔教學，學童成績達到該年級的程度，已由16.1%已提升至44.6%。

（2）合作大學分校，藉由專案的執行，提供教育學系學程之大學生與研究生具體實習與驗證教學經驗之機會，並以【永齡希望小學】個案學習對象，做為質化研究與研討補救教學法之研究目標，增進各校相關學術研究的研究題材。

（3）設立『永齡希望小學優良課輔老師獎助學金』獎勵優秀及清寒大學生課教師，建立典範學習榜樣，至今已超過二百五十名大學生接受獎助學金的協助。

（4）而課輔教師除得到課輔鐘點費對於求學生活費有所挹注之外，更透過與學童的互動中教學相長，習得教學經驗之外，並深刻體驗服務學習、學習服務的公益精神。

（5）督導系統的建立，讓許多國小現職教師在精密設計的教學法培訓、透過教學指導手冊、指導員、巡迴督導的個別督導及團體督導的演練下，歡喜告訴我們教這麼多年書，原來有這麼多的盲點自己不知道，也很開心的將補救教學新習得的教學方法，帶到原班級，增進教學的指導方法。

（6）【永齡希望小學】的計畫執行已進入第六年，為配合教材研發、教學成效確認及數位內容轉製的進度，全臺已有二千五百位的學童拿到專屬的電子書包。

整體而言，在每月學習檢測的表現上，以紙本教材為教學工具的班級成績表現，月檢測通過率已可達92%以上；可喜的是，數據顯示：使用電子書包班級的學童進階通過率的表現，普遍高於使用紙本教材的班級約3%，足見導入電子書包之學習已有具體成效。[6]

（四）天下雜誌教育金金會

天下雜誌於二〇〇二年夏天，成立「天下雜誌教育基金會」，希望用熱情點燃社會對教育的參與，用行動實踐教育改革的理想，並以教育議題關懷臺灣的教育特刊模式，發揮媒體的力量借鏡國際教育改革的經驗，同時幫助臺灣內部整合教育資源，帶動臺灣關注社會的角落，重視教育的力量。

二〇〇四年，天下雜誌金金會有鑑於世界各國紛紛以推廣閱讀來打破先天或後天的不平等。天下雜誌教育基金會結合多家民間企業，共同啟動「希望閱讀」計畫，期盼藉由推廣閱讀的習慣，幫助下一代建立終身學習的基礎。迄今已完成認養兩百所偏遠小學，帶領兩萬名孩童親近書本；九年累計捐贈超過十五萬冊最新出版的優良兒童讀

6　永齡教育基金會網站http://www.yonglin.org.tw/education-site-embeded.html

物，並每年發行兩萬冊閱讀護照及四萬閱讀獎勵品，啟動三臺閱讀巡迴專車跑遍了臺灣整整七十五圈，二〇一三年更啟動「希望閱讀數位書車」巡迴偏鄉，縮短城鄉數位落差；在人力資源的部份，培訓近三千位的閱讀種子教師，號召超過三千位大學閱讀志工進入校園說故事，持續在偏鄉深耕，帶領孩子透過書本看世界。

　　「希望閱讀」計畫推動九年來，獲得政府及民間單位廣大的迴響，其中最重要的莫過於對政府部門決策的影響，投入資源配合推動「焦點300」、「活力800」等閱讀政策，讓閱讀運動在各地風起雲湧的持續發酵、茁壯。然而推動閱讀運動需要長期耕耘，天下雜誌教育基金會將繼續善用資源整合的優勢、發揮媒體影響力，繼續為偏遠地區孩童募集資源，帶動臺灣的閱讀風潮。[7]

第三節　公家機構的介入

　　一九八四年十二月七日，當時臺灣省主席邱創煥在省議員質詢的時候表示，省府將以「書香」來提升省民生活品質，而且要在五年之內，使臺灣省的每一個鄉鎮市都有一座圖書館，讓民眾有多看書、多唸書的機會與地方，這樣才能培養全民讀書風氣，成為一個書香社會。近年來，臺灣的閱讀推動，開始有更明確的政策取向，許多公家機構，都在其業務範圍內，開始推動閱讀的活動。更由於在上位者的推波助瀾，九〇年代以來更蔚為時尚，其間最大的力量來自前李登輝先生。李登輝於一九九七年，在幾樁重大刑案發生後，開始倡導「心靈改革」運動。於是相關公家機構應聲而起，而所謂公家機構有三：

7　天下雜誌教育基金會網站http://reading.cw.com.tw/index.jsp?docid=0

一　行政機構

（一）教育部：一九九四年教育部召開全國教育會議，提出將以推展終身教育作為教育發展藍圖，並將讀書會列為終身教育的具體措施，一九九五年提出《中華民國教育白皮書——邁向二十一世紀的教育願景》，設定社會教育的主要課題及發展策略。「規畫生涯學習體系、建立終身學習社會」的前瞻性作法。

一九九六年行政院教育改革審議委員會，提出《教育改革總諮議報告書》，具體建議以「推動終身教育，建立學習社會，落實教育改革」的具體政策。

教育部定一九九八年為「終身學習年」，並提出《邁向學習社會》的白皮書，積極推展終身教育，建立學習社會。

（二）行政院文化建設委員會（簡稱：文建會）：文建會於一九九四年提出「社區總體營造」計畫，作為施政重點，並研定「社區文化活動發展」、「充實鄉鎮展演設施」、「輔導美化地方傳統文化建築空間」、「輔導美化地方傳統文化建築空間」四項計畫，列為行政院十二項建設計畫推動。自林澄枝主委上任以來，即戮力推動書香活動，希望能透過各種活動之推廣，淨化大眾，進而培養讀書風氣。從一九九六年起，更推動「書香滿寶島」之文化植根工作計畫，並於一九九七年舉辦第一屆全國讀書會博覽會，將讀書會的輔導視為主要工作。

（三）省教育廳：臺灣省政府組織雖然於一九九八年精省後簡化，但一九九五年省教育廳也曾將讀書會列為當時社教工作的重點項目。

（四）行政院新聞局：行政院新聞局於二○一二年五月二十日為配合行政院組織調整已經裁撤，但是在此之前，行政院新聞局在閱讀的推動上，有一重要的指標性任務，那就是中小學優良課外讀物的推

介，這項活動已由文化部接手承辦，持續進行中。「中小學生優良課外讀物」推介評選的緣由：

> 兒童及青少年閱讀習慣的養成，是建立書香社會的基礎，同時，透過優良讀物的閱讀，能夠培養出對事物的認識、觀察及瞭解的能力，對大自然好奇的探索動機，提高閱讀品味，以及感受人生的樂趣。
>
> 自民國七十二年（1983年）開始，由文化部（前新聞局）規畫籌辦，每年舉辦之「中小學生優良課外讀物」推介評選活動，目的在於鼓勵出版業者提升中、小學生課外讀物之品質，藉以維護學生身心健全發展，同時擴展青少年知識領域。期望透過這些好書的推介，能夠鼓勵兒童及青少年，甚至於親子間培養共讀的習慣，共同為兒童及青少年建造一個良好的閱讀環境。[8]

推介的期程與推介的標準：

> 推介評選活動自民國九十三年（2004年）開始，每年舉辦兩次。為期能選出富有教育性、啟迪性、藝術性、趣味性作品，文化部（前新聞局）對於評選作業程序及在遴選評審委員方面均極用心、嚴謹。為配合該項評選活動，達到推廣效果，特編印「中小學生優良課外讀物」清冊，提供國內各中小學、公私立圖書館、老師及家長們作為選擇優良兒童讀物的參考。[9]

目前「中小學生優良課外讀物」評選，累積已達三十七梯次，與

8　文化部兒童文化館網站http://children.moc.gov.tw/award/intro.php?id=B001
9　文化部兒童文化館網站http://children.moc.gov.tw/award/intro.php?id=B001

「好書大家讀」同為臺灣地區閱讀推介重要的活動，所推介的書籍也成為圖書館、學校採購圖書以及活動推廣的重要參考指標。

二　學術機構

以臺灣師範大學成人教育研究中心及高雄師範大學成人教育中心為主。重點在讀書會種子培訓及研究推廣工作。二〇一二年開始，教育部辦理國民中小學閱讀推動教師計畫，由臺灣師範大學辦理相關的種子教師培訓與回流教育訓練。

臺灣師範大學成人教育中心，在臺灣地區讀書會的發展中，扮演非常重要且關鍵的角色，其中更造就一位讀書會專家邱天助。臺灣師範大學成人教育研究中心，於一九九三年開始投入社區讀書會的研究與實驗。在教育部、文建會等單位的大力支持下，再加上邱天助個人的熱忱與投入，讀書會竟然蛻變為生活的另一種選擇，且於一九九七年元月十六日成立「中華民國讀書會發展協會」，並於七月發行革新版第一期《書之旅》讀書通訊月刊，在協會成立之前，臺灣師範大學成人教育研究中心於發展讀書會的工作成果有：

1993年	培訓第一期社區婦女讀書會領導人25人（基礎班）
1994年	培訓第二期社區婦女讀書會領導人23人（基礎班） 培訓第三期社區婦女讀書會領導人25人（基礎班） 協助辦理宜蘭、苗栗文化中心培訓讀書會領導人 辦理第一次「書與人對話」座談會
1995年	培訓第四期社區婦女讀書會領導人22人（基礎班） 第一、二期學員進階班培訓 協助北縣、竹縣市、桃園文化中心培訓領導人 辦理第二次「書與人對話」座談會 《書之旅讀書會通訊月刊》第一期發刊

1996年	辦理文建會全國社區讀書會領導人培訓48人 協助北市圖書館、教育局培訓讀書會領導人 協助高雄縣、彰化縣文化中心培訓讀書會領導人
1997年	辦理第一屆全國讀書會博覽會 元月出版《讀書會專業手冊》（張老師出版社）

（見《書之旅》讀書會訊月刊，革新號1997年7月，第10卷第1期，頁5）

三　文教機構

　　各省市鄉鎮區圖書館、縣市文化中心、省市社教館等，也都大力推動成立許多讀書會。其中以省立臺中圖書館（2012年改為國立公共資訊圖書館）辦理的讀書會最為耀眼。

　　省立臺中博物館讀書會於一九九二年十一月成立，讀書會的目的，希望能透過健全的組織、積極的運作，使民眾定期研讀好書；藉討論的方式培養會友思考與判斷能力，並透過報告心得，加強語文組織能力及表達能力。會中組織十分完善，會員的報名條件亦不嚴苛，只要年滿十五歲，喜愛讀書的民眾，都可以報名參加。會中各組行政人員由臺中圖書館之館員兼任；會長一人、副會長二人，由全體會員就參加讀書會一年以上的資深會員中選舉；執行秘書一人，由會長遴選產生；各組置組長、副組長、會計一人，由組員相互推選產生，任期皆為一年。讀書會，分為七組，包括教育心理 A、B 組、及文學組、哲學組、生活保健組、社會組、藝術組等。一九九四年為了讓讀書會的活動能往下紮根，再成立「小朋友讀書會」，以國小五、六年級學生人數二十五人為限，由義務服務人員指導閱讀事宜。藉此全面性推動讀書會活動，期能養成民眾讀書習慣，擴充知識領域。

　　省立臺中圖書館讀書會，因為組織調整，已於二○○三年停止辦

理讀書會，由部分會員於二〇〇九年八月成立社團法人「臺中市讀書會」，繼續在社區推展閱讀風氣，歷時二十年從未間斷讀書風氣。

第四節　二〇〇〇年閱讀起步走

　　臺灣地區的閱讀風氣，在產、官、學的齊力推動之下，閱讀儼然成為運動，而讀書會更是蓬勃發展，依據一九九六年的調查，臺灣讀書會團體約有七百多個，但依據文建會《1999全國讀書會調查錄》（1999年6月主辦單位國家圖書館）總共蒐集了一千六百九十四個讀書會通訊資料，並且有系統的介紹各讀書會的成立簡史，活動概況、閱讀書目、特色等等。而這些都還是與政府有聯繫的讀書會團體的統計，若包括一些隱性的團體在內，實際上當時約有六千個以上的讀書會團體存在。因此，臺灣的閱讀教育政策在社會環境氛圍的影響下，於二〇〇〇年時有了重大的發展，也由此開啟臺灣閱讀推動的多元繁榮與興盛

一　兒童閱讀年

　　一九九九年元月文建會主委林澄枝率團前往日本考察讀書會推動的情況，林澄枝發現日本民間推動閱讀風氣的活力值得臺灣借鏡，為了讓臺灣人更愛看書，文建會決定從下一代著手，於是與日本文部省同步將二〇〇〇年訂為「兒童閱讀年」，展開一系列培養國家未來主人翁閱讀風氣的計畫。林澄枝把日本經驗轉化成為實際的政策行動，一九九六年制定「書香滿寶島」計畫，於民間推動推動各種閱讀相關活動，初步構想的「兒童閱讀年」計畫，包括：充實全國文化中心圖書館原有的兒童閱覽室設備並舉辦相關活動；規畫成立專業功能的

「兒童文化館」；針對視障兒童製作有聲書；於全國讀書會博覽會設立兒童主題館；製作兒童文化傳播節目；尋求與教育部合作，鼓勵國小利用早上上課前時間閱讀課外讀物的「晨間共讀運動」；繼續推動「故事媽媽，故事爸爸」工作；利用寒暑假辦理「文化休閒列車——親子遊」活動，鼓勵親子閱讀。

二　閱讀的相關研究

　　文建會委託臺東師院兒童文學研究所進行的《臺灣地區兒童閱讀興趣調查研究》（2000年2月），以作為推動閱讀與研究的基礎資料。《臺灣（1945-1998）兒童文學100》（2000年3月），評選一九四五年以來重要的兒童文學作品，這二個相關的研究的出爐，為臺灣地區的閱讀推動，邁開第一步。

三　推動的歷程

　　曾志朗於二〇〇〇年五月接任教育部長，隨即宣示上任之後第一件事是要發起推動全國「兒童閱讀運動」。其實，臺灣兒童閱讀的推動，其隱藏的動力，或與兒童文學有關。在臺灣，兒童文學似乎一直被認為是邊緣課程。就以師範學校而言，始於一九六〇年七月省師範學校陸續改制為師專，在師專的語文組開設有「兒童文學」選修課程。一九七三年度，廣播電視曾播授師專「兒童文學」課程，由市北師葛林教授主講。兒童文學於是深入各小學，曾蔚為寫作的風氣。

　　長期潛隱的能量遇曾志朗部長而爆發。教育部於二〇〇〇年七月十九日召開部務會議，通過「全國兒童閱讀實施計畫」。實施期程自二〇〇〇年八月至二〇〇三年八月，為期三年。教育部推動兒童閱讀

運動其計畫目標在於：

> 營造豐富的閱讀環境，奠定終身閱讀習慣與興趣。
> 培養兒童閱讀能力，使融入學習經驗與生活脈絡。
> 發展思考性的閱讀，增進兒童創造思維的能力。
> 增進親子互動關係，建立學習家庭並健全其生活。（見2001年，《全國兒童閱讀實施計畫修正版》）

「全國兒童閱讀實施計畫」推廣的對象是包括幼稚園、國民小學學童及其家長與教師。擬藉由媒體的宣傳、相關活動如舉辦座談會、種子教師研習、充實閱讀環境等方式著手，增進民眾對閱讀活動的重視，進而將閱讀推展成為全民運動。所謂的兒童閱讀運動於是乎如火如荼展開，而後來的聲勢雖因曾部長的下臺而受挫（繼任部長黃榮村於2002年2月上任）但所謂的兒童閱讀的觀念則已深入在各級學校中。

其後，教育部長杜正勝持續推動兒童閱讀。二〇〇四年七月二十六日《國語日報》第一版〈教部推動兒童閱讀，每年深耕一百校，新學年新策略，動員替代役男及民間志工進校園帶領閱讀〉，記者陳康宜的報導全文如下：

> 教育部為了推動「全國兒童閱讀計畫」，從九十三學年度起，將從拓展推動閱讀人力著手，每年選擇一百所焦點學校，在校內投注替代役、知識青年志工，以及民間閱讀團體（如社區媽媽）等人力，除繼續推動兒童閱讀外，更希望兒童閱讀的計畫能深入偏遠地區。
> 教育部繼連續四年每年編列三千萬元，充實各國小幼稚園圖書

　　資源後，從下學期起將調整推動兒童閱讀的策略。教育部國教
　　司司長吳財順說，每年選擇的一百所焦點學校將以教育部優先
　　區學校為主，並扣除民間團體已經協助的部分，務必讓各個偏
　　遠地區學校能夠獲得更多資源。
　　吳財順司長說，這項計畫將以跨部會方式進行，由於目前到校
　　服務的替代役為四百名左右，與實際擁有教師證的兩千名役
　　男，還有一段距離，因此，將在近期內與國防部洽談，希望自
　　明年開始逐年增加替代役到校服務的人數。
　　另外，由青輔會推動的知識青年志工，也將以營隊方式帶領學
　　童閱讀。而一直在民間努力推動閱讀的團體如社區媽媽等，則
　　會展開巡迴講座，希望能吸引更多小朋友加入閱讀行列。（見
　　2004年7月26日《國語日報》第一版》）

　　由此歷程可以看出教育部在兒童閱讀推動上，由二○○○年到二
○○四年，雖然經歷三位教育部長，但是對於兒童閱讀的政策推動並
無改變，且持續的辦理兒童閱讀的相關活動。

第五節　教育部與閱讀相關政策

　　臺灣一直以來，並未制訂出完整的閱讀教育政策，而是把閱讀放
在中小學的課程標準中去實施，但是長久以來，我們的教育偏重考
試，加上聯考制度的實施，「閱讀」這個非考試科目的項目，就很容
易在教學中被忽略，而課程標準中雖然屢屢提及「課外閱讀」，也明
確要求教師必須鼓勵閱讀並且引導學生閱讀，但因為前述的原因，使
得我們的閱讀在教育現場中，一直處於被邊緣化的危機。

一　閱讀教育政策

行政院文建會於一九九六年制定「書香滿寶島」計畫，於民間推動推動各種閱讀相關活動，其後在二〇〇〇年時宣示該年為「兒童閱讀年」，並舉辦「兒童文學一百」的評選活動，在此之後，教育部便開始制定實施與閱讀相關的政策，根據實施的先後，最主要的政策規畫有四種：

（一）全國兒童閱讀實施計畫

此計畫自二〇〇〇年八月展開，為期三年，其實施的內容與原則為：

（一）進行常態性及專題性或個別活動媒體宣導。

（二）推展校園閱讀活動，營造閱讀環境。

1. 辦理兒童閱讀種子教師研習及進階研習。

2. 編印校園推動閱讀之成功範例、指導手冊。

3. 充實各校圖書資源。

（三）辦理推廣活動。

1. 鼓勵社教機構、社團辦理閱讀相關活動。

2. 結合出版界辦理閱讀列車，提供到校及社區服務。

3. 配合國際閱讀協會，參與國際閱讀活動，並收集閱讀教學
　文獻。

（四）建立專屬網站。

1. 鼓勵學生上網討論書籍內容、創作或合作寫書，並可將討論
　結果製成網頁。

2. 提供閱讀資訊，進行多元化網路活動。

3. 將網站連結至圖書館，並提供電子書下載服務。

（五）推展親子共讀。

1. 加強學校家長會、家庭教育中心、教育性質基金會及社教館所等方案執行人員知能，並進行親子共讀種籽帶領人培訓。

2. 鼓勵大專院校辦理親子共讀推廣課程，或納入學程中心課程規畫，同時結合學員人力於社區辦理親子共讀活動。

3. 依據區域城鄉差距，各類家庭型態不同需求，研擬各項親子共讀執行策略及教材。

4. 透過家庭教育中心、社教館所及教育性質基金會辦理親子共讀方案，以符合不同對象之需求，如特殊族群家庭等。

5. 出版「親子共讀季刊」，定期提供有關親子共讀專業資訊、經驗交流、活動視窗及社會資源。（見教育部2000年《全國兒童閱讀實施計畫》）

　　由計畫的內容可以看出，此計畫已不再由學校單一來進行閱讀的教育與推動，其涵蓋面包含親子、家庭、學校、圖書館、社教單位、媒體，採取的方式由官方行動擴展至民間的活動，並配合媒體、校園、網際網路來進行各項活動的宣傳。此項計畫特別注重家庭教育的部分，訂有許多與親子、家庭有關的實施原則，希望藉由親子共讀來培養孩子閱讀的習慣。

　　此項政策為臺灣教育史上第一個由官方教育部明訂的閱讀教育政策，直接帶動了後續的許多民間與體制內的閱讀推廣活動，使閱讀教育開始在學校中受到重視，間接的也影響了社會上對於閱讀的重視，許多民間機構也開始投入閱讀的推廣工作，辦理國際的閱讀論壇，許多地方政府也在這個政策的架構之下，開始建構閱讀推動的模式與制度，例如臺北市的「閱讀深耕計畫」、臺北縣（現為新北市）的「滿天星閱讀推動計畫」。

（二）焦點三百──國民小學兒童閱讀推動計畫

「全國兒童閱讀實施計畫」的目標與範圍為全國，為變免資源分配上城鄉之間的落差與不平衡，教育部特別針對偏遠地區的學校，制訂了「焦點三百－國民小學兒童閱讀推動計畫」，補助偏遠鄉鎮國民小學的閱讀推動。

計畫自二○○六年元月開始實施，為期四年，此計畫目標：

一、選定300個文化資源不足之焦點學校，加強提昇該校兒童
　　之閱讀素養。

二、加強文化資源不足地區之圖書資源投入，弭平城鄉教育資
　　源差距。

三、培養兒童閱讀習慣，使其融入學習與生活中。

四、引導思考性閱讀，增進兒童思考判斷能力。

五、營造豐富閱讀環境，奠定終身學習基礎。（見教育部2004
　　年《焦點三百──國民小學兒童閱讀推動計畫》）

實施策略為：

一、成立推動組織：中央組成「焦點學校兒童閱讀推動委員
　　會」，焦點學校之所在縣市政府組成「焦點學校兒童閱讀
　　工作小組」，焦點學校組成「兒童閱讀工作圈」。

二、加強閱讀宣導：製作宣導短片、廣播節目、報紙上、雜誌
　　上刊登主題式文章，增進各界對閱讀之認知，開闢兒童閱
　　讀電視節目。

三、挑選文化資源不足地區國小為推動閱讀活動之焦點學校：

　　第1階段國小100校，第2階段延續第1階段，再增加至200
　　校，第3階段延續第1、2階段再增加為300校。

四、贈送優良讀物給予焦點學校：三年內共購置金鼎獎得獎兒
　　童讀物三萬冊贈予文化資源不足地區焦點學校，會同民間
　　團體購置或募捐圖書贈與焦點學校，協助架設募書網路平
　　台及宣傳募書訊息。

五、募集人力投入推展閱讀活動：培訓分發替代役教育服務役
　　役男至焦點學校每校1名，協助閱讀推廣暨圖書行政等相
　　關工作。第1年投入100名人力，第2年投入200名人力，第
　　3年投入300名人力。徵求偏遠住校教師及各地退休教師，
　　志願於課後或假日，為焦點學校之學生進行閱讀輔導活
　　動。鼓勵原住民地區教會協助原住民學校推動閱讀活動。
　　與故事協會合作，採巡迴方式至焦點學校協助推廣閱讀活
　　動。結合社教館社教站推廣閱讀活動。

六、培訓閱讀種子師資：各焦點學校每校至少遴選1名閱讀種
　　子教師，參與培訓活動；完訓後，協助該校閱讀活動推廣
　　工作。鼓勵與培訓志工人員及故事媽媽參與推廣兒童閱讀。

七、辦理各項閱讀推廣活動：焦點學校與公共圖書館、私人圖
　　書館合作，鼓勵社教機構、民間團體、基金會辦理輔助兒
　　童閱讀相關活動。徵求志工青年，部分時間方式投入學校
　　協助推廣閱讀活動，遴選推動閱讀有功人員為「兒童閱讀
　　史懷哲」，予以公開表揚，並以代言人的角色推動兒童閱
　　讀，結合出版界甄選全國優良兒童讀物，推動兒童閱讀護
　　照計畫，建置兒童閱讀網站（建置兒童文化館網站進行提
　　升兒童閱讀風氣活動。將網站聯結至各圖書館，並利用網
　　路推廣閱讀活動），補助社教站、民間機關（構）、團體

或社區組織等推展兒童閱讀活動。（見教育部2004年《焦點三百──國民小學兒童閱讀推動計畫》）

此計畫主要目的在對於教育優先區及偏遠地區之學校提供補助，提升教育相對落後地區學校的閱讀資源，落實閱讀基礎教育。除了培訓志工、學校師資，以充足人力推動閱讀計畫之外；也以實質的經費與書籍提供補助；並藉由各地方圖書館及其他社會資源、民間機構提供後援，全面對偏遠地區學校之閱讀推動給予實質上的支援，解決長久以來偏鄉地區在教育資源不足上的問題，讓每一個學生都能夠獲得同樣的資源。

（三）「悅讀101」教育部國民中小學閱讀實施計畫

從二○○七年開始，以五年為一階段之長期計畫，實施目標：

一、培養兒童閱讀習慣，使其融入學習及生活脈絡中。

二、啟動閱讀交流，分享閱讀教學策略，提昇閱讀教學知能。

三、鼓勵家長積極參與親子共讀活動，增進親子互動關係。

四、結合資訊網絡，進行知識共享，增進閱讀的廣度。

五、營造豐富的閱讀環境，奠定終身學習的基本能力。（見教育部2007年《「悅讀101」教育部國民中小學閱讀實施計畫》）

實施原則為：

一、興趣原則：以循序漸進的方式，配合學生學習心理，提供適合學生閱讀的圖書以及指導策略，逐步引導孩子進入書香世界。

二、專業原則：規畫多元的教師精進閱讀指導專業能力的研修
　　活動，增進教師閱讀教學能力，有效提升閱讀指導品質。

三、多元原則：鼓舞各校能夠依據學生條件之不同以及學校整
　　體條件之差異，規畫不同的閱讀活動，讓每一個孩子都可
　　以得到適合自己的閱讀方法，找尋到屬於孩子自己的閱讀
　　天空。

四、激勵原則：學生需要鼓勵，老師需要鼓勵，學校及家長亦
　　需要帶動，因此我們將鼓勵有熱忱肯用心在閱讀活動的學
　　校及個人，透過他們發揮典範作用，進而帶動整體國人閱
　　讀能力之提升。

五、統整原則：整合中央、縣市、學校、教師組織、各社區及
　　教師個人之各項資源，共同致力於本計畫之推動，提升學
　　生閱讀理解能力。

六、普遍原則：重視閱讀內容之質與量，發展全方位的閱讀，
　　參與對象包括學生、教師、行政人員及家長，全員一同參
　　與，提昇閱讀風氣。（見教育部2007年《「悅讀101」教
　　育部國民中小學閱讀實施計畫》）

實施策略與工作要項：

一、成立推動組織
　　（一）教育部成立閱讀諮詢委員會及推動小組
　　（二）縣市政府成立閱讀計畫工作推動小組
　　（三）學校組成閱讀工作圈

二、整合多元資源
　　（一）招募故事團體協助閱讀推動

（二）募集人力投入學校推動閱讀活動

（三）系統整合公私資源推動閱讀

（四）鼓勵學校與公私立圖書館進行合作

三、建構優質環境——充實國中小圖書及圖書設備

四、規畫閱讀研究

（一）進行各項閱讀基礎研究及行動研究

（二）委託進行縣市閱讀成效調查

（三）辦理閱讀高峰論壇

五、精進閱讀教學

（一）教材研編

（二）培訓師資

（三）評量改進

（四）檢測學生閱讀能力

（五）協助閱讀不利學生

六、表彰績優學校與人員

（一）表彰閱讀推動績優之磐石學校

（二）表揚「兒童閱讀史懷哲」人員。

七、鼓勵學校及幼稚園推動家庭閱讀

八、持續推動弱勢學校閱讀計畫

九、建置閱讀網路

十、強化宣導活動（見教育部2007年《「悅讀101」教育部國
　　民中小學閱讀實施計畫》）

　　此計畫基本方向是以「全國兒童閱讀實施計畫」為基礎，再加上
「焦點三百——國民小學兒童推動計畫」加強對於偏遠鄉鎮地區的閱
讀資源補助。試圖運用一系列、長期的計畫，來落實閱讀教育的推

動。運用原有閱讀政策的基礎，在此次計畫中再增加了對計畫本身的落實、成效等進行研究、評鑑並修正改進，以隨時檢討、發現問題，對於編列的預算，確實實行，各式計畫依據權責與層級進行分工，始計畫能夠更精確、快速的執行與運作。

（四）提升國民中小學學生閱讀教育實施計畫

教育部延續「全國兒童閱讀實施計畫」、「焦點三百—國民小學兒童推動計畫」、「悅讀101」教育部國民中小學閱讀實施計畫」政策，進一步全面提升國中小學生閱讀素養，從教學增能、資源整合、情境營造、偏鄉關懷、配套措施等面向擬定策略，並參採現行閱讀教育政策之檢討及方向，擬定計畫的實施方向：

一、強化教師閱讀教學知能。
二、涵養學生閱讀習慣興趣。
三、構築校園整體閱讀情境。

根據上述目標本計畫執行策略以教學增能、資源整合、情境營造、偏鄉關懷、配套措施等五項構面，於各構面下擬定具體之工作項目以及目前施行的現況：

1 教學增能

（一）閱讀師資區域人才培育：1.國中閱讀策略開發與推廣：除國小閱讀之外，延伸閱讀推動到國民中學。2.分區培育閱讀教學師資：建立各區域的閱讀教學種子教師。3.建置數位研習影片。4.培植亮點學校提升為基地學校。

（二）提升教師各領域閱讀教學之職前知能。

（三）增置國中小閱讀推動教師：1.持續推動公立國中小增置閱讀推動教師。2.圖書利用教育資源開發與推廣。3.教育訓練與回流教育。

（四）建構與發展閱讀教學專業社群：1.試辦學校閱讀教學專業社群。2.經驗評估與支援。3.跨校交流與推廣。

2　資源整合

（一）開發補充國中小閱讀教材：1.研編延伸閱讀補充教材。2.推薦優質讀本分級書目。3.推廣優良閱讀實施示例。

（二）拓展校外閱讀資源：1.鼓勵學校與圖書館合作。2.圖書館閱讀資源共享。

（三）完善國中小閱讀資源網絡：1.規畫全國整合型的閱讀資源網絡。2.透過資訊連結群創智慧。3.全國圖書管理系統維護及效能提升。

3　情境營造

（一）晨讀123運動：1.國中小持續推行晨讀運動。2.多元晨讀推動方案。

（二）充實公立國民中小學圖書館（室）圖書及設備：1.閱讀場域重新定位。2.展現校本需求與學校特色。3.建置教室及校園開放閱讀空間。

（三）提升社會家庭閱讀風氣：1.辦理閱讀高峰論壇。2.鼓勵縣市辦理親子共讀活動。

4 偏鄉關懷

（一）挹注偏鄉閱讀資源
（二）轉介民間團體和基金會資源

5 配套措施

（一）閱讀習慣扎根及培養：1.「BookStart～閱讀起步走」活動：辦理新生兒、國小學生、國中學生「BookStart 閱讀起步走」贈書活動。2.國中小學生閱讀行為調查分析：進行多項與閱讀相關的研究，做為教育政策發展與修訂的參考依據。

（二）閱讀績優楷模表揚及傳承：辦裡閱讀磐石獎，表揚在閱讀推動生績優的學校、團體以及個人。

與以往閱讀推動較為不同的是，閱讀推動教師的增置，此計畫目前已補助增置二百六十所國民小學及七十五所國民中學之圖書館閱讀推動教師，設置一位具高度意願及熱忱參與之正式教師作為圖書館閱讀推動專任教師，每週減課十節，專職於學校圖書館內，運用相關資源協助推動學校圖書資訊利用及閱讀活動。

（五）閱讀教育政策的轉向

由文建會開始到教育部的閱讀政策，大約可以分成下列五個歷程：

（一）兒童閱讀年計畫：文建會在考察過日本的閱讀推廣活動後，將二○○○年定為「兒童閱讀年」，開始進行兒童閱讀年計畫。

（二）全國兒童閱讀運動實施計畫：教育部接著在二○○一～二○○三年，推動「全國兒童閱讀運動實施計畫」。

（三）焦點三百國小兒童閱讀計畫：二○○四年～二○○八年，推動「焦點三百國小兒童閱讀計畫」。

　　（四）「悅讀101」教育部國民中小學閱讀實施計畫：二〇〇七～二〇一四年，推動「悅讀101」教育部提升國民小學閱讀計畫。

　　（五）提升國民中小學學生閱讀教育實施計畫：二〇一五～二〇一七年，推動「提升國民中小學學生閱讀教育實施計畫」。

　　以上的閱讀教育政策，從政策的目標與內容來看，多是以培養兒童閱讀興趣、兒童閱讀習慣為主，期望因此建立整個社會的閱讀風氣，但是自從臺灣加入了「國際學生能力評量計畫」（the Programme for International Student Assessment，簡稱 PISA）以及「促進國際閱讀素養研究」（Progress in International Reading Literacy Study，簡稱 PIRLS）之後，社會各界對於幾次的評比成績，大幅落後給其他國家、地區，尤其是同屬使用華文的新加波、香港，感到非常的憂慮與擔心，各界將這二個與閱讀與學習能力有關的評比，與國家競爭力畫上等號，於是乎對於評比的成績表現更加重視，對於推動了數年的兒童閱讀運動成效，開始產生懷疑，也出現許多批評的聲浪。迫使教育部開始針對閱讀教育政策進行修改，其中較為重要的是二〇一〇年由教育部出版「閱讀理解策略教學手冊」以及在二〇一二年推動的「課文本位的閱讀理解教學」。

　　二〇〇七年年底國際閱讀素養（PIRLS 2006）成績公布後，由教育部到學校都因評比結果不甚理想，而想盡辦法提升評比成績。教育部國教司為協助老師掌握閱讀策略教學，於二〇〇八年展開閱讀教學策略開發與推廣計畫，邀請大學教授與中、小學老師合作，一起開發閱讀策略教學方法。並於二〇一〇年出版「閱讀理解策略教學手冊」，在手冊的序言中，提到：

　　　　這些策略不但幫助理解，更可以成為閱讀過程中學生監督自己理解最方便、最上手的方法。希望每一位老師都試試這些理解

策略的教學方法，幫助學生養成閱讀及思考的習慣。這也是我
們推動閱讀理解策略教學的目標。(見教育部2010年《閱讀理
解策略教學手冊》)

　　明白的揭示，閱讀教育的重點在於老師必須要教會學生使用各種
閱讀理解策略，但是因為手冊內容中所運用的文章，絕大多數並非學
校所使用的課文，而且需要再另外尋找文本來進行教學，此舉遭到許
多教師的反彈，認為影響了原本的語文科教學，而且有疊床架屋的感
覺。因此，教育部於二〇一二年，對閱讀理解策略教學進行修正，改
為「課文本位的閱讀理解教學」。
　　在「課文本位的閱讀理解教學」計畫簡介中，說明此計畫的精神
在於：

　　　「課文本位的閱讀理解教學」。包括識字、詞彙和理解，依照
　　年齡的發展，各年級都有其不同的學習成分、符應的策略運
　　用，協助學生在閱讀理解上能更上一層樓。所謂「以課文為本
　　位」則是指不捨近求遠地另外設計補充教材，也不需花費額外
　　的時間教學，而是以現行的各版本教科書為文本，融入各年級
　　相應學習策略的教學主張。[10]

　　其計畫的基本理念：

　　閱讀能力的培養就是在培養思考能力。
　　閱讀教學以讓學生對於閱讀產生正向經驗為首要原則。

---

10 課文本位閱讀理解教學網站http://140.127.56.86/pair_System/Search_NewsList.aspx

教師需要閱讀的基礎知能，以能力為培訓主旨。

培訓內容需與教學現場結合。

教師需要持續的進修與調整教學方式。[11]

　　由以上兩個計畫可以看出，教育部的閱讀教育政策，在臺灣加入國際評比計畫之後，有了方向上的轉變，從原本的閱讀風氣營造、閱讀習慣養成、閱讀興趣培養、閱讀樂趣的追求，轉向講求閱讀效果的呈現以及閱讀策略的運用，而這個轉變是為了能夠在各項國際評比中得到較好的成績表現。對於閱讀的樂趣與兒童文學在未來教育體制與教學課程中的角色與重要性，是否會因為講求效果的閱讀策略教學、測驗、評比的影響而有所改變，就只能留待未來繼續觀察與關注了。

第六節　小結

　　閱讀是人類一項重要的能力，擁有閱讀的能力再加上良好的閱讀習慣，便能夠在學習的道路上開拓許多的視野。閱讀雖然在國民小學課程標準中，一直被擺放在國語文學習領域中，但是閱讀其實是一切學科學習的基礎，無論是哪一個科目，我們都必須在某些程度上依賴閱讀去學習，即使是數理、藝能科或是體能的學科，透過閱讀也可以減少許多摸索的時間，更快的達到學習的效果。愈來愈多的人已開始認知到閱讀在學科學習上的重要性，也開始嘗試將閱讀安排在其他非語文領域的學習上。

　　除了教育體制內的閱讀課程與教學之外，民間的推動也是形成良好閱讀氛圍的重要因素，整個社會閱讀環境的營造，不能只靠政府單位的政策來推行，結合民間的資源與力量，才是成功的關鍵。

---

11 課文本位閱讀理解教學網站http://140.127.56.86/pair_System/Search_NewsList.aspx

第六章
小學國語教科書的出版觀察

　　教科書是教育體制中重要的學習工具，根據課程綱要所編寫出來的教科書，在教學活動中扮演重要的角色，也是教師在進行教學活動時重要的依據。國小的國語教科書在臺灣學生學習自己熟悉的國語時更顯重要，也因此國語教科書兼負語言學習的重責大任。臺灣地區的教科書政策，隨著社會的開放、進步與多元，有很明顯的演變，本章擬從教科書的出版、編審制度、選用談起，以及教科書編輯的現況，來管窺臺灣教科書的發展脈絡與現象觀察。

第一節　小學國語教科書的出版觀察

一　教科書編審與出版

（一）教科書的研發、編輯

　　教科書的內容常常因為涉及政治以及對人民意識型態的控制，許多國家教科書的研發，多是由國家設立專門的單位來進行，我們臨近的國家韓國設立有國立教育研究開發院的教育課程研究部，也使用華語的新加坡則設有課程發展署，來負責研發該國家的教科書，台灣早期並未設立有專責研究教科書的單位，雖然有設立「國立編譯館」以及「教育部臺灣省國民學校教師研習會」，但是其主要的工作偏重於辦理教科書審查等行政事務上，即使國立編譯館本身也編輯國中小使

用的教科書，但是參與編輯的人員大都來自國立編譯館外的專家學者以及第一線的教育工作者，組織也非常態設置，而是以臨時編組的方式來進行教科書的編輯。

　　在臺灣教科書發展上的演變，有一個重要的指標性事件，那就是國家教育研究院的設立，國家教育研究院籌備處成立於二〇〇〇年五月二日，二〇〇二年七月十五日整併教育部臺灣省國民教師研習會，二〇〇七年八月二十四日整併教育部臺灣省中等學校教師研習會，立法院於二〇一〇年十一月十六日第七屆第六會期三讀通過國家教育研究院組織法，總統於同年十二月八日公布國家教育研究院組織法，國家教育研究院正式成立。在國家教育研究院組織法中，明列了與教科書有關的掌理事項條目：

> 課程、教學、教材與教科書、教育指標與學力指標、教育測驗與評量工具及其他教育方法之研究發展。（見全國法規資料庫《國家教育研究院組織法》第二條第四款）

　　除了設立國家級的教科書研發單位之外，學術教育單位也成立課程相關的研究所，來進行教科書與課程的相關研究，目前設立有「課程與教學研究所」的學校計有：臺灣師範大學、臺北市立教育大學、臺北教育大學、臺南大學、臺中教育大學，另外從師範學院轉型後的「國民教育研究所」也設有相關課程。

（二）教科書審查

　　由於事關國家的教育百年大計，對於教科書的內容，大多數的國家都會設計審查的制度，以符合教育的政策與實際的需要，葉興華在〈現行編審制度下國中小教師教科書使用之研究〉一文中，對於教科

書的編審制度有如下的定義：

> 編審制度為編輯和審查制度的合稱。在我國教育制度中，後期
> 中等教育以下課程的內容，均由教育部所頒佈之課程綱要／標
> 準所規範，至於課程綱要／標準中所規範的內容，如何成為課
> 堂中師生所使用的教科書，則會因教科書制度不同而有異。但
> 配合國家政策、社會期待和教育研究的發展，常會由國家或是
> 民間，甚至學校和教師共同進行編輯的工作，編輯完成的教科
> 書，為確保品質及學生學習權益，也訂有審查的制度。而審查
> 制度也常隨編輯制度的不同，扮演不同的角色。由國家指定機
> 構統一編輯與發行者稱為統編本；由民間機構編輯者稱為民編
> 本。（見《開卷有益：教科書回顧與前瞻》，頁515）

　　國民政府遷到臺灣之後後，臺灣地區國民中小學教科書雖然曾經
短暫的實施審定制，一九六八年國民義務教育從六年延長到九年的，
教科書編印政策有改變，改由教育部授權國立編譯館統一進行教科書
的編輯與供應。這段期間，因為教科書是由國家根據教育政策及課程
綱要所編輯，此時的教科書是「以編代審」，所以實質上並未進行審
查制度。一九八九年開放國中部分科目由民間編輯，一九九一年國小
部分科目也開放民間編輯，才正式開啟由國立編譯館審選教科書的作
業。惟當時教科書開放的範圍，還僅限於藝能及非聯考科目。[1]直到
一九九六年，才開始將國小國語、數學、自然與生活科技、社會、道
德與健康等科目，連同先前已開放的健康與體育、綜合活動、生活等
科目，配合國民小學新課程之實施，逐年全面開放由民間編輯。

1　國立編譯館改進高級中學暨國民中小學教科用書編輯方式實施要點教育部，1988年。

　　綜觀臺灣地區國中小教科書之編審，陳明印將之分為三個階段：

一、統編制（國中：民國五十七年至七十七年；國小：民國五
　　十七年至七十九年）：國中小教科書全由教育部委託國立
　　編譯館負責編輯，在此制度下所編輯而成的教科書稱為部
　　編本（教育部編輯）、國編本（國立編譯館編輯／國家編
　　輯）或統編本（統一編輯）。

二、統編審定並行制（國中：民國七十八年至九十年；國小：
　　民國八十年至八十四年）：國中非聯考科目自七十八年，
　　國小藝能、活動科目自八十年起，開放民間編輯，採審定
　　制；餘仍維持統編制，由國立編譯管負責編輯。二種制度
　　同時實施，故稱統編審定並行制。

三、審定制（國中：計畫民國九十一年以後；國小自民國八十
　　五年起）：國小已自八十五學年度入學的一年級起，國中
　　預計自九十一年起，逐年全面開放民間編輯。屆時，台灣
　　地區國中小教科書將步入全面審定制時代。（見陳明印
　　2000年5月〈台灣地區國民中小學教科書審查制度〉）

　　依照《國民中小學教科書圖書審定辦法》規定，教科書審定的對
象是指根據教育部九年一貫課程綱要為基準所編輯之學生使用的課本
與習作。申請審定者必須為依法登記的圖書出版公司，或教育部委託
編輯教科書的之機關、機構、團體、或學校，如果是教師個人或學校
自編的教材則無須申請審查。

　　而審查工作最重要的就是審查委員的遴聘與其職責，依照《國民
小學教科用書審查委員會暫行作業要點》：

教育部為辦理國民小學各科教科用書審查業務，分別設置各科教科圖書審查委員會，置主任委員一人，審查委員六至八人，由部長遴聘。

審查委員會成員由學科及課程專家、教師及教育行政機關代表等組成，教師代表不得少於三分之一。

審查委員會主任委員、審查委員採聘期制，期滿得續予聘任。

審查委員會採共議作業方式，負責審查國民小學各科教科圖書。

會議之決議，原則上不採表決方式；惟無一致之共識時，以出席委員過半數之決議決定之。審查委員會得分低、中、高年段聘請審查委員。

為求審查之連貫性、上下年段間相同委員之比例，以不低於該年段委員之三分之一為原則。

審查委員會成員不得兼任與各該委員會審查業務有關之出版社業者編輯、總訂正或相關職務。（見教育部主管法規查詢系統《國民小學教科用書審查委員會暫行作業要點》）

由辦法中可以看出審查委員的工作內容，以及利益迴避原則，避免出現爭議。

臺灣地區目前已開放民間自編教科書，採用的是審定制，出版社必須將教科書送國家教育研究院審定核可之後，取得執照才可以上市供學校選用。

（三）教科書的出版

教科書經過審定後依據《國民中小學教科圖書審定辦法》規定：

「教科圖書經審定者，由審定機關發給審定執照；同一學習領

域之教科圖書應俟前一冊發給審定執照後,始得核發後冊審定
執照。」(見全國法規資料庫《國民中小學教科圖書審定辦
法》第十三條)

取得執照後,才可以出版供學校經法定程序選擇使用。其執照有
效的期限,依照《國民中小學教科圖書審定辦法》規定:

「教科圖書審定執照之有效期限自發照之日起算六年,並得延
長至期限屆滿之該學期結束,或本部所定延長期限屆滿為
止。」(見全國法規資料庫《國民中小學教科圖書審定辦法》
第十四條)

國民小學及國民中學教科圖書,為符合使用對象,其印製需符合
一定標準,因此對於教科書的出版規格,教育部訂有《國民小學及國
民中學教科圖書印製標準規格》,對於教科書的封面與內文的紙張、
字體、字級大小、開數等均有規範。

對於教科圖書的出版與發行,早期尚未開放民間編輯時,國立編
譯館編輯完成後,由「臺灣書店」進行全國的經銷業務,維基百科
「臺灣書店」條目中,敘述「臺灣書店」當年對於教科書經銷的情形:

早年臺灣九年國民義務教育所使用的教科書皆由國立編譯館依
各科目聘請相關學者專家組成「教科用書編審委員會」審定,
稱為「部編本」,交付指定公、民營書局聯合印刷、發行,臺
灣書店則是總經銷商。當時每年約需印製國民小學教科書(國
語、數學、社會、自然科學、生活與倫理、健康教育)約

5,000萬冊，供應臺澎金馬地區各國民小學使用。[2]

開放民間編輯版本的教科書之後，供應全國教科書的「臺灣書店」則退出教科書供應鏈，而由民間的教科書出版公司取代。

二　國語教科書出版社

（一）國語教科書版本的演變

在一九九七年教育部開放民間出版商編印教科書之前，都是由國立編譯館負責國語教科書的編輯工作，也是各級中、小學國語教科書的供應者。國立編譯館並無專責的編輯單位，而是請專家、學者，以及實際從事教學工作的教師，採用臨時編組的方式進行編輯的工作。

一九九六年七月，臺灣開始進行一連串的教育改革，從制度、課程上改變以往的許多教育政策與措施，在入學制度上，廢除聯考，改由基測與學測、申請入學等方式；課程方面也開啟九年一貫的課程模式，對於以往統一編輯與發行的教科書，教育部也由該年度的一年級開始，逐年開放民營出版商編印小學的教科書。但是民營出版商編印的教科書，為了使之符合課程綱要與教學需求，必須經由教育部審定合格才可上市，稱為「審定本」。

教科書開放之後，民間的出版社便積極的參與編輯，以期能夠通過審核並上市販售，一九九六年參與國語教科書編輯的有新學友、華信、南一、翰林、明倫、聯教、康軒、仁林、國立編譯館、牛頓、光復等十一家，後來經過版權的讓予以及部分出版社停止編輯，到了一九九八年，據陳弘昌的統計，編輯國語科課本編輯的書局有康軒、明

2　維基百科：臺灣書店https://zh.wikipedia.org/wiki/臺灣書店

倫、南一、國立編譯館、臺灣新學友、牛頓、翰林等七家。（見《國小與文科教學研究》，頁240）

　　到了二〇〇〇年，參與編輯的書局或出版社計有臺灣新學友、南一、翰林、康軒、仁林、牛頓以及國編譯館委任的明台。二〇〇〇年九年一貫課程實施之後，參與編輯的出版社僅剩南一、翰林、康軒、仁林四家（見《教科書研究》第1卷第1期，頁129-133），2010年，仁林出版社停止編輯國語科教科書，僅剩南一、翰林、康軒三家出版社編輯國語教科書。（見《教科書研究》第3卷第2期，頁149-159）截至二〇一六年為止，國語科教科書的編輯與出版已呈現穩定的由南一、翰林、康軒三家出版社出版供應。

（二）主要國語教科書出版社

　　從一九九七年開始開放民間版國語教科書之後，歷經多年的市場考驗與整合，截至目前為止，由南一書局、翰林出版社、康軒文教三家出版社，供應國語科的教科書給全臺灣國民小學使用。茲將三個出版社依照成立的先後，將基本資料及教科書編輯出版的資料說明如下：

　　（1）南一書局：南一書局由蘇紹典成立於一九五三年，最初經銷中西圖書文具，兼營出版、紙品業務，第一套出版品為《佛學大辭典》；兩年後，改為販售西洋書籍與社會用書，並開始代理、經銷、生產紙製品。一九七〇年，南一書局總門市遷至臺南市博愛路（今臺南市北門路）76號，從此主要經營升學參考書，知名者為《新超群》國中參考書、《點線面全方位》講義。一九九四年起，中華民國教育部調整教科書政策，逐年將中小學教科書由國立編譯館版本改為民間審定本。南一版教科書是目前臺灣中小學與高中教科書使用版本之一。[3]

3　維基百科：南一書局https://zh.wikipedia.org/wiki/南一書局

　　（2）翰林出版：翰林出版事業股份有限公司簡稱為翰林出版，公司化前稱為翰林出版社，成立於一九五九年，總公司位於中華民國臺灣臺南市新樂路78號。翰林原本以出版國小、國中、高中各類參考書及測驗卷為主。至一九九一年中華民國教育部開放藝能科（體育、音樂、美術）教科書審定版後，開始跨入教科書出版領域，並進一步在一九九六年進入國小教科書市場，一九九九年進入高中教科書市場。現與南一書局、康軒文教同為臺灣主要教科書版本的民間出版商。[4]

　　（3）康軒文教：康軒文教事業成立於一九八八年，前身為康和出版，總部位於新北市新店區，在中國內地、臺灣皆設據點，積極擴展教科書事業，為臺灣中小學教科書主要使用版本之一。一九九四年中華民國教育部開放國中、國小教科書民間審定本，康軒文教事業趁此進入教科書市場，成功擴展自己的事業版圖，在臺灣文教界享有盛名。當時康軒文教事業旗下分為康和出版、康鼎文化等公司，康和出版主要出版藝能科教科書，康鼎文化主要出版參考書（含講義）。[5]

三　教科書的選用

（一）教科書的選用

　　教科書開放民間版本以前，教學現場的老師對於教科書並無選擇權，由教育部編輯、發行與配送，教科書開放民間版本之後，教科書的選用成為一個極大的市場，各出版社無不想盡辦法提高自家版本的市場佔有率，而各個縣市政府以及學校，在選擇教材與版本時，也常常出現許多困擾與弊端。

4　維基百科：翰林出版https://zh.wikipedia.org/wiki/翰林出版
5　維基百科：康軒文教事業https://zh.wikipedia.org/wiki/康軒文教事業

　　學校教科書的選用係依照國民教育法增訂第八條之二：「國民小學及國民中學之教科圖書，由學校校務會議訂定辦法公開選用之。」以及各縣市政府所另行規定之事項，辦理教科書的選用工作。

　　各縣市依照學校規模與地方需求，對於教科書的選用不盡相同，根據周昭翡對於各縣市教科書選用的研究，發現選用的情形約可分成四類：

　　　　從教科書開放審定本後，各縣市選用教科書的情形可分為四
　　　　類：「縣市統一選購」、「學校評選，鄉鎮統一採購」、「由學校
　　　　評選，縣市政府統一採購」、「由學校評選與採購」。（見《國
　　　　教天地》119期，頁12-13）

　　教科書的選用作業，各縣市皆訂有相關的法規，以供學校進行教科書選用的依據，以新北市為例，訂有《新北市各國民中小學評選採購教科書應行注意事項》，其中清楚說明各校在教科書採購時應該秉持的專業原則與注意事項：

　　　　第一條：新北市各國民中學及國民小學（以下簡稱各校）應基
　　　　於學生學習之需要，教學品質之提昇，教學目標之達成，並考
　　　　量學生之身心發展與學習能力，秉持民主、公平、公開、服務
　　　　之原則，並依國民教育法第八條之二之規定，由學校校務會議
　　　　訂定辦法公開選用之，並依政府採購法等相關規定辦理採購
　　　　事宜。
　　　　第三條：評選作業方面，各校教科書之選用應以年級為單位，
　　　　每學年辦理乙次。各教科書應由學校校務會議訂定教科圖書選
　　　　用辦法，並公開選用之，且應由各有關人員以會議型態議決，

不得以個人決定。各校對各科教科書應評選出三種版本，列出順位，當議價不成或其他不可抗力之因素而無法選用第一順位版本時，應依順位序選用下一順位版本。各校選用教科書時，不得要求出版商贈送商品，對於出版商隨教科圖書所附贈教具或教學媒體，應確認其為與課程或教學內容相關之簡易軟、硬體器材，並應依實際需要決定之。各校教科書評選作業，應於每年六月三十日前辦理完畢。（見新北市政府電子法規查詢系統《新北市各國民中小學評選採購教科書應行注意事項》）

辦法中明定學校以及教師在教科書選用過程中，應該秉持公平、公正、公開、專業的原則，來進行教科書的選用與採購，開放民間版教科書初期，許多出版社以及業務人員，為求市場佔有率，往往提供許多與教科書、教學無關的贈品，以吸引教師選用，破壞了開放民間版本教科書選用的原意，以及教師的專業形象，故各縣市政府在教科書選用的規定上，皆會明定這些需要學校及教師注意的事項。

（二）教科書的供應與價格

1 教科書的供應

世界各國中小學的教科書供應制度，可分為免費供應制、借用制以及購買制。免費供應制是由政府補助款項購買，再免費提供給學生使用；借用制則是政府購買後，交由學校使用，學期結束後收回下一屆的學生繼續使用；購買制則是由學生（家長）購買，使用後不再收回。

臺灣的教科書供應，有二種方式，一是縣市政府統一補助學生教科書的費用，如基隆市、新竹市、苗栗縣（2016年度將取消）、嘉義

市、金門縣等，屬於上述的免費供應制，其餘縣市則是學生（家長）自行購買，但清寒及弱勢學生的教科書費用仍由縣市政府補助，屬於上述的購買制。

　　採用免費供應制的好處是，能夠為家長節省購買的費用，但是缺點在於購買教科書的經費，如果地方政府的經費預算拮据，將會排擠其他建設的預算，而且容易變成選舉時為求勝選的策略與手段，而非經過深思熟慮的形成政策，以致於有些地方政府在實施幾年後便不再免費供應，對於教科書無法形成有效與穩定的供應制度與使用。採用購買制的好處則在於，地方政府無需為供應教科書而花費大筆預算，只需與書商議價，統一縣市的教科書價格，避免一書多價的情況，但是缺點就在於聯合議價後，教科書的訂價往往因為縣市政府的強力運作，使得價格偏低，雖為家長省下荷包，但是卻可能迫使書商降低投入的研發與編輯成本，使得教科書平庸化，或是年年更換版本的部分內容，以作為宣傳，反而不利教學上的使用。

　　教科書是教學過程中重要的工具，教科書雖然無法完全涵蓋所有的教學內容，但是若是讓教科書淪為「商品」，教科書的選用與供應變成一種商業行為，對於我們的教育並不會帶來好處，因此，未來教科書的供應方式，仍就有賴主管教育的教育部與地方縣市政府共同努力，以求教育的主體──學生，能夠獲得最佳的教材來進行學習。

2 教科書的價格

　　依照《教育部辦理國民小學及國民中學教科圖書共同供應之採購作業要點》中之條文：

> 辦理國民中小學教科圖書共同供應之採購，由本部或本部指定之直轄市、縣（市）政府為之，受指定之直轄市、縣（市）政

府負責二學年度教科圖書計價、議價作業，並於前一學年度即
開始規畫相關事宜。（見教育部主管法規查詢系統《教育部辦
理國民小學及國民中學教科圖書共同供應之採購作業要點》）

　　教育部對於教科書的價格，為避免出版社惡性競爭，造成各地價
格不一，一書多價，故由教育部委託縣市政府辦理教科書的共同議
價，以使全國各地區的教科書價格能夠統一。

第二節　現行國語教科書編輯群的觀察

　　教科書是依照教育部所公布的課程標準來進行編輯，其內容的適
切性與是否合乎教學現場需求，因為攸關教科書出版社的市場佔有
率，教科書出版社在編輯人員的選聘上，往往下了非常多的工夫。早
期的「國編本」教科書，其編輯人員是由專家、學者以及教育人員所
組成，採臨時編組的方式進行編輯的工作。教科書開放民間版本後，
各出版社也都組織了各自的編輯小組，來進行課本的編輯。而編輯小
組的陣容，也常常是出版社宣傳的重點。茲將從現行三個版本的國語
教科書主任委員、主編、諮詢委員、編輯群的名單，來管窺國語教科
書編輯群的現況。

一　國語教科書的顧問群

　　現行三個版本的國語教科書，為求其版本的專業性，往往會遴聘
許多顧問性職的專家、學者，這些顧問在職稱上各版本略有不同：

表一　現行三個版本的國語教科書編輯顧問群

出版社	職稱	姓名	
南一	編撰顧問	周全、季旭昇、馬行誼、黃瑞枝	
	編撰指導（委員）	鄭憲仁、周全、馬行誼、張清榮、黃宗義、黃瑞枝、蔡尚志、蔡忠道	
	編撰諮詢	一年級	郭發展、陳月雲
		二年級	吳丹寧、周念魯、許展榮、陳靜宜
		三年級	吳淑芳、林月娥、林淑玲、吳惠花、彭麗琴、蔡金涼、鍾丰琇、謝嘉玲
		四年級	吳丹寧、周念魯、許展榮、陳靜宜、李翠玲、周理慧、陳彥冲
		五年級	林榮勤、彭麗琴、楊文錠、趙予彤、劉苓莉、蔡佩芬、盧淑薇
		六年級	未列
翰林	領域主編	蘇麗君	
	主任委員	連寬寬、羅華木、孫藝玨（一上）	
	諮詢委員	陳正治、孫劍秋、許育健、陳欣希、李鍌、林良	
	編撰諮詢顧問	左秀靈、宋隆發、陳幸蕙、曾萍萍、蕭水順、羅聯添	
	編撰諮詢委員	一年級	王洛夫、王淑芳、林世仁、林茂興、林哲璋、林珮熒、劉芊伶、賴玉敏、蘇善、李盈穎、黃靖芬、石德華、宋怡慧、呂淑玲、吳建華、李榮哲、林茵、林玉芬、孟淑珠、范金蘭、孫藝玨、張榮焜、張靖芬
		二年級	王淑芳、李美玲、楊惠津、蔡雅

出版社	職稱		姓名
翰林	編撰諮詢委員		瑜、石德華、宋怡慧、呂淑玲、吳建華、李盈穎、李榮哲、林世仁、林茂興、林茵、林珮燹、林玉芬、孟淑珠、范金蘭、張雅涵、張榮焜、劉清蓮、賴玉敏
		三年級	王洛夫、林哲璋、林茵、鄧羽秀、蘇善、石德華、宋怡慧、呂淑玲、吳建華、李榮哲、李光福、李宜勳、岑澎維、林珮燹、林茂興、孟淑珠、范金蘭、張雅涵、張榮焜、劉清蓮、賴玉敏
		四年級	王淑芳、花梅真、孫藝玨、陳怡文、詹瑞璟、鄧羽秀、謝鴻文、蘇善、石德華、宋怡慧、呂淑玲、吳建華、李宜勳、李榮哲、孟淑珠、林慧玲、范金蘭、陳貞君、張榮焜、劉清蓮、賴玉敏、蘇善
		五年級	江福祐、陳靜婷、胡曉英、顏福南、顏宏如、黃裕隆
		六年級	王瓊惠、石德華、車崇珍、沈花末、宋怡慧、呂淑玲、邱蘭婷、林麗珍、林瑞景、范金蘭、郭寶鶯、曾萍萍、劉清蓮、賴玉敏、謝昭玲、蘇億珊
康軒	主任委員		林于弘（一到四年級）、賴慶雄（五、六年級）
	指導委員		陳木城、馬景賢、洪志明、馮輝岳、方素珍、柯作青、曾進豐、巫俊勳、董恕明、楊裕貿、胡建雄

出版社	職稱		姓名
康軒	諮詢委員		丘秀芷、王錫璋
	編寫諮詢委員	一年級	陳麗雲、林玲如、何佩珊、黃秀精、鄭谷蘭、楊靜芳、劉貞君、劉毓婷、許宏銘
		二年級	鄭谷蘭、楊靜芳、劉毓婷、許宏銘
		三年級	鄭谷蘭、楊靜芳、劉毓婷、許宏銘
		四年級	未列
		五年級	未列
		六年級	未列
	修訂委員		（五、六年級）楊裕貿、周碧香、吳憲昌、蕭莉琴、廖宏慈、李秀美

　　其中主任委員、指導委員、諮詢委員、諮詢顧問、編撰顧問、編撰指導身分多是大學國語文領語或中文系的教授、副教授、兼任講師、退休校長、作家、國語科輔導團員，這些顧問性質的委員，並不實際執行編輯的工作，多是以主持編輯會議，提供語文方面的專業諮詢為主，也由於他們在國小的語文教育以及兒童文學界中時常佔有重要的地位，因此成為教科書出版社宣傳時的重點。

　　而擔任編撰諮詢、編撰諮詢委員、編寫諮詢委員的身分則多是國小教師、國中教師、國小主任、退休教師、作家、國語科輔導團員，負責部分的編寫工作，如課文的選材與改寫，也提供語文教育相關的諮詢與顧問，由於身分的關係，比較了解實際教學現場所面臨到的問題。二〇一五年後，各地縣市政府明令具校長身分者，不得參與教科書的編輯與顧問工作，以符利益迴避原則，因此，許多校長便不再以校長身分參與編輯顧問工作，退休校長則不再規範中，因此仍可見部分校長仍名列在編輯顧問名單中。

二　國語教科書的編輯群

　　實際編寫教科書的編輯群，是教科書編輯過程中最核心的成員，負責編輯的委員，除了單元的確立與安排，課文的選擇、改寫，習作的編寫之外，還必須撰寫提供教師使用的教師手冊，教科書送審過程中，也必須不斷的依照審核單位所提供的意見來進行課文的修改與抽換，工作量與壓力比其他顧問性質的委員來得大。以下是現行三個版本的編輯群：

表二　現行三個版本的國語教科書編輯群

出版社	職稱		姓名
南一	編撰委員 （編撰暨編修委員）	一年級	李宜真、吳雅芬、林芳仕、周幸慧、朱玉惠、吳貴緞、林榮勤、趙予彤、劉苓莉、吳丹寧、周念魯、許展榮、陳靜宜、陳月雲
		二年級	吳貴緞、陳月雲、朱玉惠、潘淑惠、翁士行
		三年級	吳丹寧、周念魯、許展榮、陳靜宜、李翠玲
		四年級	林月娥、林淑玲、彭麗琴、蔡金涼、鍾丰琇、謝嘉玲
		五年級	林月娥、林淑玲、周理慧、陳玉君、陳彥冲、陳瑞櫻、蔡金涼、鍾丰琇、江美華、忻詩婷、蔡如清、陳正恩、黃瑞田、陳麗紅
		六年級	江美華、忻詩婷、蔡如清、江連君、吳燈山、林榮勤、洪滋穗、郭杏芬、

出版社	職稱		姓名
南一		六年級	張溪南、陳正恩、陳景聰、黃瑞田、廖炳焜、楊文錠、王秋賢、蔡佩芳、盧淑薇、陳麗紅
翰林	編撰委員	一年級	李盈穎、林茵、孫藝玨、黃靖芬、王洛夫、王淑芳、李盈穎、林世仁、林哲璋、林茂興、林珮燹、劉芊伶、賴玉敏、蘇善
		二年級	王洛夫、岑澎維、林茵、林哲璋、林珮燹、林玉芬、周姚萍、周嘉芬、柯玟青、康逸藍、賴玉敏、蘇善、王淑芳、李美玲、楊惠津、蔡雅瑜
		三年級	王文華、李光福、李宜勳、岑澎維、林珮燹、林冬菊、林茂興、林玉芬、花梅真、陳靜婷、張雅涵、賴玉敏、蕭孟昕、王洛夫、林哲璋、林茵、鄧羽秀、蕭孟昕、蘇善
		四年級	李光福、李宜勳、林冬菊、林哲璋、林惠珍、林慧玲、陳貞君、葉雅琪、賴玉敏、王淑芬、花梅真、孫藝玨、陳怡文、詹瑞璟、鄧羽秀、謝鴻文
		五年級	李春霞、花梅真、林哲璋、林惠珍、許榮哲、陳孟萍、陶瑜、黃柏翔、鄧羽秀、蘇善
		六年級	古玲媛、江世真、李春霞、胡曉英、高紅瑛、許麗瑩、賴妍妏、顏福南
康軒	編寫委員	一年級	鄒敦怜、林麗麗、曹如意、游慧玲、王儀貞、蔡麗英、陳麗雲、林玲如、黃秀精

出版社	職稱		姓名
康軒	編寫委員	二年級	陳麗雲、鄒敦怜、林玲如、林麗麗、黃秀精、吳雪麗、何佩珊、何貞慧
		三年級	陳麗雲、鄒敦怜、林玲如、林麗麗、黃秀精、何佩珊、顏如禎、王玟晴、游婷媜、陳秀虹、胡蕙芬
		四年級	陳麗雲、鄒敦怜、林玲如、林麗麗、黃秀精、何佩珊、顏如禎、王玟晴、游婷媜
		五年級	何元亨、陳麗雲、鄒敦怜、林玲如、林麗麗、黃秀精、何佩珊、馬景賢、馮輝岳、洪志明、柯作青、林淑英、林慧華、沈惠芳、張麗玉、林千瑜
		六年級	馬景賢、馮輝岳、洪志明、柯作青、沈惠芳、鄒敦怜、林麗麗、林千瑜、林淑英、張麗玉、左鴻熙、林慧華、張麗玉

　　上述各出版社的編輯群，多是國民小學的教師、主任、國語科輔導團員，實際進行教科書的編輯工作，其中有許多兒童文學作家名列其中，這些兒童文學作家，實際上應該是該冊課文中選用了該作家的作品，因此也將他們列入編輯名單之中。在上述名單中，也不乏有部分身兼教師身分以及兒童文學作家身分的編輯，他們特殊的身分，就如同臺灣兒童文學界與教育界一個特殊的現象，就是許多兒童文學作家都是出身於國小教師，身兼多重的身分的作家教師，更進一步透過教科書的編寫工作，將兒童文學融入國語教科書之中。

　　從以上整理的資料來看，無論是如國立編譯館的官方編輯機構，或是到現在的民間出版業者，其編輯小組的成員大都選聘現職的大學

教授到國小教師的教育工作人員，利用其教學工作以外的時間，配合教科書審定單位的期程，進行教科書的編輯工作。

　　編輯人員來自於教育工作者，其優點是可從現場教育人員的觀點與需求來編輯教科書，符合教學現場的使用，因為編輯皆屬於兼差的性質，能夠節省聘用專任編輯的成本；但是缺點則是編輯的時間通常非常的匆促，且常因覆審、回審等程序繁複，教學工作之餘，已無法長期投入於教科書的研發、編輯、修正與改進，且編輯人員的流動性頗大，難以有穩定與長期的發展，經驗的傳承上也容易出現斷層，編輯出的教科書品質容易受到影響。

第三節　現行國語課文的現象觀察

一　國語教科書的文體

（一）教科書的文體

　　文體是指獨立成篇的文本體裁（或樣式、體制），是文章構成的規格和模式，文體反應了文章從內容到形式的整體特點，屬於文章形式的範疇，文體是文章題材的簡稱，它包含了文章的表現手法、寫作技巧、語言的風格、篇章的結構。因此，文體的認識與辨明，成為語文學習上重要的一個環節。

　　我國的國語教科書從一九四一年的小學國語科課程標準，開始列出課本中應該要教的文體概念：

　　甲、普通文
　　（一）記敘文：（1）生活故事：以兒童等為主角，記敘現實生

活的美化故事。（2）自然故事：用擬人體描寫自然物的生活和特徵的故事（科學機械等發明的故事也歸入此類）。（3）歷史故事：合於史實的記人或記事的故事（傳記、軼事等也歸入此類）。（4）民間故事：民間傳說的故事（原始故事也歸入此類）。（5）童話：富有想像性的假設的故事。（6）寓言：含有教訓意義的假設的故事。（7）小說：冒險、偵探、戰爭等富於藝術描寫的故事。（8）遊記：描寫名勝古蹟的記敘文。（9）雜記：記人、記物、記事的記敘文。（10）其他

（二）說明文：說明事務或解釋原理的說明文。

（三）議論文：抒情述意、評議人事的議論文。

乙、實用文

（一）書信：兒童和家屬、親朋、教師、同學等往來的信札。

（二）布告：學校或兒童自治團體等的通告、廣告。

（三）契約：簡單的契據、合同等。

（四）章則：學級會、兒童自治團體等的章程、規則。

（五）其他

丙、韻文

（一）兒歌：合於兒童心理的押韻歌辭（急口令等也歸入此類）。

（二）民歌：全國民間普通流傳的歌謠（擬作的民歌也歸入此類）。

（三）雜歌：一切寫景、抒情、敘述故事等的歌辭（彈詞、鼓詞也歸入此類）。

（四）謎語：民間流傳合於兒童心理的謎語（擬作的謎語也歸入此類）。

（五）新體詩：近人作的簡短的語體詩。

（六）舊體詩：古人作的淺顯的詩。

丁、劇本：故事或是小說等編成的話劇或歌劇。（見《小學國語科課程標準》，1941年，頁61-62）

　　由上述的課程標準中可以看出，當時對於各種文體的描述與教學是非常繁雜的，各種文體都必須納入到課程中，雖然鉅細靡遺，但是過度的強調各種文體的學習，會使語文的學習無法達到基本能力的養成。

　　課程標準演變到一九九三年，其中對於文體的教學與規定，就大幅度的縮減，更符合實際教學上的需要：

（一）一般記敘文：含寫人、敘事、狀物、記景等類。

（二）故事：含童話、寓言、神話和一般故事（如民間故事、自然故事、歷史故事、科學故事……等）。

（三）抒情文包括在記敘、議論、詩歌等文體之內，不另列出。

（四）韻文：包括兒歌、民歌、詩歌（現代的、古典的）和其他韻文。

（五）應用文：可選日記、書信、便條、布告、通知、提辭等，兒童常用常見的應用文。（見《國民小學課程標準》，1993年，頁73-74）

　　二○○一年九年一貫課程實施之後，將「文體」一詞，改為「文章表述方式」，由於一篇文章不一定能單純界定為某種文體，可能同時有許多文體夾雜，為避免文體與文類混用，故將文體更改成文章表述方式，另特別將文類（詩歌、散文、小說、戲劇）相關能力指標區分出來。

5-1-2-1能分辨基本的文體。

5-2-3能認識文章的各種表述方式。

5-2-3-1能認識文章的各種表述方式（如：敘述、描寫、抒情、說明、議論等）。

5-2-3-2能瞭解文章的主旨、取材及結構。

5-2-4能閱讀不同表述方式的文章，擴充閱讀範圍。

5-2-4-1能閱讀各種不同表述方式的文章。

5-3-3能認識文章的各種表述方式。

5-3-3-1能瞭解文章的主旨、取材及結構。

5-3-3-2能認識文章的各種表述方式（如：敘述、描寫、抒情、說明、議論等）。

5-3-4能認識不同的文類及題材的作品，擴充閱讀範圍。

5-3-4-1能認識不同的文類（如：詩歌、散文、小說、戲劇等）。

5-3-4-2能主動閱讀不同文類的文學作品。

5-3-4-3能主動閱讀不同題材的文學作品。

5-4-3-2能分辨不同文類寫作的特質和要求。

5-4-8能配合語言情境，理解字詞和文意間的轉化。

5-4-8-1能依不同的語言情境，把閱讀獲得的資訊，轉化為溝通分享的材料，正確的表情達意。[6]（見教育部網站，2011年，《國民中小學九年一貫課程綱要語文學習領域（國語文）》）

　　由上述於二〇一一年修訂的九年一貫課程綱要中可以看出，課程中不再鉅細靡遺的強調各類文體的定義，僅讓學生學習分辨辨明不同的基本的文體、認識各種表述方式以及認識不同的文類及題材的作品。

6　國民中小學九年一貫課程綱要語文學習領域（國語文），2011年4月26日修正。

（二）主要版本教科書文體分析

　　教科書的選文內容，除了符合課程綱要的規範之外，也必須兼顧的文體的分類，讓學生能夠學習到各種文體以及各種文章的表述方式，至於哪些文體必須出現，其比例為何，國小課程標準訂有文體的分配比例。

表三　國小課程標準各學年教材文體分配比例

類別╲百分比╲學年		第一學年	第二學年	第三學年	第四學年	第五學年	第六學年
散文	記敘	60	60	55	50	45	45
	說明			5	10	15	15
	議論					5	10
應用文			5	15	15	15	20
韻文		40	35	20	20	15	10
小說及劇本				5	5	5	5

（見1993年，《國民小學課程標準》，頁73）

　　國語課程標準實施的年代，國語教科書是由國立編譯館負責編輯，陳宏昌在其著作《國小語文科教學研究》中提到國語課本中的文體比例：

　　　以國小高年級「國語」課本的四冊課文來分析，在九十三篇課

文中，記敘文有五十課，占半數以上，而說明文、詩歌有十四課，應用文有九課，議論文和劇本等僅各占三課。（見《國小語文科教學研究》，2012年，頁249）

表四　國編本國小高年級「國語」課本文體篇數百分比

	記敘文	說明文	詩歌	應用文	議論文	劇本
篇數	50	14	14	9	3	3
百分比	53.7%	15.0%	15.0%	9.6%	3.2%	3.2%

　　由上表可以看出，由國立編譯館所編輯的國語課本中，記敘文的部分在高年級，比規定的百分之四十五還高出百分之八點七，詩歌的部分高了百分之五，應用文的部分低了百分之十一，劇本及議論文的比例也都低規定，僅說明文符合規定的百分之十五。由這個文體的比例分配來觀察，雖然部分的文體分配有高於或是低於規定比例的情形，但大致上來說比例還不算偏離太多。

　　九年一貫課程綱要，因為是以能力指標來代替原來的課程標準中各年段學生的學習內涵，綱要中並未對文體的分配有詳細的規定，各家出版社在編輯選文時，還是會考慮到各種文體的分配問題，以符合語文教學上的需求。

　　統計本學年度各版本的國語教科書，各種文體出現的篇數及比例如下：

表五　現行國語教科書各類文體篇數與比例

文體	南一	翰林	康軒
記敘文	102	93	94
	63.0%	57.4%	58.0%

文體	南一	翰林	康軒
詩歌、韻文	38	43	40
	23.5%	26.5%	24.7%
應用文	7	10	7
	4.3%	6.2%	4.3%
說明文	9	7	14
	5.6%	4.3%	8.6%
議論文	3	4	3
	1.9%	2.5%	1.9%
劇本	3	5	4
	1.9%	3.1%	2.5%
總課數	162	162	162

　　由上表的統計數字來看，三個版本，記敘文的比例分別為南一版
63.0%、翰林版57.4%、康軒版58.0%，南一版的記敘文比例較高；詩
歌、韻文的比例分別為南一版23.5%、翰林版26.5%、康軒版24.7%，
翰林版的詩歌、韻文比例較高；應用文的比例分別為南一版4.3%、翰
林版6.2%、康軒版4.3%，應用文比例最高的雖然是翰林版，但從整體
篇數來看，三家的比例差異不大；說明文的比例為南一版5.6%、翰林
版4.3%、康軒版8.6%，說明文比例以康軒版較高；議論文的比例為南
一版1.9%、翰林版2.5%、康軒版1.9%，議論文比例較高為翰林版，
但各家總篇數差異不大；劇本的比例為南一版1.9%、翰林版3.1%、康
軒版2.5%，劇本比例較高為翰林版，但各家總篇數差異不大。

　　從三個現行國語科教科書版本來看，主要的文體集中在記敘文、
詩歌、韻文的部分，應用文與說明文的比例不高，議論文及劇本類的
篇數則更少。

　　教科書的運用，有時候會因為教學現場的需求，各版本、各年段課本都會做部分課文的抽換與調整，六年級的教科書也因配合百年課綱的調整，各出版社皆進行全面改版中，因此本項統計係以105學年度（2015.8～2016.7）所使用的教科書版本做為觀察的主體。

二　國語教科書的作者與作品

（一）課文作者的多元化

　　國立編譯館所編輯的課文，有許多都取自兒童文學作家的作品，再加上有許多參與國語課本編輯的編輯委員，本身暨是教師，同時也是兒童文學作家，以往的國語教科書，並不會將作者的名字與課文並列，有些作品就是直接由編輯娓娓自己撰寫或是改編。但是在著作權法通過施行之後，對於文章的出處'與著作權人的保護，九年一貫的國語課本開始有了很大的改變，除了有些文章仍舊由編輯者撰寫之外，大部分的文章都會註明作者或是改寫、改編自何處。九年一貫國語課程重視閱讀的理解，除了透過認字、詞的方式理解一篇文章之外，了解作者與作者創作的動機，也是更深入閱讀文章的方式。

　　而觀察國語科現行三個版本的教科書，發現教科書選文作者的分布已有了些微的改變，以往許多課文多是出自兒童文學家之手，或是由編輯自己依照課程標準的規範編寫或改寫，但是現在的教科書選文作者，除了仍舊有許多兒童文學知名作家，如琦君、楊喚、鍾肇政、林海音、林良、馬景賢、李潼、林煥彰、桂文亞、馮輝岳、杜榮琛等；也加入了許多現代活躍的兒童文學作家，如洪志明、林哲璋、鄒敦怜、陳肇宜、亞榮隆・撒可努等；更有現代詩人，如余光中、向陽、蘇善、林婉瑜、吳晟、琹涵等，除了國內的作家之外，外國的作

品被選入教科書中，也多是知名的作家、作品，如歐‧亨利、朱勒‧凡爾納、佛瑞‧斯特卡特、柯南‧道爾、宮澤賢治、謝爾‧希爾弗斯坦、王爾德、托爾斯泰等。

　　除了活躍於兒童文學界的作家之外，現行版本的國語教科書，還選了許多在各行各業及文學界有傑出表現的人物，如、王溢嘉、沈芯菱、褚士瑩、徐仁修、劉還月、王曉書、詹怡宜、韓良露、劉墉、陳幸蕙、蔣勳、張曼娟，收錄他們的文章、作品，課文選文作者的多元化，使國語課文呈現多元的面貌，讓國語課文內容有許多創新，不再單調。

（二）作品的改寫的問題

　　許多教師對於國語教科書選文最大的反應，就是覺得國語課文將原來文章中的結構與精華，在改寫過程中刪除了，這個問題的產生由來已久，國語教科書本是作為語言學習的教材參考，所以在內容的安排上除了要符合使用者的年齡與理解能力之外，還必須兼顧到語言學習基本的元素，如字、詞、修辭等，因此許多作家原本優美的用字遣詞，或是氣勢磅礴的文章架構，常常因為顧及到上述的諸多因素，而必須有所取捨，有的出版社會請原作者進行修改，以符合字數上的要求，或是修改部分的用詞，使文章易於閱讀，有的出版社會徵求原作者的同意，由編輯群的教師或是作家來進行改寫，至於沒有版權問題的故事類文章或是作品，出版社則多是由編輯群的教師與作家來進行改編與編寫，尤其是劇本類的課文，更是如此。

　　雖然這些改寫的過程有可能會將原作品中的韻味沖淡，但是這卻是在現行編審制度下必然的結果，許多文章在送審、複審、回審的過程中，必須不斷的去修改內容，以在字數上符合規定，或是在生字的部分合乎要求，最後通過的課文樣貌，自然無法與原作相提並論，所

幸審查單位往往都會在教師手冊中，要求附上原作全文，以利教師進行補充教學時的需要。除此之外，教師在進行教學時，也可利用課文選文的原文或是書籍，作為學生閱讀的補充教材，以彌補教科書課文因為改寫而產生的問題。

（三）國語教科書中的兒童文學

長久以來，教科書中融入兒童文學，或是利用兒童文學作品當教科書的聲音，一直都在兒童文學界與語文教育界中不斷出現，而且爭論已久。教科書有其語文教育上的需要，不是兒童文學作品所能達成與涵蓋，要以兒童文學作品取代做為國語教科書，有其相當的難度，也很難完全符合政府所公布的課程綱要。

原靜敏在〈教室裡的兒童文學〉一文中，提到他的研究與觀察：

> 「國語」以識字、詞為主，意在讓學生從聽、說、讀、寫、作中回饋國語文的習得，其選入課本的文章未必具備文學性，但，若以兒童文學作為補充教材，可強化兒童對文學的涉獵。新詩、散文、小說和戲劇是成人文學常見文類，國小兒童主要閱讀文類，則以歌詩、故事、小說和戲劇為主。近時，國語教科書較以往多元，內容開始觸及兒童文學，甚至邀集作家為兒童創作，雖礙於篇幅，無法長篇呈現，但不可否認，出版社已然正視兒童文學。以筆者任職學校（臺中市葳格雙語小學）採用的國語科教材為例，102學年度下學期《國語》教科書，發現各版符合兒童文學性質的課文如下：

版本	南一	翰林	康軒
詩歌	1.2.3.6.9.10課（二下）11課（六下）	1.6.7.8.9.10課（三下） 1（五下）	1課（四下）
散文	4.5.7課（二下） 2.4.6.7.8.13.14課（六下）	4.5.6課（三下） 3.4.5.6.7.11.13.14課（五下）	4.5.7.10.13.14課（四下）
故事	14.15.16課（二下）3課（六下）	9.10.13.14課（三下）	3課（四下）
小說〈篇幅限制〉			
戲劇	9課（六下）	11課（三下）9課（五下）	

列表顯示，符合兒童文學性質的課文不在少數，尤其「翰林」版三下課本封面列出課文編撰：王洛夫、陳靜婷、鄭如晴、林哲璋、王文華、許玉蘭和蘇善，皆是臺灣著名兒童文學作家，足見出版社漸漸認同兒童文學的「實用性」價值與地位。（見2014年，《全國新書資訊月刊第187期》，頁11-12）

　　雖然上述的研究範圍僅限於該文作者所任教的學校，但是由研究中對於教師與出版社，都能發現兒童文學在教科書中的「實用性」來看，兒童文學與國語教科書的結合，有更大的合作空間。因此，讓兒童文學作品適度、適量的出現在國語教科書中，以及如何利用兒童文學作品來做為語文學習上的補充，或許更能夠使兒童文學和語文教育緊密的結合。其實所謂的教科書，亦即是屬於廣義的兒童文學。

第四節　小結

　　國語教科書是語文教育中非常重要的一項工具，雖然重要，但是也因為屬於教材性質，有其力有未逮的侷限性，長久以來教科書因為聯考制度的關係，成為學子們必讀的聖經，在未開放民間編輯教科書之前，教科書的地位事非常崇高的。但是因為開放民間編輯、出版教科書，教科書在內容上呈現出豐富而多元的樣貌，通過審核得執照，有六年的期限，每到編審期或是學校端選用教科書時，各個出版社無不絞盡腦汁的搶食教科書市場，使國語教科書的編輯與出版出現空前熱鬧的局面，這對於語文教育來說，是一種創新與契機，也期望更多專業的人才與教師，能夠在教科書的編輯工作上以及學校的語文教育上，投入心力，使得臺灣的語文教育能夠更加的與時俱進與蓬勃發展。

8

附錄

國語科教科書參考使用版本一覽表

版本	南一	翰林	康軒	版本	南一	翰林	康軒
一上	2015.8 三版	2015.8 三版	2015.9 三版	一下	2015.2 再版	2015.2 再版	2014.2 再版
二上	2015.8 再版	2015.8 再版	2014.9 再版	二下	2015.2 再版	2014.11 再版	2015.2 再版
三上	2015.8 二版	2015.8 再版	2015.9 再版	三下	2014.2 初版	2015.2 初版	2014.2 初版
四上	2015.8 初版	2015.8 初版	2014.9 初版	四下	2014.2 初版	2014.10 初版	2015.2 初版
五上	2015.8 初版	2015.5 初版	2015.9 初版	五下	2015.2 三版	2015.10 初版	2014.2 三版
六上	2015.2 三版	2015.8 四版	2014.9 三版	六下	2015.2 二版	2015.2 四版	2015.2 三版

第七章
小學國語的教學平台

第一節　官方網站平台

　　教育部官方網站第一個平台是二〇〇〇年成立「亞卓市」（亞洲卓越城市之意，讀音接近 EduCities）。由中央研究院院長李遠哲擔任榮譽市長，中央大學、清華大學、陽明大學、花蓮師範學院四所國立大學所合作創辦，最初目標是成為線上教育、討論園地，提供線上教材。隨著科技與網路的進步，在世代交替的趨勢下，於二〇一五年二月二十八日停止服務。

　　教育部陸續又推出了數位教學資源入口網（ISP）和教育部 Wiki（http://content.moe.edu.tw/wiki/index.php）。二〇〇二年八月經行政院核定實施「教育雲端應用及平台服務推動計畫」，建置教育雲端的基礎平台環境及雲端化服務。二〇一四年起擴大應用服務，整合教育體系雲端學習資源與服務，建構以服務全國學生、教師、家長及教育行政人員需求為主的「教育雲」服務。（http://cloud.edu.tw/）。

一　教育雲

　　「教育雲」下又分為首頁、教育大市集（https://market.cloud.edu.tw）、教育百科（http://pedia.cloud.edu.tw）、教育媒體影音（http://video.cloud.edu.tw）、學習拍立得（https://learningpilot.cloud.edu.tw）、學習工具、線上學習、線上資源，共八個項目。

其中，教育大市集內容豐富，簡述如下：

（一）教育大市集 https://market.cloud.edu.tw

「教育大市集」整合了全國二十二縣市教育單位、教育部部屬機構及民間單位之多元數位教學資源，累積超過十五萬筆的資源。資源內容豐富且皆經專家審核後上架，並且採用 TW LOM 後設資料交換標準及 CC 授權方式，透過一致的後設資料描述，增強資源間的互通性與再利用性。並極力向資源分享者推廣使用創用 CC 授權方式分享資源，讓教師們可以群力建立內容豐富且權利清楚的各式教學資源，自由的在課堂上運用，嘉惠自己與其他資源引用者。

「教育大市集」更也提供多項的資源整合、資源上傳、整合檢索、資源下載等服務項目，除了期許符合教師們使用需求外，也期望能提供家長與學生們能藉由整合檢索服務，搜尋到適用的學習資源進而收藏所需，讓資源運用更為廣泛。

教育部秉持開放共用的精神，「教育大市集」提供眾多應用服務介面（API），包括：資源上傳、整合檢索等服務項目，讓其他資源網站經營者能藉由便利的操作方式提升網站間的資源交流與分享，亦能依據個別網站需求進行教學資源的加值運用，延伸創意教學加值服務。

教育大市集有四大資源，分別是 Web 教育資源、教育電子書、教育 App 和學習加油站。

1 Web 教育資源

Web 教育資源分為最新教學資源、熱門教學資源、一班教學資源、經典教學資源和特殊節慶。

（1）以「閱讀」為查詢字搜尋到「國語文領域」，相符合的資料

1397筆，若再以「教學設計」為進階查詢，適用「國小」查詢，共搜尋到與相符合的資料349筆，摘錄幾則點閱數高者，如下：

①閱讀小神手──閱讀與組織統整能力練習 web
適用年級：國小3年級～國小4年級
作者：楊綺芬／臺中市大里區美群國小／2011-12-30
　　　實施九年一貫後，由於國語課節數大幅減少，日常生活多接觸電視、電腦等科技產品，小學生普遍有國語文能力不佳的情況，尤其在組織、統整、發表能力方面各出版社多無法規畫在現行課程中。本單元以指導三年級學生閱讀短文，統整大意為目標，希望藉由此教學模式訓練學生的組織、統整、發表能力，結合電腦教學，利用小遊戲刪去不必要的語詞，提高學習興趣，學習 WORD 基本功能以完成文章大意，分組發表分享並共同訂正。最後延伸國語日報剪貼文章，練習閱讀文章後寫出大意及感想，加上美編完成閱讀教學。

②幾米繪本《星空》教學教案設計 PPT 版（教案及學習單請參閱 WORD 版）web
適用年級：國小5年級～國中3年級
作者：王韻淑／臺東縣立東海國中／2011-12-27
適合閱讀年齡：小學高年級到成人
結合領域範圍：語文領域（國文與英語）、綜合活動（童軍、輔導活動）、藝術與人文領域（視覺藝術）、自然領域（地科）

③與自然共舞──統整教學 web
適用年級：國小4年級
提供者：方正銘／市立華江國小／2010-11-30

讀不應侷限在教室內，所以我們擴大閱讀的視野，讓課程活動圍繞自然，讓孩子與自然共舞。整個課程設計的三個核心概念是認識自然、關懷自然、反思人與自然的關係；分別對應到教學設計的三個關鍵點則是知、行、思。對照到學生參與的活動有認識自然（知）：昆蟲世界—木柵動物園生態教學；關懷自然（行）：世界地球日活動—朗誦大樹之歌—預約綠蔭（森）深呼吸—把愛傳下去～愛地球；反思人與自然的關係（思）：繪本生命有多長—明天過後和極地寶貝熊生態保育影片。人是自然環境中的一份子，因此我們所有活動歸納到環保議題上，做一總結。

④圖書館作文教學 web

適用年級：國小1年級～國小6年級

提供者：鄧雪梅／僑智國小／2009-12-09

本教案主要目的是使學生能了解圖書館的設施，使用途徑和功能，並充分利用，能安排自己的讀書計畫，喜愛閱讀有注音的課外讀物。培養閱讀的興趣及良好的習慣，進而主動擴展閱讀視野。

⑤魯班造傘閱讀教案 web

適用年級：國小4年級

提供者：薛麗珠／市立網溪國小／2011-10-18

相傳傘是由中國古代巧匠魯班發明的。魯班的爺爺、爸爸都是木匠，他從小耳濡目染，又喜歡思考、實驗，因此設計了許多精巧實用的工具。據說，魯班看到大家在戶外工作時，總是日曬雨淋，心裡想：「何不做一個既能擋雨，又能遮陽的東西？」於是他就開始動腦思考。

⑥補救教學方案 web

適用年級：國小4年級

提供者：陳敏男／文昌國小／2012-12-07

　　成語的運用在閱讀及寫作上是不可或缺的，本活動設計藉由遊戲方式的主題教學，運用圖像提示與補強，讓學生能循序漸進掌握成語的運用及寫作的基本能力與技巧，並運用心智圖法培養學生對於成語的記憶及運用能力。

⑦漢字有藝思 web

適用年級：國小1年級，國小4年級，國小6年級

作者：吳惠萍／屏東縣公館國小／2012-10-18

　　教育部101年資訊科技融入教學創新應用典範團隊選拔活動優勝團隊。本校漢字藝術創意教學團隊所設計之「漢字有藝思」專題探索課程，從低年級〈信手拈字〉開始，透過童話故事情境的引導，激發小朋友的想像力，運用周遭的物品排列成漢字字形，呈現故事情境所需的訊息。除了透過遊戲讓孩子對於漢字結構有更深刻的認識之外，更提升孩子閱讀興趣以及大小肌肉協調性。中年級〈筆轉乾坤〉課程的設計著重在對於書寫工具的探索及運用各種毛筆創作，在學習活動中孩子認識毛筆的演變、製筆的方法，以及各種筆毛書寫的線條變化等，也引導孩子發揮想像力，利用生活中的素材做成各種毛筆，然後利用自製的毛筆書寫創作，並運用自己的想像加以詮釋。高年級則透過〈漢字密碼〉的探索活動，讓孩子認識漢字「六書」的造字原理，並引導孩子運用象形、指事、會意、形聲等原理融合個人想像力造字造詞，增進孩子對於漢字形音義合體之藝術特質的好奇與興趣。

⑧讀當一面・生活寫真・學富五 Eweb

適用年級：國小5年級～國小6年級

作者：yening／臺北市立教大附小／2012-12-05

　　教育部101年資訊科技融入教學創新應用典範團隊選拔活動優勝團隊在行動學習情境的輔助下，建構一個完整的閱讀寫作學習模式，以「學生生活體驗」為核心，以「多元的互動分享」為基礎，以「策略方法的學習」為目標，創造「真實體驗、創意實現、思維精緻化」的讀寫學習新方向。

⑨推動閱讀教學的重要性與個人寫作

　　a.運用親子教育推廣的活動或班親會，精心製作一份 ppt 將語文領域教學研究及推動閱讀教學經驗分享介紹給參加的家長、學生及在場的同仁，讓大家知道閱讀教學的重要性，因為閱讀的培養是所有學習的基本能力。並藉由老師自己親身的創作經歷，從十幾年前的第一次動筆開時，至今每年督促自己一定要有寫作的作品產出，希望自己透過不斷的閱讀、反思、鼓勵自己也要有創作來肯定自己、表現自我。

　　b.內容分享分為：推動閱讀教學理想、推動閱讀預期成效、個人經驗分享、個人寫作歷程分享、班級經營與家長、學生間的互動，即時將教學推廣給家長知道，能認同並全力支持學校的教學活動。

　　c.分享 ppt 希望獲得更多老師點閱後，對閱讀教學引導能多一點，讓學生的語文能力多提升。

　　d.省思：語文的能力需要每天累積，無形中提升學生的語文能力，一點一滴卻不會讓學生去排斥它，我的座右銘是人生嘛！要多一份傻勁和衝勁，加上一份執著，不要怕失敗，不要想太多，做就是了，必會留下痕跡，經驗的累積是很重要，機會是留給有準備的人。

⑩段落大風吹

　　三年級學生開始練習文章分段落，前一次的課程是給學生一篇沒有分段落的文章，從閱讀、朗誦、提問……等過程，讓學生瞭解一篇文章內容是需要條理分明的，因此分段落，可以幫助閱讀者理解文章的內容。學生在那一次課程有練習過利用段落大意將文章分段落，而這一次的課程是將文章順序弄亂，請學生剪下文章的每一段，並按照段落大意排好，再黏貼到設計好的框框中，完成一篇條理分明的文章。

　　（2）若以「國語」為查詢詞，「國中小國語文領域」搜尋，共搜尋到與「國語」相符合的資料3，190筆；若再以「教學設計」為進階查詢，適用「國小」查詢，共搜尋到與相符合的資料161筆。摘錄幾則點閱數高者，如下：

①閱讀與組織統整能力練習 web
　　適用年級：國小3年級～國小4年級
　　作者：楊綺芬／中市大里區美群國小／2011-12-30
　　實施九年一貫後，由於國語課節數大幅減少，日常生活多接觸電視、電腦等科技產品，小學生普遍有國語文能力不佳的情況，尤其在組織、統整、發表能力方面各出版社多無法規畫在現行課程中。本單元以指導三年級學生閱讀短文，統整大意為目標，希望藉由此教學模式訓練學生的組織、統整、發表能力，結合電腦教學，利用小遊戲刪去不必要的語詞，提高學習興趣，學習 WORD 基本功能以完成文章大意，分組發表分享並共同訂正。最後延伸國語日報剪貼文章，練習閱讀文章後寫出大意及感想，加上美編完成閱讀教學。

②聽說讀寫一首詩 web

適用年級：國小4年級～國小5年級

作者：游雅婷／政大實小／2013-06-10

　　如何用語言的力量表現一首詩？專案名稱：得詩相伴：聽說讀寫一首詩主要領域：國語文其他領域：藝術與人文（肢體表演藝術）專案進行時間：三週年級：四～五年級專案構想：1.透過教學設計，提升不同學習風格的學生：視覺型、聽覺型、動覺型，對接收的資訊的感受度，進而提升學習成效。2.透過詩歌美讀觀念的養成，提升語言的感受力。3.藉由臺灣數位名家的經典童詩，透過童詩的賞析，進而認識修辭的意涵與運用。

③國小南一國語二年級教案 web

適用年級：國小2年級

提供者：徐筱婷／顯宮國小／2012-12-07

④ㄅㄆㄇ樂園 web

適用年級：國小1年級

提供者：郭曉慧／立人國小／2012-12-07

　　為提高學生學習動力與興趣，配合課程需求，使教學活動活潑化、評量多樣化，讓學生在愉快的心情下，驗收十週來的學習成果。以趣味的活動評量國語首冊之學習，藉以提高兒童的學習興趣。

⑤翻滾吧！注音符號 web

適用年級：國小1年級

提供者：李雯伶／三慈國小／2012-12-07

　　學習單的內容都是配合南一版國語課本首冊每一單元設計，而針

對學習落後的學生，利用本教材一一教導，可以很確實了解學生的學習困難，且將學生較不懂的地方一一做記錄，並進行補救教學。

⑥五年級上學期國語科第十課繞道而行 web
適用年級：國小5年級
提供者：李祥麟／忠義國小／2012-12-07

⑦春天童詩仿寫教學 web
適用年級：國小1年級～國小2年級
提供者：李樹芬／花蓮縣忠孝國小／2010-04-13

　　冬去春來，大地回春，春天為大地帶來盎然的生機。讓孩子走出教室觀察，發現操場上的大樹冒出了新芽，看見校園的植物開出美麗的花朵，人們也脫去厚重的衣服，心情隨之愉悅的親近大自然，人和大自然微妙的變化，於是設計了「春天來了」這個主題教學活動，邀請小朋友直接觀察與體驗，發現春天的美麗，進而能享受春天，珍惜大自然。低年級的學生透過走訪大自然，注重「觀察」大自然的變化，能察覺大自然春天的特徵。本主題的設計藉由校園巡禮，再結合學生的生活經驗，提供學生主動探索的多元學習機會。透過國語領域童詩的欣賞和仿寫創作，再結合生活領域認識春天的花朵和花的訪客等單元，培養孩子敏銳的觀察力，認識春天的特徵。本主題教學活動包括四部分：觀察大自然的「春天在哪裡——走訪校園」、體驗大自然的「來拜訪春天——認識小動物」、大自然共舞「與春天有約——節奏與律動」最後「把春天留住——春天童詩小書」，希望藉由不同的教學方式和素材，引導學生從中觀察、想像、欣賞和童詩創作，進而珍愛自然環境。

⑧大家來學「的」和「得」web

適用年級：國小5年級

作者：張濬為／臺中市沙鹿區竹林國小／2011-12-30

⑨閱讀理解策略教學／摘要策略 web

適用年級：國小3年級～國小4年級

作者：謝月琴／縣立大坑國小／2011-01-02

　　本教學資源是依據教育部編印之《閱讀理解策略教學手冊》一書所設計，以利於學校國語文教師在摘要策略教學時除有手冊上之釋例可資參考外，還有更多的釋例可資引用，此 ppt 檔的內容並已納入桃園縣語文輔導團（國小組）到校輔導或服務時說明之用。

⑩簡單學修辭～譬喻 web

適用年級：國小5年級～國小6年級

提供者：陳依璟／海佃國小／2012-12-07

　　能掌握譬喻修辭的相關知識，正確流暢的遣詞造句。能熟練應用譬喻修辭的句型。能從內容和詞句方面，運用譬喻修辭修改自己的作品。能在寫作中，適切的運用譬喻修辭，發揮豐富的想像力，以增加文章的變化和美感。能結合電腦科技，提高語文與資訊互動學習和應用能力。

2　教育電子書：有中、英文繪本電子書

　　（1）中文電子書：以中文書點閱數最高者列舉幾本說明：

①我好醜，但我喜歡自己

適用年級：國小1年級～國小6年級

適用科目：綜合活動

提供者：國立公共資訊圖書館圓夢繪本資料庫／2015-09-22

②生活中的度量衡

適用科目：自然與生活科技

分類：科技與生活

提供者：國立科學工藝博物館／2015-06-10

③傑克的耶誕之旅

適用年級：國小1年級～國小3年級

適用科目：綜合活動

提供者：國立公共資訊圖書館圓夢繪本資料庫／2015-06-02

④防災藝文作文篇

適用年級：國小5年級～國小6年級

提供者：賴昱霖／僑真國小／2013-05-02

⑤綠綠超人救地球

適用年級：國小1年級～國中3年級

提供者：嘉義市政府教育網路中心嘉義市政府教育網路中心／2014-10-28

（2）英文電子書：以英文書點閱數最高者列舉幾本說明：

①When You Feel Down

提供者：國立公共資訊圖書館圓夢繪本資料庫／2015-06-03

②Holan Soup

適用年級：國小4年級～國小6年級

提供者：國立公共資訊圖書館圓夢繪本資料庫／2015-06-02

③Mama Said

提供者：國立公共資訊圖書館圓夢繪本資料庫／2015-06-02

④Aaron and Allen

適用年級：國小4年級～國小6年級

國立公共資訊圖書館圓夢繪本資料庫／2015-06-02

⑤Bessie Bump gets a new family

作者：Amberley Meredith.

提供者：國家圖書館提供 Lai Lai Book Company／2015-04-28

3　教育 App：以國小適用，點閱數最高者列舉幾本說明

①寶寶學 ABC

適用裝置：手機、平板

適用年級：國小1年級～國小2年級

推薦者：陳怡君／新北市蘆洲區鷺江國民小學／2013-06-05

②數位星象盤

適用裝置：手機、平板

適用年級：國小5年級

推薦者：張哲剛／雲林縣縣立成功國小／2014-07-07

③每日一字

適用裝置：手機、平板

適用年級：國小1年級，國小5年級～國小6年級

推薦者：李英鑫／新北市三重區二重國民小學／2012-10-15

④成語辭典

適用裝置：手機、平板

適用年級：國小3年級～高中1年級

推薦者：曾琬祺／新北市蘆洲區鷺江國民小學／2013-08-26

⑤數獨遊戲

適用裝置：手機、平板

適用年級：國小5年級～高中1年級

推薦者：谷宗芸／新北市樹林區文林國民小學／2012-11-13

4 學習加油站

　　學習加油站建置於一九九八至一九九九年間，收錄全國各縣市教師所提供的教學資源，過去廣為各界利用，由於專案計畫已經結束，為典藏過去知識歷史紀錄，將持續提供資源瀏覽服務，但不支援內容更新。

二　「課文本位的閱讀理解教學」http://pair.nknu.edu.tw/

（一）計畫簡介

　　為協助全國小學在職老師閱讀教學相關專業成長，教育部委託臺灣師範大學、臺北市立教育大學、中正大學、臺南大學及臺東大學在全國設立五區閱讀教學研發中心，負責各區教師培訓，提供地區教師諮詢及輔導，確保教師在閱讀教學時遇到困難可以得到支援。為求全國小學老師有一定的閱讀教學知能，五區集中開發的閱讀師培課程，已自二〇一二年六月三十日起持續展開培訓與輔導的工作。

　　課程的精神在於：「課文本位的閱讀理解教學」。包括識字、詞彙和理解，依照年齡的發展，各年級都有其不同的學習成分、符應的策略運用，協助學生在閱讀理解上能更上一層樓。所謂「以課文為本位」則是指不捨近求遠地另外設計補充教材，也不需花費額外的時間教學，而是以現行的各版本教科書為文本，融入各年級相應學習策略的教學主張。

（二）基本理念

1 閱讀能力的培養就是在培養思考能力

閱讀能力絕對不只是語文科教師的責任。閱讀能力的培養，必須是跨學科的，學生需要有系統的被導引閱讀不同種類和不同內容的作品，除了包括文學作品外，也應包括科學性，以及一般說明性的文章。

2 閱讀教學以讓學生對於閱讀產生正向經驗為首要原則

任何的閱讀推廣措施，不可以犧牲學生對於閱讀的樂趣。老師需要瞭解閱讀評量的要點在於閱讀能力的評量，而非對於文本的熟悉或背誦。

3 教師需要閱讀的基礎知能，以能力為培訓主旨

瞭解閱讀的歷程以及閱讀的教學，並根據每一位學生的特性，更積極地導引學生建立閱讀的基本能力、為學生佈置閱讀環境，培養學生對於閱讀的正向態度。中央以及地方各科的輔導團，應該有系統性地學習以能力為主的閱讀教學教材、教法與研究，然後加以推廣。

4 培訓內容需與教學現場結合

教師教導教師是最有效的在職師培方式，而培訓課程與現有課本以及課程結合，且經過實作操練，會是最有效率的方式。

5 教師需要持續的進修與調整教學方式

教學相長，教學是一連續學習歷程。教師必須透過持續性的進修，方能掌握閱讀教學，而教師本身必須有閱讀習慣，才有閱讀教學動力。

（三）教案設計原則

1. 以增進學生的素養（literacy）或問題解決能力為教學標的。
2. 學習者為中心：學生的學習反應導引教學。
3. 教學目標決定教學活動。
4. 不同年級的教學重點不同，分配的教學及活動時間應不同。
5. 應該明示的教導策略，且應該透過說明、示範、師生互動完成、學生獨立作業等程序，達成教學目標。
6. 閱讀教學應該是有系統且持續一段時間。
7. 強調達成自學的基礎能力。

第二節　民間機構網站平台

一　均一教育平台 www.junyiacademy.org 和臉書
https://zh-tw.facebook.com/JunyiAcademy

均一教育平台是由財團法人誠致教育基金會創辦，方新舟是現任董事長。目標是透過雲端平台，結合『翻轉教室』，提供『均等、一流』的啟發式教育給每一個人。盼望透過這個工具，能讓老師因材施教、學生自主學習。課程內容，不分版本，小學一到六年級數學的數學、國中一到三年級數學科，影片內容包括：國高中數學、科學、藝術與人文、社會、電腦課程、夥伴課程、教師資源區。

均一教育平台背後支持的誠致教育基金會，目前執行長是呂冠緯。這位被知名翻轉教育推手葉教授形容為「不務正業」的臺大醫學系畢業醫師，明明考過醫師執照，卻沒有繼續醫師的工作，海軍醫官退伍後，為了臺灣小朋友們的教育（特別是偏鄉的孩子），全職的

在非營利的均一教育平台做專案老師，錄了錄製數學、物理、化學、生物等超過1000支的電子黑板教學影片。目前影片瀏覽人次已突破100萬。

呂冠緯說：「我不討厭當醫師，但我更喜歡去啓發孩子，看見他們豁然開朗的笑容給我極大的滿足。如今，我跨出我的舒適圈，找到的不僅是一個職業，而是一生的志業。或許會跌倒，也或許會失敗，但每天早晨睜開眼睛，我感覺我的生命充滿動力，有什麼比這更幸福的呢？」他自稱是：「在白天做夢的人」，與一群陽光青年的夥伴們，在他們日正當中的生命中，追逐著人生的夢想，共同推動翻轉教室與均一教育平台，他們在致力透過網路工具翻轉臺灣教育的過程中，結識許多同樣懷抱教育夢的熱血教師，並親身到現場參觀教學現況，協助把臺灣經驗推上國際平台、互動交流，爭取跨國合作。

二　永齡基金會

永齡基金會下分兩大部分，永齡教育、永齡慈善。二○○六年永齡基金會啟動了以協助弱勢學習學童的課業輔導為主軸的教育工程——【永齡希望小學】。

【永齡希望小學】認同李教授倡導「窮困孩子的唯一希望來自教育，爲了不讓窮孩子落入永遠的貧困，期待透過課業輔導，致力於讓知識帶希望回家的願景，藉以提升窮孩子未來競爭力」的理念，長期贊助由李教授主導之博幼基金會於南投的課輔教學工作，取得英、數教材之授權外，也於臺東大學成立「國語文教學研發中心」，為貼近教學現場需求，更因應課輔目標為「回歸原班級程度」，委請新北市教師會籌組英、數命題委員會、另於中正大學成立「數學教學研發中心」。

　　專責的教學研發中心以九年一貫課程綱要為依據,分別從特教的觀點、鷹架拆解重構、迷思概念釐清,系統化的建立優質的教材,成為課輔教師的教學利器。每月更新出題的分級檢測卷,除了讓學童自己與自己比賽,研發中心透過分析誘答選項,從學童錯誤的解題過程或選項,探究學童學習的落差點,讓課輔老師更能掌握補救的重點,更容易做有效率的備課。

三　翻轉教育 http://flipedu.parenting.com.tw

(一)翻轉教育的由來

　　翻轉教室(Flipped Classroom),是指將傳統上「課堂講課,回家寫作業」的教學流程倒轉:讓學生在下課時,利用線上學習聽講,課堂上由老師引導完成習題、或做更深度討論。「翻轉」的重點不在「家裡看影片」,目的是讓上課有「更多元的活動」。

　　這個概念源起於二〇〇七年,美國科羅拉多州洛磯山林地公園高中(Woodland Park High School)兩位化學老師貝格曼(Jonathan Bergmann)與山森(Aaron Sams),為解決學生缺課問題並進行補救教學,於是先錄製影片上傳至 YouTube,讓學生自己上網自學;課堂上則增加與學生的互動,或解惑、或實驗,啟動了翻轉教室濫觴。

　　然而,讓翻轉教室發揚光大的最大推手,則無法不提到薩曼·可汗(Salman Khan)。他原本是為了指導親戚小孩數學而錄製教學影片上傳網路,這模式受到微軟創辦人比爾·蓋茲(Bill Gates)注意進而投資。

　　後來影片內容慢慢擴及各科,使得「學生」人數暴增成為今天的「可汗學院」(Khan Academy)。至今,每月都有超過百萬名學生會

上網來使用可汗學院，影片點閱次數高達四億七千萬次，影響力愈來愈大。

　　談到翻轉，目前普遍的核心概念大致包括：扭轉過去課堂上純粹「老師說、學生聽」的單向填鴨，轉而重視「以學生學習為中心」的教學，把學習的發球權還到孩子手上；更看重啟發學生學習動機，幫助學生建構自主學習能力，並認同多元評量與多元價值。創辦均一教育平台的誠致教育基金會董事長方新舟，便曾歸納翻轉教學的關鍵有三：第一是把學習主體還給學生，第二是讓天賦自由，第三是因材施教。

　　觀察現今的台灣教育現場，以「翻轉」概念為中心的教學脈絡，也呈現百花齊放、共榮共存景象。如臺北市中山女高教師張輝誠，在課前編製以問題為中心的講義讓孩子「自學」，課堂內則著重「思考」與「表達」；兩年前從日本影響到臺灣的「學習共同體」，重視同儕間的聆聽互學，強調「不懂的人要主動去問懂得的」；依學生程度進行分組的「合作學習」，根據不同教學目標而有不同分組策略，也鼓勵「師傅要主動教徒弟」；而「專題探究式學習」，則強調從問題或任務出發，讓學生透過深入探討某個複雜議題，或完成某個精心規畫的任務，而從中習得知識與技能。

　　臺大電機系副教授葉丙成也呼籲，討論翻轉的教師，應該要了解彼此對翻轉的討論內涵是否一致。如葉丙成從「是否有具體操作方法」角度切入分析，認為狹義的翻轉主要是專注於各學科知識。焦點在於如何透過「lecture at home, homework in class.」這種有明確操作方式可依循的模式，培養學生預習、做題目、討論等的習慣跟能力。他並據此邀集了許多教師分享自己的翻轉操作具體步驟，放在網站 www.fliptw.org 中，對於還沒有太多翻轉經驗的教師，建議還是針對目前教材內容、從有具體步驟與方法的翻轉教室開始，最終目的是要讓學生的學科學習有進步。

因此整體來看，「翻轉」的核心，很重要的是在課堂上能否幫助學生將「知識」深化為「能力」，若只是將傳統填鴨教育數位化，並不是以學生為中心的翻轉教育。

四　學思達教育平台 http://flipping-chinese.wikispaces.com

由臺灣教師自願發起的「學思達教學」這股教育風潮，正逐漸影響著全國的中小學教育。沒有政府的任何資源與人力，全靠熱情的教師自己來做，「學思達教學法」是希望透過學生自「學」、「思」考、表「達」，來翻轉傳統老師單方面講述的僵化教學方式，讓學生重新掌握學習主動權，讓學習效果加倍、讓學習熱情重現、讓學習內容學得又深、又廣、又好。

不過，進行學思達教學法，第一步必定得製作全新翻轉講義才行，但翻轉講義的製作過程，常常是費時耗力、勞神苦思，假設單打獨鬥，講義製作速度必定趕不及上課進度，便難以為繼了。所以，已經進行學思達教學的老師們，迫不及切期望能有一個講義分享平台出現。誠致基金會得知此一訊息，義不容辭與中山女高張輝誠老師合作，製作出這個分享平台。張輝誠現任臺北市中山女高國文老師、作家，教學資歷有十七年。

這個平台除了收錄了張輝誠老師的演講影片，讓初次接觸學思達的老師了解脈絡，也有詳細的分組、評分、講義製作方法。讓想嘗試學思達的老師，有具體的 SOP 可參考。15-16年度開放觀課的影片高中共有14部，包括國文11部、化學1部、公民與社會1部；國中共有14部，包括國文國文5部、數學2部、公民1部、英文2部、歷史1部、美術1部、綜合1部、地球科學1部；國小共9部影片公開。

學思達平台最大的特色，就是典藏了超過千份的教師講義。這些

講義是由全台各地的老師自願上傳、分享。講義內容從國小到高中都有，以國文科為大宗，但也有生物、地理、歷史等領域。講義都是用Word 格式上傳，所以老師們可以下載後自行編輯，讓講義更符合上課需求。

如今很夯的「開放教室」，學思達平台也整理出全台灣開放教室清單以及課表。包括開放教室的地點、科目、老師、時間都一目了然。但建議老師前往觀課前，還是先跟該課的老師打個招呼，確認是否方便觀課。在觀課後，也歡迎老師寫下觀課心得上傳至學思達平台，與更多翻轉老師交流切磋。

這個平台希望能夠促進臺灣國文教育的大革新，希望能夠打破教室高牆、打破校際藩籬，讓全臺灣中學國文老師能形成一個大團隊，散發出一股大力量，讓臺灣的國文教育更加傑出、優秀！

五　為臺灣而教 Teach For Taiwan https://www.facebook.com

Teach for Taiwan 是兩年全職教學專案計畫，招募具使命感的青年投入有需求的國小，提供專業的培訓與支持系統，成為臺灣優質教育的推動者，共同發揮長期影響力。

Teach For Taiwan 創辦人劉安婷說：「其實成績好的孩子，有許多的『需求』沒有被看見，而成績不好的孩子，則有許多的『價值』沒有被看見。因此我認為一個好的老師，要能看見成績好的孩子，可能仍有問題要面對；成績不好的孩子，要能發掘他們真正的價值。」、「我真的希望每個孩子，都有受過良好訓練、充滿使命感的老師來教導引導他們。尤其很多偏鄉的孩子，他們的弱勢是來自於家庭的失功能，在此老師所扮演的角色就不只是教書，也得彌補家庭所沒有的功能、扮演陪伴孩子的角色。偏鄉教育真正缺的，是願意捐出自己最昂

貴的資源——時間——的人，短期營隊、網路課程，都無法取代一個
穩定陪伴在身邊的領導者跟陪伴者。」

　　「為臺灣而教」致力保障臺灣所有孩子，都能擁有優質的教育和
自我發展機會，期許一切改變以孩子為核心，翻轉教育的底質，給臺
灣下一代不一樣的「成功」的定義。透過擁有使命感的好老師，讓孩
子得到應有的教育品質，進而影響學校的教學成效，並踏出學校圍
牆，了解、參與社區發展。長遠而言，希望看見一個由新世代青年發
展的運動，從各領域發揮影響力，帶出系統化的改變，共同終結臺灣
教育不平等的問題，讓一個孩子的出身不再限制他的未來。

六　財團法人博幼社會福利基金會

（一）基金會的宗旨

　　秉持「不能讓窮孩子落入永遠的貧困」的理念，
　　服務對象鎖定：「窮孩子」。
　　深信「窮困孩子的唯一希望來自教育」的想法，
　　服務主軸定為：「課業輔導」。
　　致力「讓知識帶希望回家」的願景，
　　達到：「提升窮孩子未來的競爭力」的目標。

（二）課輔對象及範圍

　　服務對象：經濟弱勢家庭之國中、小學童
　　服務範圍：新竹、臺中、南投、彰化、雲林、屏東、宜蘭及澎
湖等
　　城鎮裡的弱勢：新竹縣竹東鎮和橫山鄉、臺中縣沙鹿鎮、彰化縣
芬園鄉、南投縣埔里鎮、屏東縣潮州鎮

偏遠原住民鄉鎮：新竹縣尖石、五峰鄉、南投縣信義鄉、屏東縣來義鄉、宜蘭縣大同鄉

偏遠海邊鄉鎮：雲林縣口湖、四湖鄉、澎湖縣湖西鄉

（三）課輔內容

1 主軸——弱勢家庭學童課業輔導服務

①課業輔導：召募及培訓當地大學生及社（部落）居民為課輔老師，為學童進行補救教學。

②穩定學習：學童每週一至五放學後至課輔教室上課2-3小時，甚至周六也安排他們來，一切都是免費的，減少在外流連，受到不良引誘的機會。

③提昇學習成就：透過循序漸進的補救教學，減低孩子們在求學過程中的挫折與困難，防止中輟。

④品格、人文教育服務：提供人文、品格及輔導課程，協助解決學童心理、行為等問題。

2 輔以——弱勢家庭支持服務

透過家庭訪視、家長座談會討論，增進弱勢家庭照顧子女之能力與技巧，提升家庭關係與親子互動，建立彼此間的支持與扶助。若學童或家庭面臨急迫性的危機問題，透過專業社工員連結社區資源，協助解決或轉介。

3 建構偏遠部落支持體系

透過學校、教會及部落／社區、在地課輔媽媽的連結合作，以及積極培訓部落／社區課輔媽媽的能力，產生部落／社區充權的效果，

培養出部落／社區自助互助的能力，讓部落／社區課輔獲得永續的發展。

（四）課輔特色

因材施教、品質控管、強調獎勵、注重閱讀能力、重視人文素養、培育部落家長、自編教材。對於閱讀能力的重視，源於課輔的經驗發現，孩子的功課不好，有很大的原因是不會閱讀，所以，課輔除了英語、數學外，也沒有忽略孩子們的閱讀能力需要提昇。因此，進行「大量閱讀」活動，其中並希望帶領孩子們在小六畢業前至少閱讀十本「中外經典名著」，所選的書單近六十本，包括西洋經典——福爾摩斯偵探系列（全）、基督山恩仇記、安妮的日記、三口棺材、小氣財神、雙城記、三劍客、秘密花園、鐘樓怪人；中文經典——台北人、西遊記、城南舊事、水滸傳、兒子的大玩偶、三國演義等，每一本都搭配有學習單，引導培養孩子們的邏輯思考能力。

國小高年級以上的孩子，每週閱讀國際新聞，以及具建設性且多元的社論、抒情文章，每一篇文章，以「引領思維」的閱讀帶領法搭配設計學習單，訓練孩子們思考，並鼓勵他們大方地在課堂上表達出來，希望藉此增加孩子們的世界觀及語文表達能力。

七　臺灣讀寫教學研究學會（閱讀理解問思社群中心）
https:// plus.google.com/ 臉書 https://www.facebook.com/groups/

透過研習課程、出版品、線上諮詢，提升教師語言讀寫專業知能，培養學生樂在閱讀、善於溝通的能力，營造一個讀寫文化的社會。

臺灣讀寫教學研究學會理事長 陳欣希說：閱讀教學的終極目標

是：希望學生擁有閱讀能力（learn to read）並透過閱讀而有所得（read to learn）——得到生活所需的知識、得到探索事物的樂趣、得到深入思考和多元觀點的能力。

　　閱讀教學的終極目標是：希望學生擁有閱讀能力（learn to read）並透過閱讀而有所得（read to learn）——得到生活所需的知識、得到探索事物的樂趣、得到深入思考和多元觀點的能力。閱讀，也是讀者透過文本和作者互動的歷程；互動，意指讀者是主動、非被動地接收作者給予的訊息。

　　從「讀者文本互動論」的觀點可知，影響「閱讀」的三大因素是：「讀者的背景知識」、「文本的友善性」、和「讀者是否有策略」。相較之下，第三個因素更是關鍵。換言之，只要讀者擁有策略，即使是遇到陌生議題、友善性不高的文本，有策略的讀者，清楚閱讀目標，能覺察困擾、找方法解決，而能透過閱讀有所得。

　　擁有策略的人，表示其擁有策略的「陳述性知識」、「程序性知識」和「條件性知識」（Paris, Lipson, ＆Wixson, 1983）。陳述性知識是指知道什麼是摘要、摘要的好處有哪些、摘要方法有哪幾種……；程序性知識是指知道步驟，可依循哪些步驟摘取文章的重要訊息；條件性知識是指知道摘要的適用方式，遇到不同特性的文章，需要用不同方式摘要。

　　上述這三種知識，即是教師在教策略時，要教學生的知識。目前我們教學以陳述性知識為主，但課程設計時要兼顧這三類知識的指導，建議先引領學生操作（程序性知識），待學生體驗後說明陳述性知識，最後再帶入條件性知識的學習。當然，上述能力不會一步到位。因此，想教學生閱讀策略的教師們，腦中一定要有這八個字：來日方長，循序引領。

第三節　相關平面出版

　　過去十幾年，臺灣提倡閱讀教學多年，但是，資訊爆炸電子影音產品的風行，學童沉迷3C 產品的時間越來越長。因此，閱讀能力的培養，是家長和師長們普遍的擔憂。培養學生閱讀能力，學習「帶得走」的能力，「閱讀理解策略教學」是近幾年語文教育的主流教學。

　　出版界的風向球也嗅到語文教育界的趨勢，因此，近年來，關於「閱讀理解策略教學」的書籍，不管是針對國高中或是國小階段，都有大量的出版。以下先介紹幾本目前在「閱讀理解策略教學」中，具有代表的書籍，其餘書籍則以附錄方式呈現，提供參考。

一、書名：高效閱讀：閱讀理解問思教學
　　作者：許育健
　　出版社：幼獅文化事業股份有限公司
　　出版日期：2015/06/01
　　內容簡介：

　　本書以理論為概念基礎，闡述不同閱讀策略的操作方式，從文本本文分析、提問設計、教學規劃三階段，循序分析步驟，設計層次分明的問題；更以共同備課與公開教學實例中，由多位的教師共同討論、共同研究，提供一套完整的教學系統。尤其特別重視提問的設計，因為閱讀問思教學的核心，在於好問題的設計！提問的目的是幫助學生思考，透過「全班一起回答」、「小組討論」、「兩兩討論」「個人思考」與學生靈活互動，為現場教師提供了具體的教學示例與作法。

二、書名：有效提問：閱讀好故事、設計好問題，陪孩子一起探索
　　自我
　　作者：陳欣希、許育健、林意雪
　　繪者：九子
　　出版社：天下雜誌股份有限公司
　　出版日期：2014/9/10
　　內容簡介：

　　第一本同時提升孩子「閱讀素養」與「生涯探索」能力的雙效合
一工具書。搜羅二十五個優質繪本、小說與影片，透過「好故事」加
上「好問題」的閱讀提問教案，帶領四到十五歲的孩子深度思索「探
索自我」、「認識自己」、「與眾不同」與「分工合作」真諦，用主題閱
讀連結生活，以深度提問培養孩子獨立思考、面對世界的的能力。

三、書名：閱讀有妙招，教學馬上好
　　作者：陳麗雲
　　出版社：小兵股份有限公司
　　出版日期：2014/2/15
　　內容簡介：

　　本書提供七大理論創新思維，七大教學實戰祕笈，輔以課文與學
生作品加以解釋，幫助您找到文本中最重要的教學點，從「教課文」
到「教語文」，紮紮實實提升學生的語文力！

四、書名：啟動孩子思考的引擎：活用四層次提問的有效教學
　　作者：宋慧慈
　　出版社：遠流出版社
　　出版日期：2014/10/01

內容簡介：

宋慧慈老師結合了理論與教學實務，在書中活潑生動的呈現出：

（一）意識會談對話教學法：從提問中產生豐富、多元且深度的對話，激發學生表達和參與的能力；經由對話的互動與回應，強化班級的動力與學習的效果，並建立優質的團隊共識。

（二）第一手的教學現場直擊：以實際教學現場為例，並針對可能遇到的問題分享處理方法。透過參與教學觀摩、實施課程的老師及親身體驗的學生提出的回饋與心得，忠實呈現對話教學的效果及優點。

（三）多樣化的課程範例：提供教學活動設計及四層次對話教學的提問單，課程範圍包含藝術鑑賞、國語課文、閱讀推動，更進一步讓孩子在體驗中學習：籌畫跨年晚會、環島旅行、學生自組社團等等活動，讓孩子除了學科能力之外，也有解決問題、發揮創意的機會。

五、書名：閱讀理解策略教學手冊

作者：柯華葳、幸曼玲、陸怡琮、辜玉旻

出版社：教育部

出版日期：2010/4/1

內容簡介：

這是教育部委託國立中央大學學習與教學研究所，進行「閱讀教學策略開發與推廣計畫」下，由十三個教學團隊努力將閱讀理解策略教學納入教學，甚至直接和國語課本結合，化成清楚可執行的步驟，來提供現場教師方便採用而編寫的冊子。

六、書名：閱讀理解──問思教學手冊

作者：柯華葳、許育健、陳欣希等

出版社：教育部

出版日期：2012

內容簡介：

本書完整的陳述了閱讀理解問思教學的理念、目標、特色，為現場教師提供了具體的教學示例與作法。特別重視「提問」，提問的目的在幫助學生思考，教導如何一步一步的做，幫助學生提升思維層次，並且深度融合閱讀、理解、問思、教學策略等理念，並經過多年試行驗證，建立了可複製、會擴散的教師專業成長與教學模式，有系統的協助教育單位組織校內、校際、學區等不同影響範圍教師專業社群。

七、書名：教出閱讀力2：培養 Super 小讀者

　　作者：柯華葳

　　繪者：鄭佳玲

　　出版社：天下雜誌

　　出版日期：2009年3月4日

　　內容簡介：

延續《教出閱讀力》以年幼兒童的父母為主要對象，本書開始進入孩子真正閱讀文章的階段，針對想知道如何可以進一步教導閱讀理解的人，說明閱讀前、閱讀中和閱讀後，他們可以做些什麼促進孩子理解。第四～十章並附有希望閱讀種子老師精心設計的實用教案，方便老師家長參考使用。

八、書名：教出閱讀力

　　作者：柯華葳

　　出版社：天下雜誌

　　出版日期：2006/11/08

　　內容簡介：

　　本書由「為什麼要閱讀？」、「閱讀要學的能力是什麼？」開始介紹，希望父母適性引導每個孩子閱讀的樂趣。同時介紹親子共讀時，實用的閱讀和觀察方法，依章節進階說明，並以具體的文章故事為例，示範好玩的閱讀策略，也提供評估閱讀能力的表格，讓親子一起享受日日進步的成就感。

　　作者以研究大腦認知的專業，以及推廣閱讀的興趣，以幽默的筆法寫出涵蓋閱讀學習的理論基礎，和實用好上手的閱讀策略的精彩好書。

第八章
小學國語科教學案例

第一節　高年級教學案例

一　課本教學活動設計

　　本教學設計是王慧棻老師在二○一三年參加在福州舉行的第一屆「新課堂・新教師」海峽兩岸基礎教育交流研討活動的教學內容，取自康軒版五年級第十冊第二單元藝術天地第五課《恆久的美》，本課教學時間共五節課，本設計是第一節的內容深究教學，教學課時安排如下：

第一節：內容深究，以問答及討論的方式，了解該課的大意，並體會何謂「恆久的美」。
第二節：內容深究，以問答及小組討論的方式，探討各段的意涵。
第三節：內容深究，以問答及小組討論的方式，探討各段的意涵。
第四節：形式深究，以小組討論的方式，分析本課的結構。
第五節：生字新詞教學，以問答的方式，學習該課的生難及常用字詞。

教學活動設計單：

教學領域	國語文	教學年級	五年級	教學者	王慧棻
教學單元	第二單元藝術天地第五課恆久的美（康軒版）				
教學日期	2013年10月日	教學時間		教學時數	共40分鐘
教學目標	一、學生能仔細聆聽課堂中所提出的問題，且能學習歸納重點、清楚表達自己的看法。 二、學生能踴躍的參與課堂討論，透過群體思考，解決疑惑。 三、學生能詳細閱讀課文內容，瞭解本課的文體，且能透過意義段，說出大意和主旨，確實理解文章。	對應能力指標		一、2-3-2-1能在聆聽過程中，有系統的歸納他人發表之內容。 2-3-2-8能從聆聽中，思考如何解決問題。 二、3-3-4-2能在討論或會議中說出重點，充分溝通。 三、5-3-3-1能瞭解文章的主旨、取材及結構。 5-3-5-2能用心精讀，記取細節，深究內容，開展思路。	
教材分析	一、**文體**：記敘文。 二、**主旨**：欣賞藝術家米勒的畫作，從中感受美，並了解何謂「永恆的美」。 三、**大意**：作者坐火車時，看見一片豐收稻田，便想起一則西方婦人拾穗的故事，藉由這則故事，他介紹起法國作家米勒的生平背景及拾穗這幅畫的特色。畫中展現了農民的生活哲學，更表露了人與土地的親密關係，使得美的感動得以恆久持續。 四、**生字**：穗、邦、僕、渴、甦、沸、腰、綁、痠、漏、慷、竭 五、**詞語**：稻穗、異邦、僕人、口渴、甦醒、沸騰、彎腰、腰痠背痛、遺漏、慷慨、枯竭				

| | 六、句型：要是你口渴了，那麼他們會給你水喝。 | | | |
| | 七、修辭——引用聖經上有句話說：「富有的人啊！在收割麥田之後，不要帶走掉在地上的麥穗，請留給更窮的人去撿。」 | | | |

能力指標	教學活動	分鐘	教學資源	評量
2-3-2-1能在聆聽過程中，有系統的歸納他人發表之內容。 2-3-2-8能從聆聽中，思考如何解決問題。 3-3-4-2能在討論或會議中說出重點，充分溝通。	**引起動機：什麼是「美」？** 一、教師展示三幅圖畫，一幅為人物畫，一幅為風景畫，最後一幅則是米勒的拾穗。 二、教師詢問孩子們，你們覺得哪一幅畫最美？說說你們的想法。 三、教師歸納孩子們的說法，並引出本課課文題目：恆久的美，請孩子們想想什麼是「恆久的美」？關鍵詞是什麼？我們剛才所說的美，都是「恆久的美」嗎？	5'	電腦 投影機	口頭發表
2-3-2-1能在聆聽過程中，有系統的歸納他人發表之內容。 2-3-2-8能從聆聽中，思考如何解決問題。 3-3-4-2能在討論或會議中說出重點，充分溝通。	**活動一：內容深究** 第一小段 一、本課的作者是搭乘什麼交通工具行經嘉南平原的呢？（教師展示嘉南平原的照片）你們覺得搭乘這樣交通工具的好處是什麼？ 二、承上題，作者看到「一片黃澄澄的稻田，把大地染成金黃色」，讀完這段話，你們有什麼樣的感覺？你們覺得這段話有什麼樣的意涵？	28'	課本	口頭發表

	第二小段 三、作者說，當他看到這個景致時，便想起了一個西方的古老故事。一個來自異邦的婦女——路得，她為什麼要到別人的田裡，跟在收割大麥者的後面，拾取麥穗呢？ 四、當大地主看見了路得的行為，他對路得說了一段話（我的僕人在哪塊田收割，你就跟在他們後面拾穗；要是你口渴了，那麼他們會給你水喝。），透過這段話，你們覺得大地主是個什麼樣的人？你們覺得這位大地主，是以什麼樣的口吻說這段話？ 第三小段 五、原來，這個故事便是誰的創作來源？（教師展示米勒的拾穗圖片） 六、米勒的生長背景與這則故事有何關聯？或是有什麼共同之處嗎？ 七、米勒原本就想創作這種風格的作品嗎？他會選擇這樣類型的創作原因為何？ 八、作者寫道：「當許多畫家在田園看夕陽、畫森林美景時，米勒的畫筆卻不停的在刻畫農民樸實的生活」，這			

	段話寫出了畫家什麼樣的特質？這段話又能呼應文中的哪段話？			
	第四小段			
	九、教師請孩子們仔細欣賞米勒的拾穗，並說說自己看到了什麼。教師接著提問，你們能不能藉由剛才同學們及課文的描述，猜測這三人的關係？你們覺得這幅畫表現出什麼樣的意涵？			
	第五小段			
	十、作者說，米勒畫出了「農民『分享』及『任勞任怨』」的生活哲學，你們認同這樣的想法嗎？你們覺得農民「分享」了什麼？他們又在哪兒表現出「任勞任怨」的生活哲學？			
	第六小段			
	十一、作者認為這幅拾穗，能「滋潤人們日漸枯竭的心靈」，你們認同這樣的想法嗎？人們的心靈又為什麼會「日漸枯竭」呢？說說你們的看法。			
5-3-3-1能瞭解文章的主旨、取材及結構。 5-3-5-2能用心精讀，記取細節，	綜合各段 十二、讀完了這一課，你們認為這一課最重要的概念是什麼？它想傳達什麼意涵給我們？	7'		口頭發表

深究內容，開展思路。				
2-3-2-8能從聆聽中，思考如何解決問題。 3-3-4-2能在討論或會議中說出重點，充分溝通。	活動二：什麼是「恆久的美」 ——詮釋米勒的拾穗 一、教師再次展示課前讓孩子們所看的三幅圖畫，先請孩子們談談，為什麼我們能說米勒的拾穗是「恆久的美」？ 二、教師再請孩子們說說，什麼可稱為「恆久的美」？			

二　課本教學活動設計

本教學設計是洪琬瑜老師在新北市新莊區昌平國民小學教學觀摩的教學內容，取自翰林版五年級第十冊第二單元海天遊蹤的第五課《紐西蘭的毛利文化》，本課教學時間共六節課，本設計是第一節的內容深究教學。

教學課時安排如下：

第一節	內容深究1：推測文章長相、概覽文章、查資料提點
第二節	內容深究2：本課相關資料分享、思考資料與課文的對應關係、歸納
第三節	內容深究3：針對課文進行有層次的提問與探討
第四節	形式深究1：利用概念圖進行形式深究、句型練習
第五節	形式深究2：教師補充相關短文進行閱讀比較、段落課文朗讀指導、課文結尾改寫

| 第六節 | 閱讀延伸學習：臺灣原住民主題群書閱讀與分享 |

因為閱讀，所以策略。

教學活動設計單：

年級班別	五年6班		主題（單元）	紐西蘭的毛利文化
教學者	洪琬喻		設計者	洪琬喻
教學日期	2013年3月22日 第2節		教學時間	40分鐘
教材來源	翰林版國語五下第五課			
設計理念	1. 利用第一次接觸課文的機會，發展學生閱讀的策略、進行口述作文。 2. 利用課堂上共學的經驗，激發主動學習並思考的習慣。			
學生經驗分析	「紐西蘭」這個地名對五年級學生來說並不陌生，常能在生活中聽到、接觸到從那裡進口的農產品、肉品；然而卻對那裡實際的風俗民情不太了解。			
事前準備	便利貼、課文插圖、投影機			

能力指標	教學目標	活動目標
6-3-2-3能練習從審題、立意、選材、安排段落及組織等步驟，習寫作文。 3-3-3-3能有條理有系統的說話。 2-3-2-8能從聆聽中，思考如何解決問題。	1. 能針對「紐西蘭的毛利文化」課文進行閱讀前的預測。 2. 能理解文本的內容。	1-1 能利用背景經驗和課文插圖，進行文本內容的預測。 1-2 能利用魚形圖，布局課文可能會有的形式。 1-3 藉由觀摩同儕不同的想法，提出優缺點或疑問。 2-1 能一個人安靜閱讀，思考文章內容、進行聯想或提出疑

	問。
5-3-5能運用不同的閱讀策略，增進閱讀的能力。	2-2藉由與同儕討論分享的過程，習得閱讀策略、解決問題。
	2-3能發現文本中，值得找資料、協助自己更理解內容的關鍵詞。

活動目標	教學活動	教學資源	評量方式	時間
1-1 1-2 1-3	**活動一：推測文章的長相** 教師揭示課文標題與課本插圖，學生兩人一組討論文章可能的內容，並簡要在白板上利用「魚形圖」，分成魚頭（開頭）、魚身（內容）、魚尾（結尾）記錄想法。	投影機 課文插圖照片 白板紙、白板筆 便利貼	實作評量 態度檢核	20分鐘
2-1 2-2	各組將課文魚形圖發表在大黑白板上，全班進行內容和形式上的觀摩與討論。 **活動二：概覽文章** 學生各自閱讀，標示出心裡的想法、或有疑義的地方。 全班討論課文與當初猜測內文的異同處，比較優缺點。 學生利用4人小組間分享想法，討論有疑義的地方、或不懂的詞語。		作業評量 態度檢核 口頭發表	17分鐘
2-3	學生自由提出仍然不懂的地方，全班進行討論。（關乎內容探究的問題，待學生週末查完資料後，星期一再討論） 教師揭示詞語，引導學生利用閱讀策略猜測出詞語的意義，如：利用上下文、插圖和生活常識進行推理。	投影機 課文縮圖	口頭發表	3分鐘

活動 目標	教學活動	教學 資源	評量 方式	時間
	活動三：查資料提點 1.教室帶領全班重新閱讀各個段落，讓學生一 段一段提出值得找資料的有哪些。			

第二節　中年級教學案例

一　課本教學活動設計

　　本教學設計是陳麗雲老師在二○一三年參加在福州舉行的第一屆「新課堂‧新教師」海峽兩岸基礎教育交流研討活動的教學內容，取自康軒版四年級第七冊第四單元文學花園的第十二課《兩兄弟》，本課教學時間共六節課，本設計單是第一節的內容深究教學，

　　教學課時安排如下：

第一節 連結策略～內容深究：排出文本順序
第二節 課文朗讀、試說大意
第三節 詞語教學 語文焦點（四） 句子教學：語文焦點（三）
第四節 生字教學 語文焦點（二）

閱讀教學：人物分析
習作指導（一）（四）
第五節
說話教學：當我遇見幸福石頭……
寫作教學
第六節
寫作教學：

教學活動設計單：

教學領域	國語文	教學年級	四年級	教學者	陳麗雲
教學單元	第四單元文學花園第十二課兩兄弟（康軒版）				
教學日期	2014年4月日	教學時間		教學時數	共40分鐘
教學目標	一、正確、快速的畫出石頭上的訊息，透過圖像化理解文章細節。 二、正確排列句子與段落間的順序，理解其間的先後順序或因果關係。 三、學習運用連接詞（如果、但是、即使）。 四、學習運用連結策略，連結生活經驗與文章訊息，懂得做決定之前要先仔細思考。		對應能力指標	一、5-2-14-2能理解在閱讀過程中所觀察到的訊息。 二、5-2-14-3能從閱讀的材料中，培養分析歸納的能力。 三、5-2-5能利用不同的閱讀方法，增進閱讀的能力。 四、5-2-10能思考並體會文章中解決問題的過程。 五、5-2-12-1能在閱讀中領會並尊重作者的想法。		
教材分析	八、文體：記敘文。 九、主旨：每個人對幸福的想法是不同的，應該予以尊重。 十、大意：兩兄弟旅行途中發現一塊石頭，上面寫著獲得幸福的方法。弟弟和哥哥的想法不同，於是兩人做了不同的選擇，過的生活也完全不同。哥哥回到村中過著平順的生活，弟弟按照石				

頭上的指示，後來當上國王，卻也因戰爭四處流浪。

十一、文本分析

角色	哥哥、弟弟
背景	在森林裡發現石頭上有如何尋找幸福的訊息。
引發事件	決定要不要照石頭上的訊息去找幸福。
反應	兄弟二人對石頭上的訊息有不同的看法。
行動	弟弟決定照石頭上的訊息去找幸福，哥哥則留在原地。
結果	兄弟兩人因為不同的選擇，產生了不同的結果。
結局	兄弟兩人對自己的決定都沒有後悔。

能力指標	教學活動	分鐘	教學資源	評量
2-2-2-4能在聆聽過程中感受說話者的情緒。	引起動機：幸福是什麼？ 四、教師提示幾個情境，感受幸福的味道。 五、教師詢問孩子們，你們覺得幸福是什麼？說說你們的想法。	5'	電腦 投影機	口頭發表
3-2-1-3能清楚說出自己的意思。	六、教師請兩人一組互相問答。（提醒沒有標準答案）			
2-2-2-3能發展仔細聆聽與歸納要點的能力。	發展活動：連結策略 閱讀第一、二段 兩兄弟一起去旅行，到了中午，他們走累了，就躺在林中休息，起身時，在身旁發現一塊石頭。上面寫著： 「發現這塊石頭的人，要在傍晚前走進森林。那裡有一條河，游過河到了對岸，就會看到一隻母熊和他的寶寶。抱走小熊，然後	30'	課文學習單	口頭發表

	頭也不回的跑到山頂上。山頂上有一棟房子，在那裡，幸福正在等著你。」		
5-2-14-2 能理解在閱讀過程中所觀察到的訊息。	十三、石頭上寫的是什麼？請畫在學習單。		
	（一）為什麼這些畫面，會讓你很深刻？		
	（二）這篇文章有個特點，就是事件的發展是按照因果順序產生的，帶著這樣的感受再讀一讀石頭上的話。		
3-2-1-1 在討論問題或交換意見時，能清楚說出自己的意思。	十四、教師提問：		
	（一）如果是你，你願不願意進入森林尋找幸福？為什麼？		
	（二）你認為主角想去嗎？為什麼？		
	閱讀文章到「我不想這麼做，」		
	當他們讀完，弟弟跟哥哥說：「走吧！我們游過河，抱走小熊，跑到山頂上的房子，就能一起擁有幸福。」「我不想這麼做，」哥哥說：	句子文章	
5-2-14-3 能從閱讀的材料中，培養分析歸納的能力。	十五、將哥哥說的理由分句散列，發給每一組。請學生將哥哥的話重新排列。		
	（一）哥哥接下去說明他不想去的理由，他說的話不小心被打散了，請各組同學把哥哥的話重新排好。排排看，這些句子誰先誰後？		

| | | 連起來以後，這樣說得通嗎？跟原來文章的意思差不多嗎？

（二）提醒學生：排列句子順序時，要注意 時間先後 以及 因果關係 。

（三）各組分享排列成果，比較異同，並討論理由。

（四）這些句子間有3個連接詞（如果、但是、即使）不見了，我們要將它們放回原來的位置，要放在哪裡才能讓文章讀起來更通順呢？（填入連接詞完成整段文章。） | 實物投影機

段落文章 | |
| 5-2-5能利用不同的閱讀方法，增進閱讀的能力。 | 十六、發給每一組預先準備的第四～八段課文，請學生排排看，這些段落，誰先誰後？

（一）哥哥說他不想去的理由之後，接下來故事如何發展，都在老師發給各組的紙條上。這幾張紙條同樣打亂了原有的順序，請各組討論後重新排好。

（二）分組進行小組討論，並排列出順序。（提醒從事件因果、時間來引導學生將段落連結起來。）

（三）各組分享排列結果，比較異同，並討論排列的理 | | |

	由。（揭示答案，教師呈現原文完整版本，並說明理由。）	2'		口頭發表
	十七、從故事中，你覺得哥哥和弟弟是什麼樣的人？			
5-2-10能思考並體會文章中解決問題的過程。	十八、文章裡有哪些事件或對話，可以證明兩兄弟都經過考慮才選擇呢？還有哪裡可以證明他們最後都不後悔呢？（揭示第四段以後文章）			
		3'		
	綜合活動：			
	三、揭示兩兄弟的選擇過程：選擇前 → 選擇 → 選擇後想一想 → 選擇去或不去 → 平順生活或美好回憶			
5-2-12-1能在閱讀中領會並尊重作者的想法。	四、教師請學生回想自己一開始「幸福是什麼？」的想法，想想讀完故事後，對幸福的看法有什麼改變？			
	五、每個選擇都有可能後悔，但如果選擇前能仔細評估、用心分析，就能讓自己更謹慎選擇，並且不讓自己後悔。			
	讀了這篇課文，你對閱讀方法有什麼新的認識體會？			

二　群文閱讀教學活動設計

本教學設計是陳麗雲老師在二〇一五年參加在青島、河北邢台舉行的第一屆兩岸三地小學課堂教學重構研討會的教學內容，教學年級是四年級，取自香港朗文四年級《大熊猫观赏记》、《国宝大熊猫》。

教學活動設計單：

《大熊猫观赏记》、《国宝—大熊猫》教学活动设计陈丽云老师教
学年级：四年级

【教学目标】

1. 通过理解课题预测文本内容，认识其表达的特殊性。

2. 运用所学的阅读策略学习字词。

3. 运用抓重点词句理解文章内容并读出写法。

4. 比较记叙与说明的表述方式。

【教学准备】

学生：熟读课文，完成"课自主学习单"，收集大熊猫的资料。

教师：收集大熊猫图片，影片《大熊猫》、《熊猫圆仔》。

【教学过程】

一、导入新课《大熊猫观赏记》，理解课题。

二、学习生字词。

三、重点深究

（一）推论四只大熊猫个性，从文本找出支持的理由。

（二）读出内容与写法。（叙述六要素）

（三）理解本课主要是运用叙述的表达方法。

四、导入新课《国宝——大熊猫》，理解课题

五、辨识描写大熊猫外型与个性的词语。

六、重点深究

　　（一）运用抓住重点的词语和重点的句子理解文章内容。

　　（二）读出内容与写法。（总分总）

　　（三）理解本课主要是运用说明的表达方法。

七、比较《大熊猫观赏记》、《国宝——大熊猫》不同的表达方
　　式，辨识叙述与说明的写作特色。

【推荐阅读】

　　《动物的尾巴》、《鲸》。

【附录】

　　《大熊猫观赏记》自主学习单　　　　班级姓名

　　同学们，预习是一种良好的学习习惯。如果你能在学习每篇课文
之前，都做到认真的预习课文，相信你在课堂上的收获会更大！请你
按照下面的预习提示走进《大熊猫观赏记》。

一、读前热身：看看标题，哪个词语可以让你知道文章的表达方
　　法？

二、读读课文：要求：读准字音，读通句子，做到正确、流利。

三、认写字词：

　　1. 课文中哪些字词是你不认识的？把它标示记号。你会用
　　　什么方法知道它们的意思？

　　2. 上面加点的字，你用什么方法知道它的字义？

思索盯着　警惕解渴

四、理解內容：

　　1. 根据下面提供的疑问词，自拟一些可以在课文中找到答
　　　 案的问题。

| 什么？ | 谁？ | 哪里？ | 为什么？ | 怎样？ |

问题一：_____

问题二：_____

问题三：_____

　　2. 用自己的话写写课文主要讲了什么？

五、读出写法：思考文章是怎么写这篇观赏记的？

六、搜集资料：通过课外书或网络搜集数据，了解大熊猫的相关
　　　内容。

第三節　低年級教學案例

一　課文教學活動設計

　　本教學設計是吳雪麗老師在二〇一五年參加在福州舉行的第三屆
「新課堂・新教師」海峽兩岸基礎教育交流研討活動教學內容，取自
康軒版二年級第三冊第一單元【新的開始】的第四課《文字的開
始》，本課教學時間共五節課，本設計是第三節的內容深究教學，

教學課時安排如下：

第一節 看圖說話、詞語教學
第二節 課文朗讀、生字教學
第三節 內容深究：摘取大意、理解課文組織架構
第四節 語文焦點指導
第五節 習作指導

教學活動設計單：

教學 領域	語文	教學年級	二年級	教學設 計者	吳雪麗
教學 課次	第一單元新的開始第四課文字的開始（康軒版）				
教學 日期	2015年11月7或8日	教學 時數	一節，共40分鐘		
教 學 目 標	一、學習運用摘要策略，刪除不必要的訊息，說出段落大意。 二、學習運用摘要策略，歸納重要的訊息，說出段落大意。 三、學習運用摘要策略，找出主題句，說出段落大意。 四、學習運用連接詞（於	對 應 能 力 指 標	2-1-2-3 能邊聆聽邊思考。 3-1-4-3 能依主題表達意見。 5-1-2-2 能概略瞭解課文的內容與大意。 5-1-7-2 能理解在閱讀過程中所觀察到的訊息。 5-1-7-3 能從閱讀的材料中，培養分析歸納的能力。 6-1-2-1 能運用學過的字詞，造		

	是），分出段落中的層次。 五、能統整各段大意，潤飾文句，成為全課大意。		出通順的短語或句子。

教材分析	一、文體：說明文。 二、主旨：文字發明的原因、經過和結果。 三、大意：文字沒發明前，記事不方便，後來，人們把看到的東西畫下來，於是，一個個的文字就被發明出來了。 四、文本分析： 文字的開始 ─ 原因（先）：文字沒有發明前，記事不方便。 　　　　　　⇩ 　　　　　　過程（中）：─ 解決一：有人用打結記事。 　　　　　　　　　　　　　　　⇩ 　　　　　　　　　　　　　　　產生問題：記不得什麼事了。 　　　　　　　　　　　　└ 解決二：有人把看到的東西畫下來。 　　　　　　└ 結果（後）：一個個的文字就被發明出來了。

教學活動	分鐘	教學資源	評量
準備活動： 一、教師朗讀方素珍童詩《不學寫字有壞處》 小蟲託溪水帶信給螞蟻， 小蟲不會寫字， 在落葉上咬了三個洞， 表示「我想你」。	5'	方素珍童詩《不學寫字有壞處》 電腦 投影機 PPT 檔	
螞蟻收到信， 在落葉上咬了三個洞， 表示「看不懂」。			

小蟲不明白螞蟻說什麼， 螞蟻也不懂小蟲的意思， 怎麼辦呢？ 二、教師提問： （一）小蟲和螞蟻在葉子上都做了什麼事？他 　　　們表示的意思有什麼不同？說說看。 （二）小蟲和螞蟻遇到的共同問題是什麼？ （三）你能幫小蟲和螞蟻想到什麼解決的辦 　　　法？ 三、教師請小朋友發表看法。（提醒沒有標準 　　答案、不只一個答案。） 四、我們來讀一讀課文，它告訴我們文字是怎 　　樣的。 五、教師範讀全課，請學生找出全課自然段。		口頭 發表
發展活動：摘要策略 ◎閱讀第一段： 　文字還沒有發明以前，人們要記事情 　很不方便。 一、這段話要說明什麼事？。 　（一）把重要的字畫線，刪去不重要的字。 　（二）二個字的詞語如果可以用一個字表 　　　　示，可以刪去。 　（三）全班念一次畫線的句子，檢視通順 　　　　嗎？ 【文字沒發明前，人們記事不方便。】 　（四）這段文字就是第一段段落大意，全班 　　　　齊聲朗讀。	8' 課文作業單	師生 共同 討論 口頭 發表
◎閱讀第二段：	8' 課文作業單	

> 有人用「打結」來記事，大事情打大
> 結，小事情打小結，生活中發生的大
> 事小事太多，大大小小好多結，最後
> 都記不得是什麼事了。

二、這段話要說明什麼事？結果怎麼了？畫線
　　在課文作業單。
（一）歸納重要訊息，刪去解釋的訊息。
「大事情打大結，小事情打小結，生活中發生
的大事小事太多，大大小小好多結，」都是說
明「打結」記事的情形，所以可以刪去。
（二）整段畫出的重點是：
【有人用「打結」來記事，最後都記不得是什
麼事了。】
（三）這段文字，就是第二段段落大意，全班
齊聲朗讀。

◎閱讀第三段：

> 後來有人想到，可以把看到的東西畫
> 下來，圓圓的太陽，就畫個「日」；
> 半圓的月亮，就畫個「月」。還有人
> 畫出有三個尖角的高「山」和有四個
> 方格的「田」地……。

三、這段話要說明什麼事？畫線在課文作業
　　單。
（一）個人先畫重點，之後二人一組討論。
（二）揭示發表學生的課文作業單，比較畫線
最多和畫最少的作業單，請學生說明其理由。
（三）師生共同討論修改，歸納重點、刪除這

師生共同討論口頭發表

8'　課文作業單

二人一組討論

段話不重要的訊息（舉例），畫在作業單。 （四）全班朗讀第三段大意。 【後來有人把看到的東西畫下來。】 （五）第三段大意就出現在第一句，這句話在說明本段的大意，就是「主題句」。 ◎閱讀第四段： 有了文字以後，大家發覺生活中的事情，都可以記下來。於是，一個又一個的文字，就這樣被人們慢慢的造出來了。 四、找出段落中句號，分出段落中的結構。 （一）教師詢問：段落中的句號，有什麼作用？ （二）教師提示：句號表示一句話表達意思已結束，新一句話的開始。在朗讀時，讀到句號應適當的停頓。教師指導以斜線做出標記。 （三）教師範讀，學生跟讀，體會句號停頓的時間。 （四）段落中的句號，把段落分成上、下二個部分，這兩部分有什麼關係？用了什麼詞語連接？（教師揭示答案：因果關係） 五、請把這段話歸納重點，畫在學習單。 （一）個人先畫重點，之後二人一組討論。。 （二）揭示發表學生的課文作業單，比較畫線最多和畫最少的作業單，請學生說明其理由。 （三）揭示各組的課文作業單，比較相同、不同的地方。	5'	課文作業單	二人 一組 討論

（四）分組進行修改或再確定，並揭示。 （五）全班共同檢視各組大意是否通順。 （六）請各組說出第四段大意。 【有了文字後，大家可以記事情。於是，更多的文字，就被造出來了。】		
六、把課文段落大意，組合成一段話，再次歸納重點、潤飾文句，就成了全課大意了。 （一）教師要求歸納全課大意在80字以下。 （二）分組討論，展示課文作業單，發表理由。 【文字沒發明前，人們記事不方便。有人用「打結」記事，有人把看到的東西畫下來。有了文字後，更多的文字，就被造出來了。】 （56字）	5'　課文作業單	分組討論
綜合活動： 一、讀了這二篇文章，你對摘取課文大意有什麼新的認識、體會？ 二、換你做做看： （一）默讀「阿拉伯數字的由來」一文。 （二）請小朋友畫出文章中各段的重點。	1'　課後作業單	

二　繪本讀寫結合教學活動設計

　　本教學設計是林玲如老師在二〇一五年參加在福州舉行的第三屆「新課堂・新教師」海峽兩岸基礎教育交流研討活動的教學內容，教學年級是二年級，取自馬丁・巴茲塞特的《不會寫字的獅子》繪本，臺北米奇巴克出版社二〇〇八年出版。

　　教學活動設計單：

教學領域	語文	教學年級	二年級	教學設計者	林玲如
教學內容	繪本：《不會寫字的獅子》				
教學日期	2015年11月7日或8日	教學時數		一節，共40分鐘	

教學目標	一、利用閱讀策略（連結），理解文本。 二、閱讀文本，進行文本內、背景知識或跨文本的串聯。 三、利用表格有條理的整理訊息，找出書信內容的同異點，進行習作練習。 四、藉由閱讀，瞭解識字的重要性。	對應能力指標	4-1-1-1能利用部首或簡單造字原理，輔助識字。 5-1-7-2能理解在閱讀過程中所觀察到的訊息。 5-1-7-3能從閱讀的材料中，培養分析歸納的能力。 6-1-1-4能經由作品欣賞、朗讀、美讀等方式，培養寫作的興趣。 6-1-3-1能練習寫作簡短的文章。
教材分析	十二、主旨：動物都從自我觀點來處事，凸顯獅子不識字的痛苦，傳達識字的重要性。 十三、大意：獅子在追求母獅子的過程中，遭遇不會寫信的挫折，進而發現識字的重要。 十四、人物分析（獅子）： ★自大傲慢： 　　這隻獅子不會寫字。不過他一點都不在乎。 　　他知道如何露出尖尖的牙齒大聲咆哮。對一隻獅子來說，這樣就足夠了。 　　獅子跑去找猴子，命令他：「幫我寫一封信給母獅子。」 ★粗魯無禮 　　「不對！才不是這樣！」獅子大叫。「我才不會這樣寫！」然後把信撕成碎片。		

　　獅子氣瘋了，把信撕成碎片，然後要長頸鹿幫他再寫一封。

　　獅子哼了一聲。「我才不會這樣寫。」生氣的獅子把信撕掉。

★柔情：

　　獅子悄悄地靠近，想要親親她。

　　要追求一位高貴的小姐，我應該先寫信給她。才可以親吻她。

　　「我想寫信告訴她，她很漂亮！我想寫信告訴她，我多麼想見到她！我只想待在她的身邊，安安靜靜地躺在大樹下，一起看天上的星星」

十五、文本分析

背　　景	獅子不會寫字，他只要露出尖尖的牙齒大聲咆哮就可以了。		
起　　因	他看見一隻愛看書的高貴母獅子，想要認識她。		
問　　題	不會寫字的獅子想寫信追求母獅子。		
引發的事件		行　　動	反　　應
	猴子	命令猴子幫他寫信	把信撕成碎片
	河馬	找河馬幫他寫信	獅子不滿意
	糞金龜	換糞金龜幫他寫信	把信撕成碎片 獅子還是不滿意
	長頸鹿	找長頸鹿幫他寫信	信被鱷魚吞下肚
	鱷魚	要鱷魚幫他寫信	仍然不滿意，把信撕成碎片
	禿鷹	找禿鷹幫他寫信	先滿意後大怒
結　　果	動物們寫不出獅子的心意，獅子生氣地不停吼叫。		
結　　局	母獅子主動教獅子學認字……		

教學活動	分鐘	教學資源	評量
準備活動：標題解構			

一、揭示繪本封面：	3'	電腦	口頭發表
（一）你可以從封面的圖片上看到哪些訊息？		投影機	
（二）從書名中，你可以得知哪些訊息？			
二、在書名頁中，你發現了什麼線索？說一說。			

發展活動 ：內容理解（連結策略）

一、教師利用繪本 ppt，提出問題和學生進行討論：	10'		
（一）獅子為什麼要學寫字呢？			
（二）獅子不會寫字，除了找人幫他寫信外，獅子還可以利用哪些方法來表達自己的心意呢？			
1.學生連結跨文本或生活經驗，進行分組討論，將想法寫在作業單。			
2.學生發表想法，師生討論各種方法的可行性。			
（1）學生揭示討論的答案。			口頭發表
（2）教師出示圖片，進行猜一猜的活動。	10'		
3.教師針對發表內容，進行歸納。			
（三）獅子找動物幫忙寫信：（利用連結策略提取訊息）			
1.獅子先找上猴子幫忙的原因是什麼？			
2.在糞金龜（屎殼郎）之後，作者為什麼要安排長頸鹿出現？	5'	作業單	
二、教師提出表格，指導學生從書信內容中，提取相關訊息填寫在表格中。			

書信內容　動　物	生活習性	食　物
猴子	爬樹	香蕉
河馬	在河裡泡澡	吃水草
糞金龜	在地上打滾	新鮮的牛糞

口頭發表

長頸鹿	／	／	10'		
鱷魚	／	長頸鹿的肉當晚餐			
禿鷹	飛越叢林	動物的屍體			

表格一：書信內容分析表

（一）教師念出書信的開頭，引導學生口述完成書信內容表格填寫。

（二）分組習作：完成「長頸鹿消失的一封信」。

（三）教師引導學生利用口頭發表完成鱷魚和禿鷹的書信內容。

（四）建立人物和事件的連結：

　問：作者安排這些動物幫忙寫信，彼此之間有什麼關係？

猴子	河馬	糞金龜	2'	作業單	
長頸鹿	鱷魚	禿鷹			

（五）小松鼠在文本中出現幾次？作者安排他的出現有什麼作用？

（六）教師統整文本重點，引導學生說出主旨：寫字、識字很重要；會識字真好。

綜合活動：

一、習寫「獅子的一封信」：

（一）引導學生根據表格一，說一說出書信內容的規則性。

（二）學生完成作業單：「獅子的一封信」

附錄　課文

康軒版五年級第十冊第二單元藝術天地
第五課《恆久的美》蔣勳

　　前幾天，我坐火車行經嘉南平原，看到一片黃澄澄的稻田，把大地染成金黃色。那一顆顆飽滿的稻穗，是農民辛勤耕作的成果，即將帶給他們豐收的喜悅。

　　這片農田，使我想起西方一個古老的故事：有一年，收割大麥的時候，來了一位異邦的婦女——路得。路得要養活婆婆，只好到別人的田裏，跟在收割的人身後拾取麥穗。一個大地主看到這番景象，便跟路得說：「我的僕人在哪塊田收割，你就跟在他們後面拾穗；要是你口渴了，那麼他們會給你水喝。」

　　這段故事，是法國畫家米勒創作拾穗的來源。米勒生長在法國鄉下的農家，童年時曾幫父親在田間勞動。他成為藝術家後，原本只想在巴黎以畫畫為生；但在西元一八四九年移居農村後，童年的記憶甦醒了，身上的農家之血也開始沸騰。當許多畫家在田園看夕陽、畫森林美景時，米勒的畫筆卻不停的在刻畫農民樸實的生活。

　　拾穗是米勒的代表作之一。在畫作中，可以看到地平線遠方有很多人在忙碌的工作，他們把收割的麥草堆得高高的，放在車上準備運走。前面有三名婦人彎腰在地上撿拾麥穗。第一個綁著藍色頭巾的婦人腰彎得很低，左手按著腰背後部，彷彿是一次又一次重複撿拾的動作，使她腰酸背痛。第二個婦人綁著紅頭巾，左手正把麥穗放進圍裙的口袋中，口袋裏似乎裝滿了麥穗，顯得有些沉重。第三個綁黃色頭巾的婦人，則半彎著腰，

左手握著一束麥子，正掃視著麥田，尋找遺漏的麥穗。

米勒將內心的感動，透過樸素的筆法，描繪出人物與土地的親密關係。聖經上有句話說：「富有的人啊！在收割麥田之後，不要帶走掉在地上的麥穗，請留給更窮的人去撿。」這三個婦人雖然很窮，卻在米勒的話中展現生命的尊嚴。米勒畫出的，正是農民「分享」以及「任勞任怨」的生活哲學。

「拾穗」很美，美在土地的寬闊厚重，美在艱難生活中頑強存活的意志，美在慷慨分享生活物質的高貴情操。這幅畫滋潤人們日漸枯竭的心靈，讓美的感動得以恆久持續。

翰林版五年級第十冊第二單元海天遊蹤
第五課《紐西蘭的毛利文化》

寒假中，我們全家為了了解毛利文化，特地走訪了一趟紐西蘭，親身體驗毛利文化的特色。雖然北半球的臺灣已進入嚴寒的冬季，但遠在南半球的紐西蘭，卻是豔陽高照，一點寒意也沒有。

第一次拜訪紐西蘭，我對陌生的毛利文化感到很好奇。導遊告訴我們：毛利人是紐西蘭的原住民，在一千多年前從亞洲遷移過來。當他們的祖先踏上這個杳無人煙的島嶼，看到遠處翠綠的山峰被團團白雲繚繞的景緻，便為它取了一個詩意的名字──「白雲繚繞之島」。毛利人從島上豐富的天然資源中獲取食物，他們精於雕刻、熱愛歌舞、敬拜圖騰而日漸形成獨特的毛利文化。

踏進毛利文化村的大門，放眼望去，只見毛利人的會堂和屋舍錯落其間，其中代表族群標幟的各式各樣圖騰，顏色鮮艷、造

型特殊，成為大家拍照取景的焦點。廣場上紋身的舞者，為了歡迎我們的到來，正在表演鏗鏘有力的歌曲和熱情洋溢的舞蹈，節奏分明的歌舞撼動全場，一舉手一投足都是力與美的象徵。陽光下，舞者黝黑的皮膚閃動著晶瑩的汗珠，微揚的嘴角不時流露出歡欣的笑容。

當我們步入文化村，看到精雕細琢的毛利傳統藝術品，種類繁多與手工的精緻細膩，讓大家嘆為觀止。為數最多的是毛利人引以為傲的木雕藝術品，大多雕刻著不同族群的圖騰與傳統神話故事。而婦女製作的編織品，顏色五彩繽紛、圖案千變萬化，都是她們一針一線慢慢編織出來的。此外，還有造型奇特的獨木舟，據說是早期毛利人為了出海捕魚所打造的。

導遊接著介紹了一種毛利人傳統的特殊烹調方法，他說：「由於島上到處都有從地底下冒出來的天然熱氣，所以居民在烹調食物之前，會先將玉米、馬鈴薯或是肉類，用樹葉包好，然後在地底冒出天然熱氣的出口，挖成一個坑，再利用地熱將食物悶熱。」聽了導遊的說明，我好想品嘗這種特殊的料理。沒想到在旅程結束的前一天，我真的嘗到了這種傳統美食，燜烤出來的食物不但帶有葉片特殊的香味，而且一點也不油膩，大家吃了都讚不絕口呢！

毛利文化村內，不僅保存了毛利文化的傳統藝術及習俗，還特地開設木雕工藝學校，廣泛收藏毛利人的工藝品，並廣招對木雕有興趣的青年，讓既豐富又多樣的傳統毛利藝術得以傳承，這些都是紐西蘭尊重傳統文化的具體表現與成果。

康軒版四年級第七冊第四單元文學花園的
第十二課《兩兄弟》列夫・托爾斯泰

　　兩兄弟一起去旅行，到了中午，他們走累了，就躺在林中休息，起身時，在身旁發現一塊石頭。上面寫著：「發現這塊石頭的人，要在傍晚前走進森林。那裏有一條河，游過河到了對岸，就會看到一隻母熊和牠的寶寶。抱走小熊，然後頭也不回的跑到山頂上。山頂上有一棟房子，在那裏，幸福正在等著你。」

　　當他們讀完，弟弟跟哥哥說：「走吧！我們游過河，抱走小熊，跑到山頂上的房子，就能一起擁有幸福。」

　　「我不想這麼做，而且，我勸你也別這麼做。」哥哥憂心的說：「首先，誰曉得石頭上的話是不是真的？也許它只是開個玩笑，也有可能是陷阱。再說，就算那些話可信，但是你想想，等我們走進森林，天已經黑了，我們會迷失在森林裏，不容易找到那條河。就算找到那條河，如果河面寬闊、水流湍急，怎麼游過去呢？即使游過去了，要從母熊身邊抱走小熊，那也不是一件容易的事。如果成功了，不可能一口氣跑到山頂。最重要的是，石頭並沒有告訴我們，會得到什麼樣的幸福。可能等在那裏的，並不是我們所希望得到的啊！」

　　「你錯了。」弟弟說：「那些話說得相當明白。依我看，試一試不會有什麼害處；如果不試，我們什麼也得不到，別人反而捷足先登。何況，在這世上，不努力，就不會有成功的機會；而且，我不想被認為是一個膽小的人。」弟弟說完就往森林走去，哥哥則回到村中。

　　不久，弟弟發現那條河，他游過河，到了對岸，果然有一隻母熊在那兒休息。他偷偷抱走小熊，頭也不回的往山上跑。到了山頂，有個人出來迎接他，並用馬車載他進城，城裏的人請他當國王。他在這個國家當了五年的國王，到了第六年，比他更

強大的鄰國國王向他發動戰爭，城市被佔領，他也逃亡了。

弟弟成了流浪漢。有一天，他回到村裏，來到哥哥家的門前。

哥哥仍住在那裏，沒有變得更富有，也沒有變得更貧窮。他們很高興的見了面，說著分手後發生的事。

哥哥說：「你看，我是對的。在這兒，我過得相當平順；而你，雖然當上國王，卻也遭遇很大的麻煩。」

「我一點也不後悔。」弟弟回答說：「雖然，我現在身無分文，但是，我擁有美好的回憶，而你卻沒有。」

香港朗文四年級

《大熊貓觀賞記》

今天，我跟爸爸媽媽到海洋公園玩。我非常喜歡大熊貓，所以一到海洋公園便拉著爸爸媽媽直奔大熊貓的住所——大熊貓園。經過半小時的輪候，我們終於進入大熊貓園。我最先看到大熊貓樂樂，牠好動貪玩，一會兒在地上不停的翻跟頭，一會兒又爬到樹椏上玩耍，活像個又胖又頑皮的小孩，有趣極了！

住在樂樂隔壁的是雌性大熊貓盈盈。我最初覺得盈盈的樣子幾乎跟樂樂一樣，後來仔細觀察，才發覺牠臉上的黑眼圈比樂樂的長。牠一直低著頭，好像在思索什麼似的。突然，盈盈抬起頭，一雙烏黑發亮的眼睛緊盯著我。我雀躍歡呼：「媽媽，您看，盈盈在看著我呢！」話音未落，盈盈卻像被嚇著似的，突然轉身回屋裡去了。爸爸告訴我，盈盈比較文靜、害羞，警惕性很強，一聽到較大的響聲就會走避。我聽了十分懊悔。

接著，我們又來到大熊貓安安和佳佳的住處。佳佳正躺在地上，肚子朝天，時而舉起手，時而抬起腳，時而轉動身子，時而用前爪輕拍肚子，睡姿十分有趣。安安則盤著腿，把石頭當

成椅背，倚著石頭舒舒服服的坐著。牠用前爪抓起竹子往嘴裡送，然後大口大口的咀嚼。嘴裡的竹子還沒吃完，牠又拿起地上的竹子往嘴裡送，吃飽了，又大口大口的喝水解渴。牠那副饞嘴的模樣，真惹人發笑。

離開大熊貓園時，我依依不捨的回頭張望，期盼能與這四隻可愛的動物再次會面。

《國寶大熊貓》

自從大熊貓安安、佳佳、盈盈、樂樂定居香港以後，大熊貓成了香港市民的「貴賓」。因為大熊貓是我國特有的珍稀動物，也是世界上最負盛名的瀕危動物。

大熊貓體態豐盈，四肢粗壯，尾巴短禿，毛色奇特，頭和身軀乳白色，而四肢和肩部黑色，頭上有一對黑耳朵，還有兩個黑眼眶，很像戴著一副墨鏡。大熊貓長相可愛，性情溫馴，給人諧趣、活潑的印象。

大熊貓如今在我國分布地域十分狹窄，僅見於四川、甘肅、陝西等一些海拔二千米以上的高山。那裡人煙稀少，山坡上覆蓋著茂密的原始森林，林間泉水豐富，竹類叢生。這樣的環境最適合大熊貓過著隱居的生活。

大熊貓喜歡吃竹子，可是竹子的營養成分不多，所以一頭成年的大熊貓每天最少要吃十五至二十公斤竹子。

大熊貓的活動範圍與季節關係很大。冬、春兩季，牠們多生活在海拔三千米以下、積雪較少的山谷地帶；夏、秋兩季，則多在海拔三千米以上的地帶活動。天氣炎熱時，為了降低體溫，大熊貓會到小溪、小河旁大量喝水，喝得「醉」倒不能走動，以至於有「熊貓醉水」的說法。

別看大熊貓笨重肥大，可爬起樹來卻挺高明。大熊貓爬樹不但可以逃避敵害，還可以享受陽光、嬉戲玩耍、求偶婚配。

大熊貓的繁殖力很低，一般每胎產一子。剛誕生的熊貓小得像隻小老鼠，體重僅相當於母體重量的千分之一，因此不易成活。由於大熊貓繁殖艱難，存活不易，所以如今我國野生的大熊貓屈指可數，估計只有一千五百隻左右。

大熊貓是我國國寶，已列為一級保護動物。我國已建立了十三個以保護大熊貓為主的自然保護區，採取了一系列保護措施，以拯救這一瀕危物種，促使大熊貓子孫繁衍，家族興旺。

康軒版二年級第三冊第一單元【新的開始】
第四課《文字的開始》

文字還沒有發明以前，人們要記事情很不方便。

有人用「打結」來記事，大事情打大結，小事情打小結，生活中發生的大事小事太多，大大小小好多結，最後都記不得是什麼事了。

後來有人想到，可以把看到的東西畫下來，圓圓的太陽，就畫個「日」；半圓的月亮，就畫個「月」。還有人畫出有三個尖角的高「山」和有四個方格的「田」地……。

有了文字以後，大家發覺生活中的事情，都可以記下來。於是，一個又一個的文字，就這樣被人們慢慢的造出來了。

繪本：《不會寫字的獅子》
作者：Martin Baltscheit
譯者：吳愉萱
繪者：馬克・布塔方

出版社：臺北米奇巴克出版社

出版日期：2008/08/20

第九章
結語

　　兒童文學、語文教材與閱讀，皆屬於教育的範疇。而臺灣教育的改革，自當始於一九八七年政府宣布解除戒嚴。

　　解除戒嚴後，在政治體制的轉型，社會風氣隨著民生開放，各界紛紛提出改革訴求，在教育方面，民間教改團體也陸續成立，為當時教育問題提出建言。自此，臺灣的教育開始進入風起雲湧的階段。

　　臺灣教育改革，是指臺灣一九八七年代以來一連串的教育改革措施，不論法令、師資課程、教學、教科書、財政等方面，都有重大的變革，堪稱臺灣教育史上變動最劇烈的階段。由於教改牽涉層面相當廣，因此不斷為社會各界所廣泛討論，且因爭議頗多，實施至今各界給予不一的評價。以下略述教改大事記：

　　一九八八年一月三十一日，第一屆民間團體教育會議由人本教育促進會、主婦聯盟等三十二個民間團體召開，往後幾屆皆針對不同的教育主題提出建言。

　　一九四四年四月十日發起大遊行活動，並成立410教改聯盟持續推動，引起社會各界廣大迴響，其提出的四項訴求分別為：

　　　落實小班小校
　　　廣設高中大學
　　　推動教育現代化
　　　制定教育基本法

　　一九九四年六月，由教育部召開第七次全國教育會議，主題是：
「推動多元教育、提升教育品質、開創美好教育遠景。」會議各項結
論，形成一九九五年頒布《中華民國教育報告書》（《教育白皮書》）
的藍本。

　　一九九四年七月二十八日行政院通過《教育改革審議委員會設置
要點》，同年九月二十一日行政院教育改革審議委員會正式成立（簡
稱教改會），由中研院長李遠哲擔任委員會主任兼召集人。在一九九
四到一九九六年運作期間，共提出四期諮議報告書及《總諮議報告
書》，作為臺灣教改的重大依據。在《總諮議報告書》中，提出教改
之八大重點優良項目，分別為：

　　　　修訂教育法令與檢討教育行政體制
　　　　改革中小學教育
　　　　普及幼兒教育與發展身心障礙教育
　　　　促進技職教育多元化與精緻化
　　　　改革高等教育
　　　　實施多元入學方案
　　　　推動民間興學
　　　　建立終身學習

　　一九九六年十二月二日，行政院教改會在提出《總諮議報告書》
後解散，時任副總統兼行政院長連戰下令行政院成立跨部會「教育改
革推動小組」。

　　一九九八年一月，「教育部改革推動小組」成立，由行政院副院
長劉兆玄擔任召集人。

　　二○○二年十月十九日，「教育改革推動小組」改組成「教育改
革推動委員會」，由行政院長游錫堃擔任召集人。

　　二〇〇三年七月，臺大教授黃光國和政大教授周祝瑛等專家學者發表《重建教育宣言》（《教改萬言書》），並發起「重建教育連線」及「終結教改亂象，追求優質教育」全民連署行動。書中痛陳：自願就學方案、建構式數學、九年一貫課程、多元入學方案、教科書一綱多本、消滅明星高中、補習班盛行、教師退休潮、師資培育與流浪教師、統整教學、廢除高職、廣設高中大學及教授治學等十三種教改亂象。

　　二〇〇九年十一月十二日，由全國家長團體聯盟、中華民國教育改革協會、人本教育基金會等民間團體組成之「我要十二年國教聯盟」，在國中基本學力測驗結束當天發起「七一二我要十二年國教」遊行。但社會上對於「我要十二年國教聯盟」所提出的訴求也仍有質疑。

　　二〇一四年起正式實施十二年國教，即是將由施行中的九年國教延長至十二年，但後三年採非強迫性入學、免學費、公私立並行及免試為主。

　　二〇一四年一月二十七日，教育部通過高中「課綱」微調。

　　因十二年國教，是以現有高級中學的國文科、公民科、地理科與歷史科的課程綱要（101課綱）宜微調。二〇一四年一月十七日，教育部召開公聽會，公布高級中學歷史科課程部分修正表，引發內容「去臺灣化」、「過程黑箱」質疑，是以一群學生反對高中課綱微調，二〇一五年七月十三日下午三時，學生集結在國教署大門，高喊「退回課綱」、「拒絕秘晤談」等口號，七月二十三日深夜，在教育部前抗議的學生團體成員，入侵教育部，進入部長辦公室，共有三十三名成員遭警方逮捕（內含記者）。七月三十日，反課綱北區高校聯盟發言人學生林冠華，在住家燒炭死亡。晚間，抗議學生短暫衝入立法院圍牆內，隨後退回到教育部廣場。七月三十一日，反課綱學生仍聚集在

教育部廣場並提出兩點訴求：撤銷一○四學年度課綱，以及教育部吳思華下臺。八月五日立法院各黨團進行協商後，達成不開臨時會的決議，建議教育部依高級中學法，召開課審會，進行課綱檢討。今年度（2015年，104學年度）尊重各校自由選書。八月六日，反課綱學生團體聯合聲明，結束在教育部門口的抗議活動，撤離教育前廣場。

臺灣一群反對課綱微調，一週內兩度夜闖教育部，並佔領教育部前庭長達七天。這種激烈的抗爭，引起越來越多臺灣民眾的關注。

以上這些所謂的臺灣教育改革，有官方的，有民間的。官方的教改是被動的，且官方的教改亦已於二○○三年因《教改萬言書》而陣亡；至於民間的教改，則屬於群眾式、街頭式，至於脫序，正是所謂激情有餘，理性思考不足，甚至流於意識形態的操弄。

如果我們從民間開放教育、在家自學，或自主學習的角度來看，或許會有另一種的景觀。

開放教育（open education）是美國的說法，最早開始英國稱為（informal education）。開放教育是指因應學生個別差異，妥慎設計學習環境，激發學生不斷主動探索學習，使兒童獲得全人發展的教育理念與措施。開放教育強調教師專業知能及自主權，肯定學生個別差異，教學及學習內容具彈性、多樣化，重視學生全面性發展，鼓勵不同的答案。

在家自學，是指不進入學校系統，而靠家庭式或社會資源的學習方式。

自主學習是一種教育與學習的方法。所謂自主，就是為自己作選擇，並為這些選擇負責。在教育實務上，即是對自己設立並實行個人教育的計畫。

這些寧靜式的體制外教育，最早是一九二一年，尼爾的夏山學校。一直被視為開放教育的楷模。夏山學校實施混齡教學輔以個性化

教學設計，學生自己決定學習內容及生活規則，強調學校適應學生而
非兒童適應學校。

　　在美國有瑟谷學校，它是一九六八年誕生於美國麻州法明罕市。
這裡招收四歲到十九歲的學生，使用不同以往的教學方法。它是美國
第一家正式立案的自主學習學校。

　　在日本有緒川學校，它是一九七七年設立的，強調個別化的學習。

　　而臺灣地區有關體制外的教學，或始於陳清枝。一九七五年，陳
清枝等人興起創辦臺灣的「夏山學校」辦學念頭。一九七六年成立
「藝山教育文化服務團」以召集結合志同道合人士。一九八一年，成
立「藝山教育文化基金會」，一九八四年陳清枝與另外七位股東所購
置宜蘭野有山莊作為籌建森林小學營地，利用寒、暑假，進行課程實
驗教學活動。

　　一九八八年，在戴招元與陳清枝的接洽下，與人本教育基金會合
作，成立「森林小學教育基金會籌備處」，一九八九年，陳清枝辭去
教職投入人本教育基金會，積極進行設校準備工作，從事「森林小學
期前教學研究計畫」。

　　一九八九年十月二十一日，人本教育基金會在耕莘文教院為森林
小學召開記者說明會，會中氣氛熱烈。

　　一九九〇年，戴招元、陳清枝相繼退出「人本教育基金會」。後
來由史英、朱台翔、黃武雄繼續主持整計畫，起初經費極為拮据並引
發社會譁然，但在創辦者堅持理念之下，終於一九九〇年三月在臺北
縣林口鄉正式創辦「森林小學」，並由朱台翔擔任森林小學校長。森
林小學成為臺灣民間第一所靠理念辦學的私人學校。

　　由於教育改革的潮浪不斷，二〇一四年十一月四日立法院三讀通
過《學校型態實驗教育實施條例》、《高級中等以下教育階段非學校型
態實驗教育實施條例》、十一月七日三讀通過《公立國民小學及國民

中學委託私人辦理條例》這三個新法案，就是所謂實踐教育三法，此後開放公立中小學可辦實驗教育，也讓在家自學有正式法源。

　　綜觀兒童文學與國小語文教材的發展與演進，似乎是波瀾不興。雖然上個世紀中國三〇年代的兒童文學觀，隱然現身在臺灣地區，但除了作為學科之外，不見更有效的應用與落實，至於學術亦不見，更不知有三〇年代的繁花盛開的想像。如今卻一昧跟著國際化、全球化腳步前行，但知標準化與閱讀。而所謂的閱讀，個人認為其誤區有三：

　　1. 對兒童文學認識不足；
　　2. 課內課外不同；
　　3. 認為閱讀是語文老師的事

　　所謂對兒童文學認識不足，是指雖然重視兒童文學，卻以為兒童文學僅是文學作品而已，殊不知兒童文學是為兒童量身打造的精神食糧，其書寫原則是立足於兒童心理、生理與社會等發展需求為主，這些讀物有文學性，也有非文學性，但皆以合適兒童閱讀。這種立足於兒童心理、生理與社會等方面合適合兒童閱讀的精神食糧，上個世紀二、三〇年代的吳妍因稱之為「文學化」。他在〈國語文教學法概要〉一文中（見《新教育》，1922年第五卷第四期，頁751-767），認為國語文的教材應有兩種讀本：

　　一、正讀本──兒童文學……純粹興趣的。
　　二、副讀本──文學化的自然
　　　　社會　各科讀本……兼顧知識與興趣兩方面
　　　　地理
　　　　其他

　　怎樣叫「文學化」？「文學化」是用科學的知識做材料，拿兒
　　童的興趣，做編輯的標準。所以從實質方面看，是各科的讀
　　本，但是從形式方面看，卻是文學：這叫「文學化」（頁755-
　　756）

　　「文學化」即是指適合兒童閱讀而言，甚至字典、圖鑑等工具書
亦如是。且所謂的兒童是指零歲到十八歲，這是聯合國《兒童權利公
約》規範的年齡，也是世界各國對少年兒童保護與照顧的規範年齡。

　　又課內、課外不分。如果是課內，或是課綱所規範的科目，理當
有教學目標、教材與教學法，但就目前現況而言，它不是課內。雖然
似乎有人放在校本位課程，各縣市又有所謂「閱讀教師」的申請與審
訂，但皆缺乏相關的配套與措施。它明明是課外，卻又放手不下。教
育部強調閱讀的重要，一昧跟隨國際閱讀素養評量走，強調的是策
略，而不去作基礎理論與課程規畫，或相關的教材與方法之研究，雖
然後來回歸到課文本位閱讀理解教學，但我們實在看不到教育當局對
閱讀該有的認知與實施方向，為什麼不朝向課內方向去使力。

　　至於，把閱讀認為是語文老師的事，更是匪夷所思，為什麼各科
的教學就不是閱讀。為什麼閱讀不能好好朝向課內的「閱讀課」去
構思。

　　目前的閱讀，是流行，是趨勢，也是消費兒童的最時髦方式。我
們也逐漸忘記兒童文學與兒童的關係，我們追求的是高大尚的目標，
而忽視了兒童的起點行為；更是失憶與缺乏歷史，就兒童文學與教學
的研究來說，我們缺乏歷史的參照，我們是不冷不熱，我們忘記上個
世紀二、三〇年代兒童文學與教學的盛況，如今我們已然不去關注兒
童文學與教材的關係。甚至只會指責教科書的不是。其實，對教科書
相關的爭論，治本之道在於重新釐清教科書的定位，我們認為：

1. 教科書是發展出來的。
2. 教科書不是唯一的教材。
3. 教科書不是「聖經」。
4. 教科書是社會文化的產物。
5. 教科書是商品。
6. 教科書是後經驗財。（以上詳見藍順德《教科書政策與制度》，頁17-22）

　　在多元與開放的今日，能重現「學校本位」與「教師自主」才是教育的曙光。

　　在這個瞬息萬變的互連網世界中，大數據正在進入教育的所有層面，對於全世界的教學與學習活動，必然產生深遠的影響。《大數據：教育篇》就是論述巨量資料如何改變教育。在書中論及適應性學習和學習分析。「適應性學習」指的是能夠針對每一位學生的個人需求，量身打造專屬的教材和教學步調，真正做到因材施教；「學習分析」，則是讓我們能夠找出不同主題的最佳教學方法。在巨量資料的時代會是不斷學習的時代。教育不再是一大堆知識的堆砌。而是學會學習，想像力比知識更重要，知識有限，但想像力則是圍繞了整個世界。

　　而目前主流的教育系統，仍是將標準化和一致性，凌駕於學生的個性、想像力和創造力之上。

　　標準化教育與測驗制度扼殺了學生的天賦，惡化孩子的學習態度，而所謂的國際學生能力評量更是助紂為虐的幫兇。教育是尊重孩子天賦，蘊育孩子多元發展的全面教育。

　　從《讓天賦自由》到《讓創意自由》、《發現天賦之旅》、《讓天賦發光》，正點燃著創意與天賦，無論佐藤學或可汗學院、翻轉教育，皆是在提倡更均衡、更個別化、更有創意的教育。

　　也因此下列三為哲人的思維值得我們再三反思：

1. 孔子，名丘，字仲尼，春秋末期魯國人，生於周靈王二十一年（公元前551），死於周敬王四十一年（B.C.479），享七十三歲。

孔子是中國開創私人講學的第一位教育家，後世稱為至聖先師。就教育的觀點來說，最值得稱道的：

　　因材施教；
　　有教無類。

兩句話道盡教育的真諦。

2. 馬斯洛

亞伯拉罕・哈羅德・馬斯洛（Abraham Harold Maslow，1908年4月1日到1970年6月8日），美國心理學家，以需求層次理論最為著名，認為必須滿足人類天生的需求，最後才能達到自我實現。馬斯洛曾於布蘭戴斯大學、布魯克林學院、新學院與哥倫比亞大學擔任心理學教授，強調心理學的關注重點在人的正面特質。

馬斯洛需求理論：

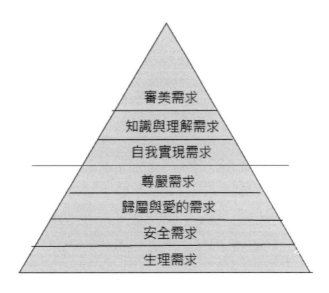

3. 加德納

加德納（Howard Gardner, 1943-），一九六一年進哈佛大學心理系，一九七一年或博士學位後，曾任哈佛大學「零點項目」計畫負責人二十八年。是當今最有影響力的發展心理學家和教育家，多元智能理論創始人，是推動美國教育改革的首席科學家。他認為智能是多元：

	類型	意義
1	言語—語言智能（Verbal-linguistic intelligence）	指聽、說、讀和寫的能力，表現為個人能夠順利而高效地利用語言描述事件、表達思想並與認交流的能力。
2	音樂—節奏智能（Musical-rhythmic intelligence）	指感受、辨別、記憶、改變和表達音樂的能力，表現為個人對音樂包括節奏、音調、音色和旋律的敏感以及通過作曲、演奏和歌唱等表達音樂的能力。
3	邏輯—數理智能（Logical-mathematical intelligence）	指運算和推理的能力，表現為對事物間各種關係如類比、對比、因果和邏輯等關係的敏感以及通過數理運算和邏輯推理等進行思維的能力。
4	視覺—空間智能（Visual-spatial intelligence）	指感受、辨別、記憶和改變物體的空間關係並藉此表達思想和感情的能力，表現為對線條、形狀、結構、色彩和空間關係的敏感以及通過平面圖形和立體造型將它們表現出來的能力。
5	身體—動覺智能（Bodily-kinesthetic intelligence）	指運用四肢和軀幹的能力，表現為能夠較好地控制自己的身體、

	類型	意義
		對事件能夠做出恰當的身體反應以及善於利用身體語言來表達自己的思想和情感的能力。
6	自知—自省智能 （Intrapersonal intelligence）	指認識、洞察和反省自身的能力，表現為能夠正確地意識和評價自身的情緒、動機、欲望、個性、意志，併在正確的自我意識和自我評價的基礎上形成自尊、自律和自製的能力。
7	交往—交流智能 （Interpersonal intelligence）	指與人相處和交往的能力，表現為覺察、體驗他人情緒、情感和意圖並據此做出適宜反應的能力。
8	自然觀察智能 （Naturalist intelligence）	指個體辨別環境（不僅是自然環境，還包括人造環境）的特徵並加以分類和利用的能力。

　　他的多元智能理論，為教育打開了天窗。

　　有一首陌生又熟悉的教養箴言，隨處可見，卻沒有告訴我們他是出自於 Dorothy Law Nolte（1924-2005），她是個親子教育者，家庭諮詢師，以 Children Learn What They Live 一詩著名，原先這首詩書寫於一九五四年，貼在他家的冰箱，然後才被印成海報，才被大家看見，變成教養的經典。一九七六年曾被 Canfield, J. & Wells, H. C. 收錄於 *100 ways to enhance self-concept in the classroom: A handbook for teachers and patents* 一書中。一九九八年，正式收錄於 Dorothy Law Nolte 自己的著作，*Children Learn What They Live: Parenting to Inspire Values* 一書中。原本教養箴言共有十九條（見 http://www.empowermentresources.

com/info2/childrenlearn-long_version.html，後來也同意12條的節縮版本，http://www.empowermentresources.com/info2/childrenlearn.html）

十九條完整版本：

〈教孩子學會生活〉（Children Learn What They Live）

1.如果一個孩子生活在批評之中，他學會了譴責。

2.如果一個孩子生活在敵意之中，他學會了爭鬥。

3.如果一個孩子生活在恐懼之中，他學會了憂慮。

4.如果一個孩子生活在憐憫之中，他學會了為自己感到難過。

5.如果一個孩子生活在嘲笑之中，孩子學會害羞。

6.如果一個孩子生活在嫉妒之中，他就學會什麼是嫉妒。

7.如果一個孩子生活在恥辱之中，孩子學會內疚。

8.如果一個孩子生活在鼓勵之中，他學會了自信。

9.如果一個孩子生活在寬容之中，他學會了耐心。

10.如果一個孩子生活在讚揚之中，他學會了感激。

11.如果一個孩子生活在接受之中，他學會了愛。

12.如果一個孩子生活在批准之中，他學會喜歡自己。

13.如果一個孩子生活在認可之中，他學習去擁有目標。

14.如果一個孩子生活在分享之中，他就學會關於慷慨。

15.如果一個孩子生活在誠實之中，他就學會真理是什麼。

16.如果一個孩子生活在公平，他就學會正義是什麼。

17.如果一個孩子生活在仁慈與體貼之中，他就學會尊敬是什麼。

18.如果一個孩子生活在安全之中，他學會信任自己和周圍的人。

19.如果一個孩子生活在友愛之中，他知道世界是美好的生活。

十二條節縮版本：

〈教孩子學會生活〉（Children Learn What They Live）

1.如果一個孩子生活在批評之中，他學會了譴責。

2.如果一個孩子生活在敵意之中，他學會了爭鬥。

3.如果一個孩子生活在嘲笑之中，孩子學會害羞。

4.如果一個孩子生活在恥辱之中，孩子學會內疚。

5.如果一個孩子生活在鼓勵之中，他學會了自信。

6.如果一個孩子生活在寬容之中，他學會了耐心。

7.如果一個孩子生活在讚揚之中，他學會了感激。

8.如果一個孩子生活在接受之中，他學會了愛。

9.如果一個孩子生活在批准之中，他學會喜歡自己。

10.如果一個孩子生活在誠實之中，他就學會真理是什麼。

11.如果一個孩子生活在安全之中，他學會信任自己和周圍的人。

12.如果一個孩子生活在友愛之中，他知道世界是美好的生活。

（參考資料：http://www.rootsofaction.com/children-learn-what-they-live-lessons-from-dorothy-law-nolte/）

其實，我認為教育主旨在於：學會學習與學會生活。

童年只有一個，過度的催生，催熟，都只是在消費兒童。

面對紛爭不斷，是非莫明的時代與社會，我一直相信：

人能弘道；

非道弘人。

　　如何弘人，或許兒童文學正是教育成人的文學，這是一種的人文
關懷。

　　事實上，我們的孩子以及社區，需要一種立基於和標準化運動不
同的教育。這種教育並不是再提出一組特定的教學方法或評量策略，
而是將教育的目的回歸基礎：

　　學會學習；
　　學會生活。

　　於是乎所謂的兒童文學與教材，則自然迎刃而解。

參考文獻

一　書籍

D. Escarpit著　黃雪霞　《歐洲青少年文學暨兒童文學》　臺北市　遠流出版事業公司　1989年9月

Deborah Cogar ihacher, Jean Webb　楊雅捷、林盈蕙譯　《兒童文學導論》　臺北市　天衛文化圖書公司　2005年10月

Earl V. Pullias. James D. Young合著　周勳男譯　《如何做個好老師》　臺北市　幼獅文化事業公司　1973年12月

KenGoodman著　洪月女譯　《談閱讀》　臺北市　心理出版社　1998年11月30日

《「國語」與「國文」正名問題》　臺北市　國語日報社　1967年11月

《1913-1949兒童文學論文選集》　上海市　少年兒童出版社　1962年12月

《小學國語科課程標準》　1941年11月公布

《師範專科學校五年制普通、音樂、美勞、體育等四科課程標準暨科教學科設備標準》　臺北市　正中書局　1978年3月

《國民小學課程標準》　1993年9月教育部修正發布

《眼中有孩子，心中有未來——九十上海兒童文學研討會》　上海市　少年兒童出版社　1991年

教育部　《閱讀理解策略教學手冊》　2010年

教育部中教司編印　《師範學校課程標準》　1963年2月

教育部中教師編印　《師範學院各學系必修科目表》（八十二學年度起實施）

教育部中教司編　《國民小學課程標準》　臺北市　正中書局　1976年5月

省北師專編印　《課程綱要》　1962年10月

省（市）立師範學院課程總綱、各學系（組）課程表　省教育廳1987年

方師鐸　《五十年來中國國語運動史》　國語日報社　1965年3月

方炳林　《小學課程發展》　臺北市　正中書局　1974年8月

王秀芝　《中國兒童文學》　臺北市　臺灣書店　1991年5月

王泉根　《兒童文學審美指令》　武漢市　湖北少年兒童出版社1991年5月

王泉根　《現代兒童文學的先驅》　上海市　上海文藝出版社　1987年9月

中國文化復興運動推行委員會編　《新文化運動》　臺北市　臺灣商務印書館　1986年6月

司琦編著　《小學課程演進》　臺北市　正中書局　1975年4月

艾登・錢伯斯著　許慧貞譯　《打造兒童閱讀環境》　臺北市　小魯文化事業公司　2014年6月1日改版

艾登・錢伯斯著　蔡宜蓉譯　《說來聽聽：兒童、閱讀與討論》　臺北市　小魯文化事業公司　2014年10月4日三版

艾德勒　范多倫著　《如何閱讀一本書》　臺北市　臺灣商務出版社2003年7月1日修訂新版

艾倫・普勞特著　華樺譯　《童年的未來》　上海市　上海社會科學院出版社　2014年8月

朱介凡編著　《中國兒歌》　臺北市　純文學出版社　1977年12月

朱光潛　《文藝心理學》　臺北市　漢京文化事業公司　1984年3月

朱智賢、林宗德　《兒童心理學史》　北京市　北京師範大學出版社　1988年10月

夸美紐斯著　傅任敢譯　《大教學論》　臺北市　五南圖書出版公司　1990年10月

寺村輝夫著　陳宗顯譯　《怎樣寫兒童故事》　臺北市　國語日報出版部　1985年12月

何家齊著　許育健校閱　《高效閱讀的入門訓練》　臺北市　旭智文化事業公司　2007年6月

何家齊　《高效閱讀的八個絕招》　臺北市　旭智文化事業公司　2005年8月1日

何琦瑜、陳雅慧、賓靜蓀、張瀞文、《親子天下編輯部》著　《翻轉教育：未來的學習、未來的學校、未來的孩子》　臺北市　親子天下公司　2013年

李俊仁、阮啟弘　《大腦、認知與閱讀：如何帶孩子閱讀和透過閱讀學習》　臺北市　信誼基金會　2010年7月12日

李慕如　《兒童文學綜論》　高雄市　復文圖書公司　1983年9月

李漢偉　《兒童文學講話》　高雄市　復文圖書公司　1990年10月

李端騰　《晚清文學思想論》　臺北市　漢光文化事業公司　1992年6月

沙學浚編　《小學國文正名論戰》　臺北市　大林出版社　1975年5月

杜威著　林寶山譯　《民主主義與教育》　臺北市　五南圖書出版公司　1986年5月

杜威原著　《經驗與教育》　臺北市　五南圖書出版公司　1992年7月

邱各容　《兒童文學史料初稿（1945-1989）》初稿　臺北縣　富春文化事業公司　1990年8月

吳　鼎　《兒童文學研究》　臺北市　遠流出版事業公司　1980年10月三版

宋筱惠　《兒童詩歌原理與教學》　臺北市　五南圖書出版公司　1989年9月

里維譯　《閱讀的十個幸福》　臺北市　高寶國際出版社　2009年

沈惠芳　《閱讀寫作16招》　臺北市　國語日報出版社　2005年4月1日

金耀基　《中國現代化與知識份子》　臺北市　言心出版社　1977年4月

周啟志等　《中國通俗小說說理論綱要》　臺北市　文津出版社　1992年3月

周策縱譯　楊默夫譯　《五四運動史》　臺北市　龍田出版社　1980年5月

亞里斯多德著　吳壽彭譯　《政治學》　臺北市　臺灣商務印書館　2014年4月

林　良　《淺語的藝術》　臺北市　國語日報出版部　1976年7月

林文寶　《兒童詩歌研究》　高雄市　復文圖書公司　1988年8月

林文寶主編　《兒童文學論述選集》　臺北市　幼獅文化事業公司　1989年5月

林文寶　《兒童文學故事體寫作論》　東師語教系　1990年1月

林文寶主編　《認識兒歌》　臺北市　中華民國兒童文學學會　1991年11月

林文寶主編　《認識童話》　臺北市　中華民國兒童文學學會　1992年11月

林文寶、徐守濤等著　《兒童文學》　臺北市　五南圖書出版公司　1996年9月

林文寶　《兒童文學與語文教育》　臺北市　萬卷樓圖書公司　2011年

林文寶　《兒童文學與閱讀》　臺北市　萬卷樓圖書公司　2011年

林玉體　《教育概論》　臺北市　臺灣東華書局　1984年5月

林仙龍　《快樂的童詩教室》　臺北市　民生報社　1983年11月

林守為編著　《兒童文學》　臺北市　五南圖書出版公司　1988年7月

林美琴　《兒童閱讀新識力》　臺北市　天衛文化圖書公司　2008年

林政華　《兒童少年文學》　臺北縣　富春文化事業公司　1991年1月

祝士媛編訂　《兒童文學》　臺北市　新學識文教中心　1989年10月

洪文瓊策畫主編　《華文兒童文學小史（1945-1990）》　臺北市　中
　　華民國兒童文學學會　1991年5月

洪文瓊策畫主編　《兒童文學大事紀要（1945-1990）》　臺北市　中
　　華民國兒童文學學會　1991年6月

洪文珍　《兒童文學評論集》　臺東市　臺東師院語文教育學系
　　1991年1月

洪汛濤　《童話學》　臺北縣　富春文化事業公司　1989年9月

韋勒克、華倫合著　王夢鷗、許國衡譯　《文學論》　臺北市　志文
　　出版社　1976年10月

保羅・阿札爾著　梅思繁譯　《書・兒童與成人》　長沙市　湖南少
　　年兒童出版社　2014年3月

保羅・甘哲爾著　傅林統譯　《書・兒童・成人》　臺北縣　富春文
　　化事業公司　1992年3月

柯林・黑伍德著　黃煜文譯　《孩子的歷史》　臺北市　麥田出版社
　　2004年1月

柯華葳、林玫伶著　葉煥婷繪　《閱讀，動起來4：閱讀策略，可以
　　輕鬆玩：台北VS.香港一課兩教》　臺北市　親子天下公司
　　2012年11月30日

約翰・洛威・湯森著　謝瑤玲譯　《英雄兒童文學史綱》　臺北市
　　天衛文化圖書公司　2003年1月

約翰・斯梅爾著　陳勇譯　《中產階級文化的起源》　上海市　上海
　　人民出版社　2006年2月

威廉・A・科薩羅著　程福財等譯　上海市　上海社會科學院出版社
　　2014年8月

胡從經　《晚清兒童文學鉤沈》　上海市　少年兒童文學出版社
　　1982年4月

美國國家研究委員會編　柯華葳譯　《踏出閱讀的第一步》　臺北市
　　信誼基金會　2010年11月12日

姚一葦著　《藝術的奧秘》　臺北市　臺灣開明書店　1976年3月六版

郭妙芳譯　《飛向閱讀的王國》　臺北市　阿布拉教育文化公司
　　2004年

郭法奇等著　《歐美兒童研究運動：歷史、比較文學》　北京市　北
　　京師範大學出版社　2012年7月

馬景賢主編　《認識兒童文學》　臺北市　中華民國兒童文學學會
　　1985年12月

馬景賢主編　《認識少年小說》　臺北市　中華民國兒童文學學會
　　1986年12月

馬景賢主編　《認識兒童讀物插畫》　臺北市　中華民國兒童文學學
　　會　1987年11月

徐守濤主編　《認識兒童詩》　臺北市　中華民國兒童文學學會
　　1990年11月

孫正邦編著　《師範教育》　臺北市　正中書局　1963年5月

孫劍秋、簡貴雀、吳韻宇、林孟君、陳伶俐　《閱讀理解與兩岸課程
　　教學》　臺北市　五南圖書出版公司　2012年

陳子君編選　《兒童文學探討》　石家莊市　河北少年兒童出版社
　　1991年12月

陳木城等著　《童詩開門（上、中、下）》　臺北市　錦標出版社
　　　1983年1月

陳正治　《童話寫作研究》　臺北市　五南圖書出版公司　1990年7月

陳正治　《中國兒歌研究》　臺北市　親親文化事業公司　1984年8月

陳必祥主編　《中國現代語文教育發展史》　昆明市　雲南教育出版
　　　社　1987年5月

陳弘昌　《國小語文科教學研究》　臺北市　五南圖書出版公司
　　　2012年3月

陳伯璋　《潛在課程研究》　臺北市　五南圖書出版公司　1990年3
　　　月增訂版

陳伯棠編著　《小學語文教材簡史》　濟南市　山東教育出版社
　　　1985年3月

陳啟天　《近代中國教育史》　臺北市　臺灣中華書局　1979年2月
　　　二版

陳欣希、許育健、劉振中、連瑞琦　《挑戰閱讀理解力1-3》　新北
　　　市　螢火蟲出版社　2013年8月27日

陳欣希、柯雅卿、周育如、陳明蕾、游婷雅　《問好問題》　臺北市
　　　天衛文化圖書公司　2011年8月1日

陳淑琦指導　《說故事的技巧》　臺北市　時報文化出版企業公司
　　　1988年11月

陳瓊芬、陳玉滿主編　《民間文學的采錄與整理》　臺中縣　臺中縣
　　　政府　2003年4月

班　馬　《中國兒童文學理論批評與構想》　武漢市　湖北少年兒童
　　　出版社　1990年2月

張玉法　《歷史講演集》　臺北市　東大圖書公司　1992年9月

張志公　《傳統語文教育初探》　上海市　上海教育出版社　1962年
　　　10月

張香還　《中國兒童文學史》　杭州市　浙江少年兒童出版社　1988年4月

張清榮　《兒童文學創作論》　臺北縣　富春文化事業公司　1991年9月

張倩儀　《另一種童年的告別》　北京市　商務印書館　2001年5月

張聖瑜　《兒童文學研究》　上海市　商務印書館　1928年7月

張贛生　《民國通俗小說論稿》　重慶市　重慶出版社　1991年5月

婁子匡、朱介凡合著　《五十年來的中國俗文學》　臺北市　正中書局　1963年8月

許義宗　《我國兒童文學的演進與展望》　臺北市　市女師專　1976年5月

許義宗　《兒童文學名著賞析》　臺北市　黎明文化事業公司　1983年10月

許義宗　《兒童文學論》　臺北縣　中華色研出版社　1988年7月九版

菲力浦‧阿利埃斯著　沈堅、宋曉罕譯　《兒童的世紀》　北京市　北京大學出版社　2013年4月

傅林統　《兒童文學的思想與技巧》　臺北縣　富春文化事業公司　1955年3月二版二刷

傅林統　《兒童文學的思想與技巧》　臺北縣　富春文化事業公司　1990年7月

葛　琳　《兒童文學——創作與欣賞》　臺北市　鹿橋文化事業公司　1980年7月

舒新城編　《中國近代教育史資料（上、中、下）》　上海市　人民教育出版社　1961年10月

鄒敦玲　《正能量閱讀（低、中、高年級）》　新北市　螢火蟲出版社　2015年5月18日出版

葉詠琍　《西洋兒童文學史》　臺北市　東大圖書公司　1982年12月

葉詠琍　《兒童文學》　臺北市　東大圖書公司　1986年5月

葉詠琍　《兒童成長與文學》　臺北市　東大圖書公司　1990年5月

葉丙成、張輝誠　「葉丙成+張輝誠翻轉套書（附DVD）」　臺北市
　　　親子天下公司　2015年5月6日

葉興華　〈現行編審制度下國中小教師教科書使用之研究〉　收入國
　　　家教育研究院主編　《開卷有益：教科書回顧與前瞻》
　　　2012年6月

凱伊（Kaye, Peggy）著　鄭鳳珠譯　《閱讀遊戲妙點子：讓孩子愛上
　　　閱讀的76個遊戲》　臺北市　東西文化事業公司　2006年

雷僑雲　《敦煌兒童文學》　臺北市　臺灣學生書局　1985年9月

雷僑雲　《中國兒童文學研究》　臺北市　臺灣學生書局　1988年9月

蔣風主編　《中國兒童文學大系・理論一》　太原市　希望出版社
　　　1988年11月

蔣風主編　《中國兒童文學大系・理論二》　太原市　希望出版社
　　　1988年12月

熊明安　《中華民國教育史》　重慶市　重慶出版社　1990年9月

熊秉真　《童年憶往》　臺北市　麥田出版社　2003年5月再版四刷

鄭明進主編　《認識兒童戲劇》　臺北市　中華民國兒童文學學會
　　　1988年11月

鄭圓鈴、許芳菊　《有效閱讀：閱讀理解，如何學？怎麼教？》　臺
　　　北市　親子天下公司　2013年8月13日

鄭圓鈴著　陳完玲繪　《閱讀素養一本通：3階段閱讀歷程x3大文章
　　　類型x105道閱讀能力檢測題》　臺北市　親子天下公司
　　　2013年8月13日

鄭圓鈴　《閱讀教學HOW上手：課綱閱讀能力轉化與核心教材備課藍圖》　臺北市　萬卷樓圖書公司　2012年8月1日

蔡尚志　《兒童故事原理》　臺北市　五南圖書出版公司　1989年10月

蔡尚志　《兒童故事寫作研究》　臺北市　五南圖書出版公司　1992年9月

蔡元培等著　〈讀經問題〉　《教育雜誌》第25卷第5號　香港龍門書店　1966年10月、影印

趙天儀　《兒童詩初探》　臺北縣　富春文化事業公司　1992年10月

趙鏡中　《提昇閱讀力的教與學——趙鏡中先生語文教學論集》　臺北市　萬卷樓圖書公司　2011年

齊若蘭、游常山等著　《閱讀：新一代知識革命》　臺北市　親子天下公司　2003年

赫洛克原著　胡海國編譯　《發展心理學》　華新出版公司　1976年9月

魯　兵　《教育兒童的文學》　上海市　少年兒童出版社1982年9月

潘麗珠　《閱讀的策略》　臺北市　商周出版社　2008年

樊美筠　《兒童的審美發展》　新北市　愛的世界出版社　1990年8月

賴慶雄　《天天閱讀》　新北市　螢火蟲出版社　2007年12月26日

賴慶雄　《作文閱讀輕鬆闖關》　新北市　螢火蟲出版社　2009年3月1日

賴慶雄　《挑戰閱讀理解力1-3》　新北市　螢火蟲出版社　2013年10月17日

賴慶雄　《晨間勵志讀本1-3，高效閱讀新視窗》　新北市　螢火蟲出版社　2010年12月1日

賴慶雄　《深度閱讀測驗》　新北市　螢火蟲出版社　2012年5月7日

盧彥芬　《臺灣地區立案之故事媽媽團體調查報告》　2007年10月

璩鑫圭、唐良炎編　《中國近代教育史資料編匯（學制演變）》　上
　　　海市　上海教育出版社　1991年3月

藍順德　《教科書政策與制度》　臺北市　五南圖書出版公司　2006
　　　年1月

瞿述祖主編　《國語及兒童文學》　臺中市　臺中師範專科學校出版
　　　1966年12月

簡馨瑩、曾文慧、陳凱筑　《閱讀悅有趣：開發孩子閱讀策略的書》
　　　臺北市　幼獅文化事業公司　2005年7月2日

藤永保著　蘇冬菊譯　《縱論發展心理學》　臺北市　心理出版社
　　　1992年7月

譚達先　《中國民間文學理論叢書（全七冊）》　臺北市　臺灣商務
　　　印書館　1988年8月臺初版

龔鵬程　《文學散步》　臺北市　漢光文化事業公司　1985年9月

二　期刊論文

周昭翡　〈教科書選購制度之檢討與建議〉　《國教天地》　119期
　　　1996年12月

陳明印　〈台灣地區國民中小學教科書審查制度〉　兩岸四地教科書
　　　制度研討會　2000年5月

原靜敏　〈教室裡的兒童文學〉　《全國新書資訊月刊》　第187期
　　　2014年7月號

〈教科書審定統計〉　《教科書研究》　第1卷第1期　2008年6月

〈教科書審定統計〉　《教科書研究》　第3卷第2期　2010年12月

三　網站

◎教育部網站

全國兒童閱讀實施計畫　2000年

全國兒童閱讀實施計畫修正版　教育部　2002年1月

焦點三百──國民小學兒童閱讀推動計畫　2004年

「悅讀101」教育部國民中小學閱讀實施計畫　2007年

◎教育部部史網站

邁向學習社會白皮書　1998年教育部公布

◎全國法規資料庫　http://law.moj.gov.tw/Index.aspx

國家教育研究院組織法　2010年12月8日公布

國民中小學教科圖書審定辦法　2012年4月27日修正

◎教育部主管法規查詢系統：http://edu.law.moe.gov.tw/index.aspx

國民小學教科用書審查委員會暫行作業要點

教育部辦理國民小學及國民中學教科圖書共同供應之採購作業要點
　　　　　2013年03月13日修正

教育部國民小學及國民中學教科圖書印製標準規格　2011年1月31日

◎教育部國教署國民教育社群網：http://teach.eje.edu.tw/index.php

國民中小學九年一貫課程綱要語文學習領域（國語文）　2011年4月
　　　　26日修正

◎新北市政府電子法規查詢系統：http://web.law.ntpc.gov.tw/Fn/ONews.asp

新北市各國民中小學評選採購教科書應行注意事項　新北市政府
　　　　2011年9月

國家圖書館出版品預行編目（CIP）資料

林文寶兒童文學著作集. 第三輯, 著作編 / 林文寶作.
-- 初版. -- 臺北市：萬卷樓圖書股份有限公司,
2023.09
　冊；　公分. --（林文寶兒童文學著作集；
1605003）
ISBN 978-986-478-971-9（第6冊：精裝）. --
ISBN 978-986-478-977-1（全套：精裝）

1.CST: 兒童文學 2.CST: 文學理論 3.CST: 文學評論
4.CST: 臺灣

863.591　　　　　　112015478

林文寶兒童文學著作集　第三輯　著作編　第六冊

臺灣國小語文教材與兒童文學關係之研究

作　　者　林文寶
主　　編　張晏瑞

出　　版　萬卷樓圖書股份有限公司
發 行 人　林慶彰
總 經 理　梁錦興
總 編 輯　張晏瑞
聯　　絡　電話 02-23216565　　　傳真 02-23944113
　　　　　網址 www.wanjuan.com.tw
　　　　　郵箱 service@wanjuan.com.tw
地　　址　106 臺北市羅斯福路二段 41 號 6 樓之三
印　　刷　百通科技股份有限公司
初　　版　2023 年 9 月
定　　價　新臺幣 18000 元　全套十一冊精裝　不分售
ISBN　978-986-478-977-1（全套：精裝）
ISBN　978-986-478-971-9（第 6 冊：精裝）